U0601778

玫瑰的回忆

Mémoires de la rose
Consuelo de Saint-Exupéry

（萨尔瓦多）龚苏萝·德·圣埃克苏佩里 著

黄荭 译

海天出版社（中国·深圳）

玫瑰的回忆

Mémoires de la rose

Consuelo de Saint-Exupéry

（萨尔瓦多）龚苏萝·德·圣埃克苏佩里 著

黄荭 译

海天出版社（中国·深圳）

图书在版编目（CIP）数据

玫瑰的回忆 /（萨）龚苏萝·德·圣埃克苏佩里著；
黄荭译. — 深圳：海天出版社，2016.8
ISBN 978-7-5507-1649-0

Ⅰ. ①玫… Ⅱ. ①龚… ②黄… Ⅲ. ①回忆录－萨尔
瓦多－现代 Ⅳ. ①I744.55

中国版本图书馆CIP数据核字(2016)第112737号

图字：19—2016—025号
Mémoire de la rose
Consuelo de Saint-Exupéry
© Plon,2000 - Simplified Chinese edition arranged through Dakai Agency Limited

玫瑰的回忆
Meigui De Huiyi

出 品 人　聂雄前
责任编辑　林凌珠 岑诗楠
责任校对　刘翠文
责任技编　蔡梅琴
装帧设计　知行格致

出版发行　海天出版社
地　　址　深圳市彩田南路海天综合大厦7-8层（518033）
网　　址　http://www.htph.com.cn
订购电话　0755-83460202(批发) 83460239(邮购)
设计制作　深圳市知行格致文化传播有限公司　Tel：0755-83464427
印　　刷　深圳市新联美术印刷有限公司
开　　本　787mm×1092mm 1/32
印　　张　11.25
字　　数　162千
版　　次　2016年8月第1版
印　　次　2016年8月第1次
定　　价　35.00元

我犹豫了很久才决定公开这份手稿。在龚苏萝辞世 20 周年和她的丈夫安托万·德·圣埃克苏佩里诞辰 100 周年之际，我想，怀念她的时刻已然来临，该把她应有的位置还给她，让她待在她一直陪伴的那个男人身边，圣埃克苏佩里曾写过的生活就建立在这份爱之上。

　　　　　　　　　　　　　——何塞·马丁内兹 – 福卢克托索
　　　　　　　　　　　　龚苏萝·德·圣埃克苏佩里所有财产的受赠人
　　　　　　　　　　　　2000 年

致 谢

本文直接用法语写成，尽管龚苏萝·德·圣埃克苏佩里的母语是西班牙语。布龙出版社和版权所有者感谢阿兰·维尔贡德莱（作家和一篇关于圣埃克斯的论文的作者），他给文章做了必要的润色。每章的标题是由原出版者从各章节的文字中摘选出来的。

序

　　哥伦比亚作家热尔曼·阿西涅加斯[①]说，"在一战和二战期间，大家谈论龚苏萝就跟谈论萨尔瓦多的小火山一样，它把火山灰都喷到了巴黎的屋顶。关于她第一个丈夫恩里克·戈麦兹·卡利洛[②]和她的第二个丈夫安托万·德·圣埃克苏佩里的故事，没有哪个少得了她。她嫁给恩里克·卡利洛，成了莫里斯·梅特林克[③]、莫雷亚斯、加布里埃尔·邓南遮[④]的知己，1927年成了寡妇；1931年，她又嫁给圣埃克苏佩里，当时的朋友有安德烈·纪德[⑤]、安

[①] 参见1973年拉丁美洲的一份日报，当时阿西涅加斯是哥伦比亚驻法国大使。

[②] 恩里克·戈麦兹·卡利洛（1873~1927）：原籍危地马拉，1898年任危地马拉驻巴黎大使，1916年是西班牙《自由报》的主编，1918年任阿根廷驻巴黎大使，荣誉勋团的指挥官，1926年与龚苏萝·桑珊结婚，他的前两位妻子是奥罗拉·卡塞尔和拉盖尔·梅蕾。其作品很多，有《爱的福音书》《马塔·哈里的生与死》等。他安葬在贝尔拉雪兹公墓，在龚苏萝·德·圣埃克苏佩里的旁边。

[③] 莫里斯·梅特林克（1862~1949）：比利时象征主义诗人和剧作家，1911年获诺贝尔文学奖。——译注

[④] 加布里埃尔·邓南遮（1863~1938）：意大利诗人、小说家、戏剧家、记者、政界领袖。著有《早春》《新歌》《死的胜利》《危难中的少女》等。——译注

[⑤] 安德烈·纪德（1869~1951）：法国作家，代表作有《地粮》《背道者》等，1947年获诺贝尔文学奖。——译注

德烈·莫卢瓦①、德尼·德·鲁杰蒙②、安德烈·布勒东③、毕加索、萨尔瓦多·达利④、米罗……圣埃克苏佩里夫妇聚集了一批飞行员和作家朋友。当圣埃克苏佩里写作至今还风靡全世界的《小王子》一书时，安德烈·莫卢瓦是他们的客人。晚饭后，大家开始玩牌或者下棋，然后圣埃克苏佩里让大家去睡觉，因为他想工作了。几个小时后，莫卢瓦听见楼梯上传来'龚苏萝! 龚苏萝! '的喊声，他慌忙出来，以为房子着火了，其实只是圣埃克苏佩里饿了，要妻子给他煮几个鸡蛋……"

"如果龚苏萝能用她自己的方式，滑稽地将他们的生活片段写出来，我们可以肯定地说，她就是作家的缪斯。她是画家、雕塑家，写起东西来游刃有余且才气横溢，但她的《回忆录》……她只是说说。"

现在我们知道其实不然。1930 年遇到圣埃克苏佩里的15 年后，龚苏萝在流亡美国的孤独中，用她松散、倾斜的字体，在整页整页画得乱七八糟、难以辨认字迹的稿纸上，

---

① 安德烈·莫卢瓦（1885 ~ 1967）：法国作家，著有许多关于战争的作品。——译注
② 德尼·德·鲁杰蒙（1906 ~ 1985）：瑞士的法语作家。——译注
③ 安德烈·布勒东（1896 ~ 1966）：法国作家，超现实主义创始人之一。——译注
④ 萨尔瓦多·达利（1904 ~ 1986）：西班牙画家，超现实主义代表人物，作品以探索潜意识的意象著称。——译注

讲述她和这位作家兼飞行员的生活。后来，她又将这些文稿认真地用打字机重新打印在薄薄的纸张上，之后又笨拙地将它们用黑色的硬纸板装订起来。

《玫瑰的回忆》，这是"群岛上的小鸟"开的最后一个玩笑。

那是在1946年，龚苏萝怀念法国，但害怕回去，尤其担心回去后要面对关于遗产继承方面的乱七八糟的事情。她希望到一个说西班牙语的国家生活，于是想到了马略卡岛的帕尔玛，就像她自己说的，为"怀念乔治·桑和缪塞"——另外两个"可怕的孩子"。

圣埃克苏佩里于1944年7月消失后，龚苏萝在纽约有些避世索居。她帮商店的橱窗设计布景和模特，生活在对"托尼奥①"的回忆里。没有遗体的葬礼，由于双重的缺失显得更加残酷和艰难。她写了一些小文章，都没写完，对着录音机讲了许多的回忆，在打字机上敲打美妙的章节，她中美洲的热情沸腾了，用另一种方式在石头和黏土上"写"下了托尼奥的面孔。她也画画，铅笔、炭条、水彩。她想回到"树叶居"的大房子里，那是圣埃克苏佩里

---

① 托尼奥是圣埃克苏佩里的名字安托万的昵称。——译注

在 1940 年流亡之前替她租的房子，现在荒废了。她说想在那里"找回我父亲、母亲和他的画像"。

对话是在她和缺席的他之间进行的。在大洋彼岸，在欧洲，圣埃克苏佩里的失踪成了一个传说。大家将他偶像化、神化，他成了天使、大天使、伊卡洛斯①和回到自己星球上的小王子；这位天空中的英雄，在宇宙中化成灰尘了。而龚苏萝，大家几乎不谈论她，她被淹没，甚至被否认：不管怎么说，她不是他的神话中不可或缺的组成部分，尽管她掌握了进入作家世界的许多钥匙。大家甚至都不高兴有她做背景，她在圣埃克苏佩里高贵而英勇的故事中太突兀了。在关于圣埃克苏佩里的传记中，她总是被虐待、被忽视，甚至被当成一个有点傻乎乎的怪人，受到作家的亲戚（除了他母亲玛丽·德·圣埃克苏佩里）、好友的诬蔑："舞台上的女伯爵""奇怪而乖张的小人物""饶舌，还说不好法语"。在别人的眼中，她只是个充当花瓶、不忠、花哨的女人。简言之，可以说，她给他的神话制造了混乱。

1944 年至 1945 年，龚苏萝"情绪不是很高"，用她自己的话说。反正她很久以来就已经学会了等待的本领，自

---

① 伊卡洛斯：希腊神话人物，他用蜡将鸟翼粘在双肩，随父逃亡，因为飞得离太阳太近，蜡融化了，翅膀坠落，跌入海中死去。——译注

从她嫁给圣埃克苏佩里后，她所做的就是等待，最艰难的等待，或许是他1943年投身战争后的时光。"您的欲望比世界上所有力量汇聚起来都要强烈，我很了解我丈夫，我早就知道。"在他们之间一次假想的没有发表的对话中，她说，"我知道，是的，您要走。"又说，"您坚持要接受洗礼，希望在枪林弹雨中接受洗礼。"

1944年至1945年，负债时期，她回到表面上看起来模糊、流浪和"艺术家"的存在方式，就像我们可以想象的20世纪30年代艺术家圈子里的那种生活。可以继续过"配得上"托尼奥的生活。她要另找一间公寓，确保微薄的收入支付得起房租，第三次扮演寡妇的角色。总而言之，不再是流泪的时候了。"我再也没有眼泪了，我的爱人。"她写道。怎样才能承受葬礼？"您是永恒的，我的孩子，我的丈夫。您就在我身上，像小王子，别人无法触及我们，无法触及。就像那些在光明中的东西一样。"龚苏萝没有武装好，以捍卫家庭和版权。她生来就放任不羁，带点天真和轻信，她不懂欧洲人的规矩，不会做手脚……她和圣埃克苏佩里过着不受社会拘束的生活，和她与生俱来的夸张、敏感、模糊的天性相一致。所以她之后做的和她一直想过的生活一样：凭直觉前进，凭着直觉重新修建她的生活。

1901 年，她出生在萨尔瓦多，在那里度过的童年给了她这种强烈而充满生机的巨大活力。她和圣埃克苏佩里一样，在和大自然的接触中度过了童年。充满了梦幻和狂想的童年，让她中美洲的想象力奇妙无比：她一直都是天生说故事的能手，她"咕咕叫"着，"叽喳"着，破坏现实、引人到童话世界中去的方式让人着迷。她懂得如何利用真实的事件加以渲染，用自己的出生、燃烧的大地、火山和地震将萨尔瓦多变成一个神话般的世界。在这个国家，她是天才和女神。在夫妻俩过着和平而幸福的生活时，圣埃克苏佩里总是要她讲萨尔瓦多的故事，当她还是个小姑娘时，她在父亲的咖啡种植园高大的香蕉树间和印第安人玩耍。"跟我讲蜜蜂的故事"，他请求道，就像小王子请求"给我画……"于是龚苏萝就讲。圣埃克苏佩里对她说："当我在星星中间，当我看到远方的光芒，我不知道那是一颗星星，还是地上给我发信号的灯。我总是对自己说，那是我的小龚苏萝喊我听故事了，我保证自己会朝着那点微光飞去。"

　　童年一直在她身上，正是童年将她从最艰难的岁月中拯救出来：圣埃克苏佩里的不忠、不确定的离别、飞机事故、最后的消失。她也可以说："我属于我的童年。"

她有和美洲大陆上著名的小说家博尔赫斯[1]、科塔萨尔[2]、马尔克斯[3]一样激烈、极端、古怪的天性，这对圣埃克苏佩里来说是一种幸运。这使她得以诗意地生活，和她充满幻想的流浪天性相一致：两个人都有一种高贵的精神上的独立，一种将现实生活建筑于神话和寓言之上的超现实的能力。

　　圣埃克苏佩里去世后，龚苏萝这种想象力和对生活的坚强让她得以摆脱苦涩和绝望。于是她开始写回忆录。在布宜诺斯艾利斯的相遇相识、骚动的订婚仪式、被介绍给他家里人、婚礼、定居巴黎、为人妻子的生活、圣埃克苏佩里的经济拮据、他的不忠、他狂热的唐璜式的多情、去而复返的柔情、多次搬家、其他女人、流浪的生活、事故、书和成功、流亡、和他在沃克吕兹省一个名叫奥贝德的村庄里所过的集体生活、前往纽约、异国城市的白色大房子和孤独、托尼奥上战场前的告别、休斯敦平静而灰色的海水，还有行驶在水面上、领他走上不归路的潜水艇……

---

① 博尔赫斯（1899～1986）：阿根廷诗人、小说家和翻译家。——译注
② 科塔萨尔（1914～1984）：阿根廷小说家，拉丁美洲文学爆炸的代表人物之一，著有《游戏的结局》《魔鬼的胡言乱语》《一切火都是火》等。——译注
③ 马尔克斯（1927～2014）：哥伦比亚作家，拉丁美洲魔幻现实主义文学的代表人物，1982年诺贝尔文学奖得主。代表作有《百年孤独》（1967）、《霍乱时期的爱情》（1985）。——译注

她的回忆录一气呵成，把所有的事都从容地贯穿起来。她在文中显得冲动而多情、天真而顺从、桀骜而精力充沛、忠诚又不忠诚、坚忍又灰心失意。她写作就像她在说话，就像她在临终前说的话，她把对过去的叙述全录了下来，这些录音带忠实地记录了她的声音。那是说书人的声音，口音和说话的方式可以和萨尔瓦多·达利媲美，她是达利在纽约时的密友。"对我来说，讲述我和圣埃克苏佩里在家里的私事是件很痛苦的事情，"她说，"我认为一个妻子永远都不应该谈这些事情，但我在去世之前必须说出来，因为别人对我们的婚姻说了那么多虚假的东西，我不希望这种情况继续下去。尽管回忆那些艰难的岁月让我痛苦，就像所有的婚姻都会经历磨难一样。真的，当牧师对你们说，你们结合，是为了同甘苦、共患难。那是真的！"

　　1946年至1979年，她和圣埃克苏佩里的所有生活、书信和文件、作家随手画的小玩意、水彩画、蓝色铅笔画肖像画、《小王子》插图、演出节目单、乱涂乱写的单子、电报、地图、明信片和手写稿、诗歌和没有发表的文章、证书和研究数学的练习本，一生的宝藏全都装在几只箱子里，横渡大西洋，沉寂了。之后，箱子被放在龚苏萝巴黎公寓的地下室里，没有一只箱子被打开过，这些资料和秘密就这样被埋葬在那里。

年迈的时候，她有几次回想过去，终于敢打开沉睡的箱子了。"每次打开，我都禁不住要颤抖，"她写道，"那些堆着我丈夫的信件、图画及电报的文件夹和盒子……那些发黄的、画着花和小王子的纸张，都忠实地见证了失去的幸福。如今每过一年，我就越发感到上天对我的恩惠和眷顾。"

回到法国的那些日子，她住在巴黎和格拉斯。她那画家和雕塑家的才能越发显露出来，而且也花了不少时间在纪念圣埃克苏佩里的活动上。作为圣埃克苏佩里伯爵夫人，为国捐躯的大作家的遗孀，她参加所有的纪念仪式、开幕式和庆典；她做这些，就像是在尽义务，并不全是出于兴趣。她从来都不喜欢学院式的、上流社会的和不得已而做的事情。她更喜欢回忆1944年6月末，他失踪之前，她给他写的东西："您在我身上就像植物生长在地上。我爱您，您，我的宝贝，我的世界。"还有他的答复："两个人像森林里的两棵树一样连接在一起，是多么让人安心。共同承受大风的呼啸，共同沐浴阳光、月色，接待夜间栖息的飞鸟。一生一世。"

1979年，龚苏萝去世，那些著名的箱子和文件到了法定继承人的手中。旅行箱一直都没有被打开，它们被运到格拉斯的农舍，在那里又沉睡了几年。慢慢地，继承人将它们发掘出来，让它们得见天日。1999 年，为了纪念圣埃克苏佩里百年诞辰，文件交到了我们手中，供我们研究。《玫瑰的回忆》复活了，还有龚苏萝精心整理的夫妻俩在美国的信件往来、《小王子》的草稿……

龚苏萝复活了。那个被长期掩盖的生命重见天日。可以说，她最终平反昭雪了。这一从来没有人读过的内心独白，突然重写了所有的故事，在激情和矛盾中，我们看到的是一个真实的龚苏萝。

了解龚苏萝和圣埃克苏佩里的关系，是了解作家本人的基础。没有龚苏萝，他真的能成为圣埃克苏佩里吗？这些资料的存在让他更具有凡人的一面。神话稍微有些剥落又有什么关系呢？作家的面孔不再像从前那样被千篇一律地描绘成永恒，如那些脸上涂了香脂的圣人蜡像，这又有什么关系呢？

很少有传记作家明白这对夫妻间的故事以及它对圣埃克苏佩里的影响：缺少关键的钥匙。没有人能想到这种关系隐秘到这种程度。阅读《玫瑰的回忆》可以弥补这种缺失，可以找到一些痕迹。这首先是一本等待的书。

因为等待开启了回忆和幽闭。从头到尾，都是一个离开、逃跑、失而复得、去而复返、寻找自我又找寻不到的男人的故事。问题的中心：爱，尤其是被爱。母亲的存在，那是他的守护神，家庭的守护神，是给他幸福童年的母亲，是永恒而忠诚的形象。这也成了他对其他女人的参照和榜样。不是所有的女人都这样的，有理想中的女人，也有"候见室"里的、"小心肝宝贝"、那些嘉比和贝蒂，那些被龚苏萝戏称为"小鹦鹉"的女人。

圣埃克苏佩里脑海中一直镌刻着理想妻子的形象：忠诚、顾家、人间的仙女、天主教妻子的原型，"主的女仆"。跟别人过去描述的正好相反，龚苏萝并不是轻浮而随便的女子，她从父母那里接受了严格的教育，她母亲自己承认说对她很严厉，她在天主教的影响和宗教虔诚的气氛中长大成人。嫁给圣埃克苏佩里后，她是否是他隐约寻求的那类妻子？在回忆录中她回答说：她专心扮演她的角色，整理他的衣服、准备他的行李，关心他是否吃得好，精心装饰他写作的书房，而更多的是等待。龚苏萝对这个角色的学习是漫长的，她异国的习惯有时会打破常规，说话时不知道如何保持圣埃克苏佩里写作和思考所需的寂静，总是选错时间和场合。

这已足以让他离她而去。他很容易受到温柔的影响，让流言乘虚而入，任自己受女性崇拜者的诱惑。就像他自己表白的那样，他喜欢的，是过他想过的生活，做他想做的事情，要自由，不想有负债的感觉。他独立的愿望自然和他根深蒂固的依赖性相矛盾，所以他又用哀歌的形式，要求龚苏萝有崇高的一面：龚苏萝，等我回来的时候要如鲜花盛开……龚苏萝，我小小的圣洁的光芒……我的小雏鸡，守着纯洁的房子……用我的爱织一件大衣……龚苏萝，我温柔的义务……

圣埃克苏佩里奇怪的存在方式逼他在感情上游离，让他只能在孤独的夜航中找到出路和自由，还有他念念不忘的为国而战的欲望。只有面对死亡的挑战，在殉道式的抵抗中，他才能接受牺牲，才能承受感情的失意。行动、友谊、正直、爱国主义激发了英雄主义，飞行被看作找回纯洁和崇高的途径，让他从感情深处的牢笼中解放出来。龚苏萝的回忆录很好地解释了这种狂热而痛苦的追寻。

他们的生活是一系列的别离和团聚，不确定的长途飞行、地址的变换、戏剧性的故事、危机、喊叫和沉默、突然的出发和在"树叶居"温柔而诗意的日子，在那里，龚苏萝想营造莫奈式的迷人的氛围，但这份爱情从来都没有被真正摧毁过。龚苏萝倦怠而痛苦，但她优雅迷人的异国风采并没有减退，最终接受了其他男人的仰慕，建筑师贝尔纳·泽富斯爱她爱得疯狂，德尼·德·鲁杰蒙在纽约和他们夫妇俩住得很近，对龚苏萝也很殷勤（安托万对他情敌唯一的报复就是在国际象棋上击败他）。就是在此人身边，龚苏萝在丈夫消失之后，找到了一点慰藉。他们拉辛式的激情只能存在于这种紧张和别离之中，而这只能越来越肯定一点：这是一对无法分开的夫妻，圣埃克苏佩里向她承认说，只有她是对的，别人都错。他还告诉她，她是他的安慰、他的星星和家中的光芒。因为被歪曲、被否认、被要求回来的龚苏萝才是他不可缺少的。尽管他有很多情妇，有用礼物包围他的公认的爱捷丽①们，她们能确保他的作家生涯，奉承他，有的甚至真诚地爱慕他，但龚苏萝是无法从他心上根除的，倒不是因为她受到的批评和蔑视还不够多。她在他家里是外国人，在《新法兰西杂志》的文学晚会上也别别扭扭。纪德讨厌她，但她说，反正他只喜欢年轻的男人和年老的女人。在她所有的画像、素描和照片上，都有一份纯真和春天的气息，一种娜嘉②式的自由，但正是这种清新给她带来了麻烦，因为在圣埃克苏佩里常去的沙龙里，人们喜欢一种更加解放、知性、自由的女人或是女商人。龚苏萝，就像托尼奥所指责的，"只会大谈特谈她的宗教虔诚"，她谈论上帝和所有的圣人，常常去教堂，定期去忏悔，丈夫出任务的时候为他祈祷……新的

---

① 爱捷丽：启示过罗马王的仙女，后指激发艺术家灵感的人。——译注
② 安德烈·布勒东的小说《娜嘉》中的人物，一个神秘的女子。——译注

矛盾出现了，圣埃克苏佩里表面上嘲笑这种虔诚的迷信，但同时又在钱包里放了一张利雪的圣特蕾莎[①]的画像，而且1940年回来后，他要妻子跟他一起去卢尔德[②]朝圣，并在池中用神奇的圣水为自己洗礼！

龚苏萝的书不停地将许多让圣埃克苏佩里失意和痛苦的内心起伏喧嚣的矛盾例子罗列出来。

所以他总是要龚苏萝，向她求救，她是那个让圣埃克苏佩里确信能照顾自己的人，唯一没有觊觎他的荣光和名声的人；她唯一的愿望，就是和他一起生活在非洲的沙漠深处，在一所小房子里，他能安静地写作，因为她一直要求他写作，让他不要昼夜笙歌，甚至将他锁在她精心布置的房间里，命令他不写完不准出来！

圣埃克苏佩里对此是感激她的，对她说他多么梦想能在她的翅膀下写作，在她鸟儿一样温暖的柔情的保护下……"您鸟儿一般的语言和可爱的战栗……"在美国像凡尔赛宫的白色大房子里，就像他偶尔有点抱怨时形容的，他完成了他的代表作《小王子》。用来画画、让朋友们做模特、从她的故事中产生另一个故事、重新创造有关她的

---

① 利雪的圣特蕾莎（1873～1897）：被誉为"耶稣的小花"的加美乐修女，1925年被追封为圣徒。——译注
② 法国南方城市名，著名的朝圣地。——译注

图像，这样的日子是幸福的。《小王子》是在龚苏萝的熊熊灵感之火中产生的，他最终承认了……而玫瑰，其实就是童话的核心，依然是龚苏萝给了他写这本书的灵感，圣埃克苏佩里后悔曾对他的花太不公正、太忘恩负义："但我太年轻，不知道怎样去爱她。"还是住在贝凡的时候，他就知道一切都抹掉了，在科西嘉时他更确定，龚苏萝已经原谅他，那些小龚苏萝的焦躁不安已经结束。"告诉我，小龚苏萝，我的烦恼也结束了？"他本想将《小王子》题献给她，但龚苏萝希望题献给雷昂·维尔特，他的犹太朋友，圣埃克苏佩里一直对此感到遗憾，他答应她从战场回来后就写续集，这次，她会是梦中的公主，而不是只有四根刺的玫瑰，他要把书题献给她。没有发表的回忆录和他们的书信一样，见证了这一奇特的爱情，太完美的神话可能埋葬的爱情：事实上，圣埃克苏佩里需要从这部被遗忘了50年的手稿中获得新生，显得更像是一个"凡人"。回忆录让圣埃克苏佩里更接近我们，突然变得更令人感动，不再那么说教，而显得更加真实，更加吸引人。"给我写，给我写"，他44岁生日的那天，也是他去世的几星期前，他请求说，"时不时地，（信件）来了，这给我的心灵带来了春天。"

　　"小龚苏萝"收到了这封信和指令。

她写啊，写啊，为了讲述他们的故事，为了让大家听到真相。

阿兰·维尔贡德莱

巴黎，2000 年 2 月

目录

玫瑰
的 回忆

1."马西里亚号上的小姑娘"

每天清晨，在甲板上，里卡多·维纳，双手像鸽子的翅膀一样轻盈的钢琴师，贴着我的耳朵对我说：

"龚苏萝，您不是一个女人。"

我笑了。我吻他的脸颊，避开他长长的、有时会让我打喷嚏的胡子。他则繁文缛节地献起西班牙式的殷勤，向我问好，问我做什么梦，让我准备好好开始过这个前往布宜诺斯艾利斯的旅途中的日子。每天我都在暗地里问我自己，这位唐·里卡多早晨说的那个小小的句子到底是什么意思。

"那么说我是一个天使，一头野兽？我不是女人？"我最后有点恼火地对他说。

他变得严肃起来，希腊人那样有棱有角的脸转向大海，过了一会儿，他握住我的手：

"孩子，您懂得'倾听'，呃，并不是一件坏事……自从我们上了这艘轮船，我就问自己，您是什么。我知道自己喜爱您身上的东西，但我知道您不是一个女人。我就这个问题想了几个通宵，最后开始工作。或许我更应该是个作曲家而不是钢琴演奏家，只能通过音乐来表达我在您身上所感受到的东西。"

他用卡斯蒂利亚人的优雅打开摆在客厅的钢琴，正是他的琴声让他名扬欧洲。我听着音乐，很美。大海摇着我们，音乐悠远悠长。像往常一样，我们开始谈论失眠，谈论发现，时不时地，在茫茫的海上可以看见一座灯塔、一个岛屿或一艘轮船。

我以为自己永远都不用再担心维纳用音乐诠释的那个小句子了，我混在马西里亚号的乘客中。

船上有不少欧洲人，他们都是被旅行社说服了，要在探戈舞曲中去发现年轻的美洲新大陆。也有南美洲当地的游客，他们从巴黎带回一堆裙子、香水、首饰和俏皮话。几位半老徐娘公然谈论着在美容院减了多少公斤的赘肉。还有几位更过分，给我看她们做隆鼻手术前后的照片，告诉我她们漂亮的鼻子几毫米的差别。一位先生跟我描述了他成功的植牙手术：那些廉价牙齿是从穷人那里购买来的……

年轻的女人忙着换衣服，每天向我们展示四五件不同的裙子。她们这么做也是迫不得已，因为南美洲的海关对上流社会女人从事的奢侈品走私相当严厉。每换一次装，她们就要重新浑身洒一遍熏人的香水。阿根廷和巴西女子，她们比那些穿戴华丽的欧洲女人更具风情，不用人请就弹起吉他，唱起家乡的歌谣。船越往前开，这些热带女子就越显得自然，个性也越鲜明。老的、少的都嘟噜着各自的西班牙语或葡萄牙语，法国女人连一丁点讲故事的机会都没有。

丽塔，年轻的巴西女郎，能用吉他模仿钟声，一会儿是弥撒小奏鸣曲，一会儿又是钟楼的排钟齐鸣。她说她是在一次当地的狂欢节上突然有的灵感，那是土著黑人巫师的夜晚，所有女人都跟着感觉走，走向真实、走向未开发原始森林里的所有生命。丽塔的钟声有时能诓骗船上的乘客，把他们引到甲板上来。她认为她的吉他有魔力，如果哪天琴毁了，她也会跟着香消玉殒。她常向朗德神甫倾诉，后者对她一点办法也没有，只能听任她异教的想法和奇怪的信仰。

我很喜欢朗德神甫。我们一起长时间地散步，谈上帝，谈心事，谈人生和升华的途径。当他问我为什么不在餐厅出现的时候，我回答说我在居丧，我丈夫欧里克·戈麦兹·卡利洛去世了，我此行是受了阿根廷政府的邀请，我那身为外交官的可怜亡夫不久前正致力于把阿根廷介绍给欧洲。朗德神甫对他的好几本书都很熟悉，尽力安慰我：他听我以年轻人的坦率跟他讲一个50岁的男人在我们短暂的婚姻期间是如何唤醒我的青春、我的爱情的。我继承了他所有的书、姓氏、财产和日记。我想，他的一生托付给了我，我要用我的余生去理解它，重新体验它、纪念它。我只愿为他而长大，我要将这份礼物当作自己的使命。

里卡多·维纳是我丈夫的一个熟人。在巴黎的时候我就引起了他的注意，因为我娘家的姓和他一个朋友的姓氏相同，桑多瓦尔侯爵，对维纳而言，"桑多瓦尔"意味着海洋、自由的生活和伟大征服者的回忆。巴黎所有的女人都迷恋他，而他对此却毫不动心，音乐才是他的情人……

一天，我们听到吉他手丽塔在他耳边用沙哑的声音问道：

"您是否听命于一个秘密而严厉的教派？它比耶稣会更强大，只允许你做一个纯粹的艺术家。"

"当然，别人可能还跟您说，当满月的时候，我们刚刮完一半胡子，另一半胡子马上又长了出来？"

在船上我还有另一个陪伴，本杰明·柯莱米欧[1]，他去布宜诺斯艾利斯做讲座。他有一张犹太教教士的脸，目光炯炯有神，声音洋溢着热情，话里有一股神秘的力量，让人安心。

"您不笑的时候，头发就变得忧郁，它们才是最累的。您的鬈发掉下来，就像熟睡中的孩子……很奇怪，当您变得活跃，谈起魔术、马戏还有您家乡的火山，您的头发也重新变得生动活泼。如果您想美丽，那么一直欢笑吧！答应我，今晚，别让您的头发睡觉。"

他跟我说的话就好像人们对一只蝴蝶说它得支着翅膀，这样能方便人们更好地看到它的颜色。尽管他的上衣有点长，有点陈旧，胡子让他显得庄严肃穆，他是我朋友中最年轻的一个。他有纯正的犹太血统，好像很高兴做他自己，过自己的生活。他说他爱我，因为我会随时间的变化而变化。这一说法并没能讨好到我，我倒更愿意像他那样沉稳，满意于上帝和自然对自己的造化。

旅途快要结束的时候，维纳、柯莱米欧和我已

---

[1] 本杰明·柯莱米欧（1888～1944）：法国作家和文学史家。——译注

经难分难舍了。

抵达布宜诺斯艾利斯的前一天晚上，很晚，唐·里卡多弹奏了一支奇怪而美妙的前奏曲，之后说这支曲子叫《马西里亚号上的小姑娘》。

"是您，"他边说边递给我几页手稿，"您是这艘船上的小姑娘。"

丽塔马上建议用吉他给他伴奏，因为，她说，只有她的吉他才能揭示这支曲子的意义，才能诠释维纳对我的想法。

到了。我们满脑子想着要下船，只是礼貌地谈话，像木偶一样，这时我听到甲板上有人喊：

"戈麦兹·卡利洛的妻子，有人找。戈麦兹·卡利洛的妻子在哪儿？"

我费了点劲才意识到他说的人是我。

"是我，先生。"我腼腆地低声说道。

"啊！我们以为您是位年长的妇人！"

"这由不得我自己，"我说，照相机的闪光灯在我周围闪着，"你们能给我指点一家旅馆吗？"

他们以为我在开玩笑。一个部长到码头来接我。他告诉我，受政府邀请，我将下榻西班牙旅馆，官方贵宾的住所。总统让我原谅他无法把我安顿在他自己家，因为忙于应付即将到来的一场革命。

"什么！一场革命？"

"是的，夫人，一场真正的革命。但他是个聪明人，唐·艾尔贝吕多①，他是第三次当选总统。他知道怎样控制局势。"

"你们的革命是不是很快就要发生？你们国家常有革命吗？"

"不是，"部长否认道，"我不这样认为。总统不想多事，只是静静地等待革命的到来。他拒绝对在街上游行示威、大叫'打倒艾尔贝吕多'的学生采取措施。形势变得很严峻，但我很高兴您还有几天时间可以拜访总统。我建议您明天一早就去。他很喜欢您丈夫，会很高兴和居丧的您谈起您丈夫的。"

翌日，我要了一辆车去卡萨·罗萨达，政府所在地。我经过唯一一座装点首都的纽约式摩天大厦，它在市中心占了很大的一块地；四周是矮小的房屋，似乎它们永远都不会有什么变迁。

我找到了艾尔贝吕多总统本人，这是他的外号，

---

① 伊波利托·伊里戈廷（1859～1933），1916～1922年和1928～1930年为阿根廷的总统，绰号"艾尔贝吕多"，即"头发多的人"。

大家都这么叫。他是个非常明智、非常安详的人。他笑着对我说，他看起来比较老，每天几乎只吃两个新鲜鸡蛋，都是养在自己家里的健康的母鸡下的蛋。他一直都不肯住总统府，每天都从家里步行前往那里办公。我怕谈到我们亲爱的戈麦兹·卡利洛的突然谢世，便问总统对那些到处传说的星期三要爆发的革命到底做何感想。他变得严肃起来，但并不忧郁：

"他们决定革命……大学生们……他们已经说了几年了，或许有一天他们真会革命。我想会在我去世以后吧！我总是满足他们的要求。我签字，签字，从早到晚，同意他们的所有观点。"

"可能您签的字太多了，"我试探地说，"或许这就是问题的症结。"

"戈麦兹·卡利洛的死，"他对我的提问避而不答，"让我伤心了很久。您知道，他答应我要来布宜诺斯艾利斯就任一阵子教育部部长。我认为教育部是最重要的一个部门。我听从了他的一个建议：将学校的老督学换成年轻貌美的姑娘。我记得小时候，每天早上看到满口镶了奇怪假牙的老女人坐在教室里监督我们，对我而言，这简直就是噩梦一场。她们已经失去了对孩子的热爱。现在换了年轻可爱的女子，学生

9

哪怕不为文凭也会学习……我想孩子们和漂亮老师一起学习会更容易。"

我听他说，微笑着，想象着家长们的抱怨：把孩子交给那些除了美貌，既无文化又无经验的督学……

G.部长当晚请我和其他许多官方名流一起晚宴。革命据说还是定在星期三爆发。女人都很漂亮，饭菜也很丰盛。布宜诺斯艾利斯的饭菜比欧洲的要丰盛三倍。我对此行很满意。

2. "我向您介绍安托万·德·圣埃克苏佩里，他是飞行员"

　　本杰明·柯莱米欧刚在"艺术之家"做了他的首次讲演。我在那个沙龙里看到了布宜诺斯艾利斯的整个上流社会。大家都在谈论革命。

　　"他们都很可爱，"柯莱米欧对我说，"我想在这儿待上几个星期，但革命开始让我害怕了。他们谈起它来就像在谈什么有趣的东西似的。或许他们以为革命是不会有牺牲的，第一次世界大战时我是士兵，我一点都不喜欢子弹呼啸的声音。我的天性是文静的，"他抚着他的胡子补充道，"对了，下午您不想去我旅馆吗？我想介绍一个很有意思的法国朋友给您。别放我鸽子，我等您。"

　　在旅馆的客厅里，举办了一个欢迎柯莱米欧的鸡尾酒会，大家谈来谈去最终都会谈到革命上去。这让我觉得很无聊，我甚至觉得这场革命来得太慢了。

　　"您的革命什么时候发动？"一个人打趣地问。

"我的安排在星期四，我和您打什么赌都行。"
另一个回答。

我看了看时间，决定和柯莱米欧不辞而别，因
为怕他挽留。当我正在穿大衣的时候，一个棕色头
发、个子很高的男子出现在旅馆大厅里。他径直朝我
走来，拉着我的手臂不让我套进去：

"我刚来您就要走？再待几分钟吧。"

"我要走了，有人等我。"

柯莱米欧跑过来，黑胡子中间露出白色的牙，说：

"对，对，留下来，这就是我约的人。我在船上
的时候就说过我要给您介绍一位飞行员，说他肯定会
招您喜欢，因为他和您一样是个热爱南美洲的人，而
且他会说西班牙语，说得很糟糕，但听懂没问题。"

柯莱米欧站在拉着我的手臂的棕发男子对面，
扯着胡子，说：

"她是典型的西班牙女郎，您知道，西班牙女郎
生起气来，那可是当真的！"

棕发男子很高大，我要抬起头来才能看到他。

"本杰明，您没跟我说过这里也会有漂亮的女
士。谢谢您。"

然后，他转头对我说：

"别走，坐在这张椅子上。"

他推了我一把，我失去平衡，跌坐在椅子上。他说了抱歉，但我几乎无法抗议。

"您是谁？"我最终问道，试着用脚尖去够地毯，因为我显然被这张高大而深陷的圈椅困住了。

"对不起，对不起，"柯莱米欧插话说，"我忘了给您介绍了。安托万·德·圣埃克苏佩里，飞行员，他会带您在高空俯瞰布宜诺斯艾利斯的全城，还有星星。因为他是那么喜欢星星……"

"我不喜欢飞行，"我说，"我不喜欢飞快的东西，不喜欢一下子看见这么多个脑袋。我想离开了。"

"但这些脑袋和星星又没有任何关系！"棕发男人大叫。

"您以为我们的脑袋和星星真那么遥远？"

"啊！"他吃了一惊，"或许您的脑袋里有星星？"

"我还没有遇到能看见我真正的星星的男人，"我有点忧郁地承认，"但我们说的都是些傻话。我再重复一遍，我不喜欢飞行。走路走快一点就已经会让我觉得头晕了。"

棕发男子没有松开我的手臂，跪在我的椅子旁审视我，仿佛审视一件无法定义的东西。我觉得自己又尴尬又可笑，好像自己是一个说话时会发出声音的布娃娃，仿佛我说的话都失去了意义。他的手重重地压在我的手臂上，我毫无办法，觉得自己被逮住了，被囚在这个天鹅绒的圈椅里，无法逃脱。他还在继续问我问题，逼我回答。我不想再抗议什么了，觉得自己傻乎乎的，但我身上有什么让我无法离开。我开始对自己身上的女人天性生起气来。我又努力了一次，像萤火虫抛出最后的一束光芒，心灵和毅力的光芒。

我试着从椅子上起身，然后温柔地说：

"我走了。"

他用长长的手臂拦住去路。

"但您知道您会到我的飞机上、到云上看拉普拉塔联邦的！那么美丽，您在别的任何地方都不会看到同样的落日！"

柯莱米欧在我的脸上读到了落入陷阱的鸟儿的恐慌。为了替我解围，他用坚决的口气说：

"她要离开了，圣埃克斯①，有一群朋友在等她，我不陪您了，我有客人。"

---

① 对圣埃克苏佩里的简称。

但棕发男子还是不让我从椅子上起来，他用严肃的口吻说：

"我派司机去接那帮朋友欣赏落日。"

"但这不可能，他们有一打。"

"那又怎么样？我有的是飞机。在这儿，我就算是老板。我是航空邮政的头儿。"

再怎么坚持都没用了。他是指挥，他让我们打电话给我们的朋友，我们听他的摆布。

洋溢在柯莱米欧脸上的快乐让我接受了这样的安排。我请棕发男子坐下来，好让我喘口气。我提醒他，所有人都在看我们，他让我喘不过气，我几乎要说不出话了。

他开心地笑了，接着用手摸了摸脸颊，大声赌咒说：

"我没刮胡子，我刚飞了两天两夜！"

他消失在旅店的理发店里，10分钟后，他回来了，刮了胡子，清清爽爽的，笑得跟个孩子一样。他叫道：

"柯莱米欧，下次您邀请漂亮女士的时候，得事先通知我！"

"我难道没事先通知您吗？"柯莱米欧狡黠地回

了一句。

"先一起喝一杯，我渴了。如果我说话太多，请原谅我，因为我几乎有一星期没遇上人了。我以后再跟您讲关于巴塔哥尼亚的故事，讲那里的鸟，还有比我的拳头还小的猴子。"

他握住我的手，惊叹道：

"哦！它们多小啊！您知道吗？我会看手相。"

他把我的手握了好一会儿。我试着把自己的手从他的掌中抽回来，但他不肯放：

"不，我正研究它们呢！您的掌纹中有一些平行的线。您有双重生活。我不知道这意味着什么，但它们都是平行的。不，我不认为您的性格是完全不可破解的，有什么东西对您影响很大，或许是您的故乡。您是从中美洲移植到欧洲去的。"

我突然很高兴他所注意到的东西，但还是不肯迁就他：

"我真的不喜欢上飞机，我不喜欢速度。我宁可坐在角落一动不动。这肯定是因为我的故乡的缘故，萨尔瓦多①经常地震。总有一天，一眨眼的工夫，您

---

① 中美洲国家，龚苏萝的故乡，热带气候，多地震。

就发现万多姆广场居然到了您家门前。"

"那好，"他笑着回答我说，"我会慢慢开我的飞机。我已经要了一辆巴士去接您的朋友们，他们住西方旅馆，有人会把他们接到这里来。那些想和您一起去的人都到这里了。"

一切都安排好了，20分钟后，我们上了巴士，往机场开去。往约好的日落驶去。从布宜诺斯艾利斯到帕切科要开整整一个小时，在汽车的颠簸中，我听这个大男孩讲故事，讲他的人生，讲他的夜航。我于是对他说：

"知道吗？您应该把这些故事写下来，您说得那么美。"

"好，我会为您而写。我写过一本书，是我最初的一些信件，在5年前，那时我还年轻。"

"5年根本就算不了什么。"

"很久了，那时我非常年轻，在撒哈拉沙漠。书的名字叫《南线邮航》。回头我们会去我家，我给您一本。书毫无反响，我只卖出去3本，一本卖给我姨妈，一本卖给我妹妹，还有一本卖给我妹妹的一个女友。只有3本……大家都有点笑话我，但如果您说我所说的很好，那么我就去写。它只是为您而写，那会是一封很长很长的信。"

我是唯一的女人。本该陪我们来的 E. 夫人借口
到机场的道路尘土太大而没有来。在汽车上，圣埃
克苏佩里热情洋溢地讲啊、讲啊，他说得那么绘声绘
色，似幻似真。柯莱米欧提问，他回答，一点也不疲
倦。他说他有一星期没说过话了，所以要跟我们倾诉
关于飞行的许多许多的故事。

我们终于到了机场。一辆漂亮的银色飞机正等
着我们。我想到乘客坐的机舱里去，但他坚持要我坐
在他身边副驾驶员的位置上。客舱和驾驶舱由一道帘
子隔开，是很大的一块布。我不知道人们如何能在飞
机上飞行。他拉上帘子。我窥视着他的手，敏捷、秀
气、紧张、有力，是拉斐尔①的手。他的手泄露了他
的个性。我害怕，但我把自己的生命托付给他。我们
起飞了。他脸上的肌肉松弛了，我们飞在平原上空，
飞在水上空。我的胃不是很舒服，我觉得自己脸色苍
白，呼吸沉重。幸好飞机的马达声盖住了我的呻吟。
高度让我耳鸣，我想打哈欠。突然他关掉了马达：

"您经常飞吗？"

---

① 拉斐尔：犹太教中最主要的 7 个天使之一。

"不，这是我头一次坐飞机。"我腼腆地回答。

"这让您开心吗？"他高兴地看着我，问道。

"不，只是有点新奇。"

他拉下操纵杆，好趴在我耳边说话。之后，他再次拉高操纵杆，接着又将它拉下来，以便再和我说话。他让飞机翻了几个跟斗，开心地看我们害怕的样子。我笑了。

他把手放在我的膝盖上，伸过脸对我说：

"您能吻一下我吗？"

"哦，圣埃克苏佩里先生，您知道，在我家乡，我们只吻自己熟悉的、心爱的人。我刚刚守寡，您怎么会想到要我吻您！"

他咬着嘴唇忍住笑。

"吻我，否则我就淹死你。"他边说边装作要把飞机冲到海里去的样子。

我气得咬手绢。凭什么要我吻这个我刚认识的男人？我觉得这个玩笑一点都不好玩。

"您就是这样得到女人们的吻的？"我问他，"这种方法在我身上可行不通。我受够了这次飞行。如果您想让我高兴，那就着陆吧，我刚死了丈夫，我很忧郁。"

"啊，我们掉下去了！"

"我无所谓。"

于是他看着我，关上通话器，对我说：

"我知道，您不肯吻我是因为我长得太丑。"

看到泪珠从他的眼里滚下来，滚到领带上，我的心被柔情融化了。我尽量侧过身，吻了他。他狂热地回吻我，有两三分钟我们保持这样的姿势，飞机飞上去，落下来，他关上引擎，又再次打开。所有的乘客都难受得厉害。我们听到他们在后面抱怨呻吟。

"您不丑，不，您对我来说太强壮了。您弄痛我了。您咬我，您吃我，您根本不是在吻我。现在我想着陆了。"

"原谅我，我不是很了解女人。我爱您因为您是一个孩子，而且您害怕。"

"您最终会弄痛我的，您疯了！"

"我只是看起来疯了。我做自己爱做的事情，哪怕这会伤到我自己。"

"听我说，"我几乎都喊不出来了，"着陆吧！我觉得不舒服，我不想晕倒。"

"休想！看，那边，拉普拉塔。"

"好吧，是拉普拉塔，但我想看看城市。"

"我希望您不晕机。"

"有点。"

"给，这是一颗小药丸，伸出舌头。"

他把药丸放在我的嘴里，紧张地握着我的手：

"多小的手啊！孩子的手！永远都把您的手给我！"

"可我不想成为断手的人！"

"您多美啊！我向您求婚。我喜欢您的手，我想把它们占为己有。"

"但是，听我说，您认识我才几个小时！"

"您等着瞧，您会嫁给我的。"

我们终于着陆了，所有的朋友都不舒服。柯莱米欧吐在衬衫上，维纳觉得他没法开演奏会了。

圣埃克苏佩里一直把我抱到车上。司机把我们送到他家。我一辈子都不会忘记这次行程。车在珠宝店铺的橱窗前开过，闪亮的宝石，漂亮的珠宝首饰，有卖羽毛的，卖草编的小鸟的，简直是个小巴黎，仿佛置身在里福里街。我们到了，坐电梯到了圣埃克苏佩里的单身公寓。喝过咖啡，我们都勉强睡了。维纳和柯莱米欧躺在同一张沙发上，我躺在圣埃克苏佩里的床上。头很晕，我感到有点恶心，不知道自己身在何处，昏昏欲睡，他给我念了《南线航邮》的一段文章。我什么也听不见了，最终我对他说：

"听着，您就不能让我一个人待着吗？我太热了，我想冲个澡。请原谅。"

他出去了，去了另一个房间。我冲了个澡，他给了我一件睡袍。我又躺下了。他躺在我身边，对我说：

"别怕，我不会非礼您的。"

接着，他又说：

"我喜欢别人爱我，我不喜欢偷东西。我喜欢别人主动给我。"

我笑了：

"听着，我很快就会回巴黎，不管怎么说，这次飞行还是给我留下了美好的回忆，只是我的朋友们全不舒服，我也有一点。"

"给，这还有一颗药丸。"

我吃了药丸，睡着了。我半夜醒来，他给我弄了点热汤。随后，他给我放了一部他自己拍摄的录像。

"这都是我在飞行后看的东西。"他说。

音乐很奇特，伴随画面的是印度的歌曲。我撑不住了，这个男人给人的印象太深了，内涵太丰富。

迷糊中，我告诉他，维纳当晚有一场音乐会，要送他去剧院。他让我放心，说维纳正睡得香甜，才凌晨 3 点，我也应该乖乖地再去睡觉。

醒来的时候，我已经在他的怀里。

3. "他很有天赋。他会写出他的《夜航》"

朋友们全走了。当我再见到他们，已是几天以后的事了，他们发誓说他们再也不会上飞机！至于柯莱米欧，单单"飞机"这个词就让他想吐：

"有些'眩晕'，是一辈子都不会忘记的！"

革命迫近了，我建议坐次日的下一班船离开。

"别怕，明天到我旅馆吃中饭。您有空吗？"

"当然有，亲爱的柯莱米欧，那就明天见！"

我回到旅馆。一切都乱糟糟的，女仆们进进出出，在房门后面没完没了地嘀嘀咕咕。我很高兴：明天和柯莱米欧共进午餐，然后一起回巴黎。

晚上，我和 G. 部长在旅馆晚餐。他是个聪明的人，思维非常活跃，也很善良。他坚持要会见我，好纪念戈麦兹·卡利洛。我想把自己打扮得漂亮些好接待他，旅店的气氛和我的心情形成巨大的反差。我唱着歌，穿上一条白色的裙子，还在头发上搭了一块有蕾丝花边的黑色面纱。

我了解当时的政治问题，所以部长能为我抽出一晚上的时间，这让我颇为感动。他抱歉地说，出于谨慎，让人把饭局安排在一个有点偏僻的客厅里。

"我以您的名义邀请了戈麦兹·卡利洛的几个好友，他们的妻子都很迷人，都想认识您。她们想一睹那个代替了拉盖尔·梅蕾——'紫罗兰美人'在大师心中地位的女人！"

戈麦兹·卡利洛的离异和我们之后的婚礼激发了她们的想象。我不想对此深谈，于是将话题转到总统身上。

"还是跟我说说唐·艾尔贝吕多吧！我觉得他很热情。我和他一起待了一个小时，他和我谈起了他那些会下蛋的鸡：'我老了，我要吃新鲜的鸡蛋。'我想，他的职责让他感到疲倦了，甚至看都不看一眼文件就签⋯⋯"

G.部长是他的挚友，知道这场革命的目的是赶唐·艾尔贝吕多下台。

当浇了阿根廷美酒的可口菜肴端上来的时候，有人急急忙忙地送了封信到我们桌上。是我的飞行员写的。他刚在飞机上飞了一天一夜。他激动地跟我描述飞行中遇到的暴风雨和不得已的中途停靠。他跟我谈到鲜花、风暴、梦幻和结实的土地。他说他回到人群只是为了看看我，碰碰我，牵我的手。他请求我乖乖地等他。我笑着大声将信念了出来。信的开头是"夫人，亲爱的，如果您允许"，结尾是"您的未婚夫，如果您愿意"！我们都觉得信写得很别致，美妙极了。他的《夜航》就是从这封情书里诞生的。

那晚，我梦见他的手在向我示意。阴惨惨的天空。那是一次没有希望的夜航。只有我才有点亮太阳、指引他归途的能力。焦躁中，我打电话叫醒了善良的柯莱米欧。他得出结论是我应该接受他的求婚。他说，我不能留下他一个人在我的梦中挣扎……"他有写作的天赋，如果您爱他，他将写出他的《夜航》，那将是一本伟大的作品。"

第二天，在慕尼黑酒吧，我、柯莱米欧、维纳和圣埃克苏佩里聚在一起，快乐地说笑。柯莱米欧对他说：

"您会写的，那部伟大的作品，等着瞧。"

"如果她握着我的手，如果她是我妻子。"圣埃克苏佩里回答。

找不出理由拒绝，我最终答应了他的求婚。他快乐得发疯，想给我买在布宜诺斯艾利斯能找到的最大的钻石。就在这时，有人打电话找他。

"我得马上走，"他说，"我们一起去机场，到那儿去订婚，因为您在那儿吻了我。"

柯莱米欧这次不想再走那么远的路。只有维纳陪我们去，他对我们说：

"您得赶紧，不然我会以为自己是'马西里亚号的小姑娘'的未婚夫！机场没有钢琴，该叫人搬一台去。"

"为了您，我可以让人从巴黎运一台来。"我笑着对他说。

托尼奥朝我们走来，脸色阴沉：

"我要离开您了。"

"但您不能离开我。我们今晚要订婚。"

我觉得当时的情景可笑极了。尽管我一点也不明白，但我觉得很幸福。

"您看到刚走的那个飞行员了？他害怕了。他曾经惴惴不安地回来过一趟了，他觉得自己过不了了。"

"过不了什么？"我问。

"漫漫长夜，"托尼奥哼唧着，"天气预报不是很好，但对我来说已经算不错了。应该把他们从恐惧中解救出来，像多拉①说的那样……如果他坚持，我就替他飞。信件应该今晚出发。"

我们吃着牡蛎，喝着白葡萄酒。我也开始害怕……害怕黑夜。电话一起响，无线电，在距离我们两米的地方，传送着尖锐的摩尔斯电码：其他飞行员在问路。

无线电广播顶上的光晕照在他脸上，阴森森的。接着传来马达的轰鸣声。一道白光，像牛奶的颜色，穿破我眼前的机场。托尼奥按了铃，一个阿根廷人（服装师，和在剧院一样）过来给他着装，动作快得我连说都说不上来。他给他穿上靴子，套上一件皮衣，将手套也递给他。这时，一个飞行员从飞机上下来，他回来了。

"让他来我办公室。"托尼奥叫道，"趁还有牡蛎，让他来啃啃面包，喝喝酒。请您原谅，"他对我说，"我很急。"

那个害怕了的飞行员进来，由一个秘书陪着。他站在那里，有些局促，心虚，呼吸困难，脱下头盔。

---

① 多拉（1891～1969）：法国飞行员，一战时战斗机驾驶员，是稍后开创商业飞行业务的先锋之一。

托尼奥口授秘书："奥斯曼大街，巴黎。飞行员阿尔贝被解雇，通知其他飞行员。"

阿尔贝叫道：

"如果您将这份电报发出去，我就杀了您。"

他向正朝飞机走去的托尼奥跑去。

"您连黑夜都怕，还想杀我？等我回来吧！"圣埃克斯对他喊道。

飞行员手中握着一把手枪，哭了。

"您过不了夜的，您会坠机的……"

他还在哭。

维纳和我呆住了，白葡萄酒噎住了我们的喉咙。

"Niña, niña, nos vamos a casa?[①]"

"不，里卡多，今晚是我订婚的日子。"

里卡多摸了摸胡子。一个响亮的声音在场棚里响起："里卡多·维纳！"

"我做了什么错事？"维纳吓了一跳，"我可不想飞……"

"有您一份电报。"

"我的？"

---

① 西班牙语："小姑娘，小姑娘，我们回家？"

里卡多越来越摸不着头脑了。他在口袋里找他的眼镜，但眼镜怎么也拿不出来，阿尔贝垂着头，边诅咒边在黑暗里走远了。

里卡多最终读了电报："对我的缺席致以一千个歉意。订婚继续举行，直到我回来。我回来的时候乌云就会散了，风也更顺。大约在午夜，我想。您的朋友，圣埃克斯。"

"这么快就发了电报！了不起！"维纳激动地笑了，"好了，订婚预示了 una boda magnífica, inesperada！①"

这是夜航的开始，那些让我难以入眠的夜航的开始。

次日，我们用一杯牛奶咖啡，在机场庆祝了订婚礼。托尼奥把邮件交到下一站，在那儿他找到了一个预备飞行员。

有人来通知我们革命就要在当天发生。我平静地接受了这一消息。什么也不能让我担心了，我的飞行员已经回来了。

---

① 西班牙语：一场美妙、出人意料的婚礼。

维纳和我回布宜诺斯艾利斯睡觉。托尼奥得留在机场，等他的邮件的消息。电话把我闹醒了，是柯莱米欧。

"起床，革命爆发了……有人在您那条街上开枪，您听到了？"

"啊，是吗？您知道，昨晚我睡得很迟。等等，我到窗前看一眼。有人开枪，是的，这是革命。但我会去和您一起午餐，等我。"

我刚穿好衣服就发现服务生几乎全跑了，只有一个老头在一个角落，什么也不说，递给我一封急电。我从他手中夺过来。这时，托尼奥突然跑进我的套房，像个魔鬼。

"啊，您在？我担心您。机场离布宜诺斯艾利斯那么远，一想到会迟到、会失去您，我比在任何飞行中都要焦躁不安。过来。"

"怎么了？没什么的，不就是革命吗……在墨西哥，我15岁时，我和同学看过的革命多的是。时不时会有人中弹，但很少有人死。市民们枪法不好，训练群众杀人还真需要一些年头。"

他笑了。

"好，如果您不害怕，我也不怕……对了，瞧，我带了摄像机，想把开枪的场面拍下来，法国的朋友会高兴看到的。还记得我给您看的我拍摄的小录像吗？"

"记得，但陪我去柯莱米欧那儿，他等我们一起吃午饭呢！"

"他在等您，而不是等我……"

"但我们订婚了。"

"他们不会相信的，"他对我说，"看着我的眼睛。我空闲的时间很少，而每次我来看您，您总和别人待在一起。"

"是的，如果您把革命当成'别人'的话。"

我们慢慢地走着，开始争吵。他根本就不让我有时间考虑。我想抗议，对他说，我不想一生都在机场度过，坐在一张椅子上等待。但子弹飞得比我们的想法更快，他紧紧地抓住我的手臂。

"赶紧，人们会打死你的。看，这儿有两三个人倒下死了。"

"或许他们只是受了伤？"

"走，快走，小姑娘，否则我要把您扛在肩上了。"

他很严肃地命令我，看着我的高跟鞋和细碎的步子。

"在有人开枪的街上不应该跑，"我对他说，"这样，人行道那边的革命者才能把我们看得更清楚。何况您的样子和阿根廷人很不一样。在卡车上面的士兵不会理会我们的，他们只对武装者开枪。"

"既然如此，为什么我们不走到街中心去，小姑娘？"

革命者闯进了几处私人住宅，有人在屋顶开枪。一个端着卡宾枪的男人突然威胁我们，但托尼奥大声对他喊道，镇定而响亮的嗓音盖过了枪声：

"我是法国人。看！"他加了一句，露出他的荣誉勋章。

这一小小的举动解决了所有问题，但我还是害怕：

"快，我们跑到车门后面去吧！"

我们整整花了一个小时看革命者的行动。一些人倒下，哼都不哼一声，另一些人很快把他们拖走，马上又有别人从地道中出来代替他们。我们不能老待在同一个位置，也变得神经兮兮。我们继续走到街角，那边没有革命者，但所有窗户都关上了，隐约看到一张张躲在窗后窥视的脸。人群在疯狂地骚动。

我们终于到了柯莱米欧那儿，他很高兴听我们讲发生的事情。

"艾尔贝吕多是您的朋友。住在旅馆的人是反对派，您说话可要小心。"

他笑了，这是他第一次看到革命。几架飞机还在继续威胁布宜诺斯艾利斯，如果政府还坚持对抗。但艾尔贝吕多在卡萨罗萨达，早就无条件投降了。

傍晚的时候，革命党胜利了。起义者开始往街上扔总统那派人的家具。他们把总统的雕像丢在路上，用一根绳子吊着，放火烧了内阁府。

我和托尼奥跑回我的旅馆，想救回我的行李，之后我回到柯莱米欧那儿。突然，警笛响了，是从政府机关报《批评》那边传来的。

"不会是反革命干的吧？"我问。

"去哪儿？"柯莱米欧回了一句。

"我是不想动了，我讨厌骚动。我来布宜诺斯艾利斯是来休息的！"

托尼奥和柯莱米欧笑了。

最后我们决定爬到屋顶上去，在那儿，托尼奥可以拍摄。"不把场面拍下来也太可惜了。"他说。我们从一个屋顶爬到另一个屋顶。托尼奥想到街上去。柯莱米欧劝我乖乖地让他去拍录像："我们就待在屋顶上的一个角落看局势的发展。"

《批评》报社的火一直烧到旅馆附近。浓烟几乎让我们喘不上气来，不得不离开。

晚上，我们在酒吧要了点鸡尾酒，我穿着撕破了的裙子。柯莱米欧决定下周一离开。我不知道自己置身何处，也不知道该做什么，在报纸的烟灰和钢琴酒吧的花香里有点晕了……

4. "您肯定想要一个终身伴侣吗"

　　我走在城里，每一步对我来说都是新的冒险，我自问是否得见证这些奇怪的事情：革命，在总统家做客，艾尔贝吕多的雕像被拖到街上，淹没在头一次自以为得到自由的年轻人神经质般的笑声中。被毁坏的雕像就是一个象征。大理石经得起岁月沧桑、风雨变幻亦是徒然，大学生们心中的风暴可比潘巴草原的坏天气厉害多了……

　　唐·艾尔贝吕多几天后自己去了监狱，关在一艘处于黑暗中的船上，心灵无以安慰。他老了，别人却想让海上的凄风苦雨"害死"他。人们整夜地讨论该把这个阿根廷民众捧出来的独裁者发配到什么地方。谁也找不到有什么更凄凉的地方可以用来安置这个无辜的人，他的过错就是忽略了一国之君的职责。

　　我害怕这盘旋在布宜诺斯艾利斯上空的奇怪气氛。没有一扇门让我觉得安全，每一扇窗都让我觉得是陷阱，是牢笼。对像我这样来自巴黎的信徒来说，一切都超出了想象；在巴黎，一切都那么简单，甚至死亡、贫穷和不公正。这里，一切都有待去发现，去创造。我慢慢地往前走。为什么我正好会在人群暴动的时候来？我真是运气不好。我来是为了找朋友，找一份宁静好平息年轻寡妇哀伤的心，而我到处所见却是热带人将他们的不满第一次宣泄出来。

在口袋里，我摸到我的"空中骑士"的情书，我用手指摸着它，每走一步，一举一动，我都能感到它的存在。我对自己说，不就是一封情书吗……而爱情……爱情……我继续向前走。

太多的东西向我袭来，逼我思考，逼我长大。我想试着明白，我知道整个故事里有什么东西要解读。我不知道是我还是芸芸众生，要仔细地聆听新的命运的安排。我放慢脚步，抬头看灰蒙蒙的天空压在布宜诺斯艾利斯的复折屋顶上：没有影子，没有树叶，只有几个行人。我想到巴黎街区美丽的粉色的栗子树，想到将城市一分为二的塞纳河，想到这个时候平静、闲散的小书商。有一天，我的一个阿根廷朋友告诉我说，她拥有5000棵树，在布宜诺斯艾利斯，大家会数树的数目。树都是从外地运来的，和那些因犯一样，需要很多的关爱和照顾才会长得好。在这个国家，为了看见树木，人们可以不惜跑大老远的路，他们让树在家里生长，爱护着，等它回报一树阴凉。我认识几户人家，由于花匠的照料，树长得很茂盛。但潘巴草原土地贫瘠，不想付出，总那么荒凉，做它的潘巴。人们费了那么大的劲种出一点绿色，完全是出于执着。收获的是一个奇迹。遇到的困难越多，越是能创造出奇迹……

　　托尼奥的信一直在我的裙子口袋里，贴着我的身体，在对我说话，尽管我不想听。我试着去理解发生在自己身上的事，在这个坚硬而温存的国家。我感到孤独，像个孤儿，远离巴黎亨利－马丁大街的栗子树，被流放到远离卢森堡的地方。孤独，看不清自己，我的骄傲给了我存在的真实感觉。有人让我扮演妻子的角色。我是为它而生？我真的想演这个角色？想得太多，头都痛了。最后，为了让自己放松一下，我听从了情书的召唤，把手伸到口袋里，慢慢地拿出情书。他，"空中骑士"，给了我一切，他的心，他的姓，他的生命。他对我说，他的生活是一次飞行，他希望带着我，觉得我好轻好轻，但他认为我的年轻可以承受他许诺我的意外：不眠之夜，突然的变化，永远没有行李，除了我依赖他的生活，别无其他。他还说，他肯定能回到地上采撷我，以快到令人眩晕的速度。还说我是他的花园，他给我带来光明，我给他结实的大地，人类的大地，有家的大地，一杯特地为他煮的热咖啡，在一直等着他的鲜花旁边。我害怕读到这些句子，想回头看看，看我安宁的家园。

在阴暗的街道，我的担心一丝都没有减少。我感到有点倦怠，甚至没有哭。我像掉进陷阱的动物一样扯着自己的头发。为什么要接受和这个态度强硬的大鸟不可能的结合？他飞得那么高。为什么我孩子般的心灵会受这些云朵、彩虹的诱惑？我闭上眼睛不去看信。我把它放回口袋，继续步行到一个教堂，求上帝告诉我何去何从。

只有上帝才能安慰我心灵的伤口。我想起母亲的劝告："上帝不希望我们忧郁、迷茫，而是快乐和坚强。"但为什么我这么困扰，主啊？我怕得发抖，我发烧，不能思考，但我的心对我轻轻地说："如果柯莱米欧扔下我一个人走了，我就一个人了，得不到建议和保护，只能成为那个空中游客、那个飞行员怀中的布娃娃。"我每走一步，那封信都继续对我呢喃。

我终于到了教堂，是朗德神甫的教堂。他好像在那里等我似的。我开门见山地向他讲了我空中的订婚，并从口袋里掏出那封信。他慢慢地朗读着，好像是为了读给我听信中的内容。他正面看着我，对我说：

"如果您爱他，我建议您嫁给他；他有一股自然的力量，他是个诚实的人，他是单身，如果上帝帮助你们，你们会组成一个幸福的家庭。"

我从他手中取回信，走了。

我独自一人，穿过布宜诺斯艾利斯的喧嚣，突然看见我以前住的旅馆：西班牙旅馆。出于好奇，我走了进去。我要求看一下我的房间。没人反对。楼梯上有点乱，大厅也是，但仆人们都显得平静而顺从。我推开房间的门，就在那里，大家曾经谈了那么多关于革命的事。我找到了我的大行李箱，完好无损，但太重，我拎不动。一封给我的信就摆在箱子上面，信封上有几点污渍，可能是几滴水。我打开信，看起来。还是我的飞行员的信，他又跟我提娶我的事，说他不要我回法国，说他知道我是受了政府的邀请，建议我不要搅和到当地的政治中去，而一定要认真对待他对我的爱。他说我们的朋友柯莱米欧也认为我们会天长地久。他让我做个成熟的女人，考虑他的心情。

我把这封信和另一封信一起放进口袋，颤抖着，微微地呻吟着……

我终于走出了旅馆。我在街上自言自语，仿佛眼前又浮现出他温柔的脸庞，大而深邃的黑眼睛。上次我看到醒着的他，是在他几天几夜的飞行之后，他就像经历了一夜暴风雨的天使一样清新，微笑着。他已经准备好去跳舞，去再次飞翔了。他可以一天只吃一顿，甚至不吃一点东西；可以一口气喝一桶水，也可以几天滴水不沾。他唯一固定的是天上的暴风和心中的雷雨。一天，他到我的旅店来，看见我正在喝一杯水：

"啊！"他说，"我知道自己缺什么了，我从昨天开始就没喝过水。倒水给我喝。"

我把一杯水和一瓶白兰地递给他，他想都没想就把整瓶白兰地都倒进喉咙里，接着喝水。他忘了在座的其他人可能也想喝，甚至都没道歉，怕忘记要讲的东西。这让他颇感烦恼。有时，如果有人半道打断他的故事，他之后很长时间都会沉默不语，有时甚至整晚都不再说话。我要整夜讲个没完，因为他没有一点时间观念。有时候拜访会一直延续到第二天早上，他觉得这样自然得很。有时，困了，他随便在哪儿躺下就睡了，而且什么人都弄不醒他。

一天，有人把他从机场接回来。他把我的地址告诉司机，司机把睡着的他带到我这里，好像送的是一个包裹。在旅馆里，仆人们打趣地对我说：

"您的飞行员睡着了，有人把他送上门了：他睡着了，睡着了！"

能把这孩子怎么的？我让人把他平放在沙发上，让我的女仆等他醒来后照料他；我担心自己的名声，所以把他留在我的房间里后，自己去了另一个房间。

这个从不知疲倦的男人对一些最简单的动作很敏感，比如他讨厌把烟灰弹进烟灰缸，即使烟灰会掉进他裤子的褶子里；为了不中断对话，他也假装对衣服视而不见，哪怕它们烧着了！

我继续一个人在大街上走，想着我沉睡的飞行员……我的样子就像一个愚蠢的小流浪女，撞到行人身上，我不知道要去哪里。突然，一个男人抓住我的手臂，在我的耳边大叫：

"上车，上车。"

"啊，是您，托尼奥？"

"是的，是我。我到处找您。您像个小可怜，佝偻着走路。您丢了什么？"

"我想我丢了我的脑子。"

他开心地笑了：

"是我的司机认出您的，我恐怕认不出您。您为什么这么忧伤？人们还以为您是个孤儿呢。"

"是的，我忧伤是因为我没有勇气躲开您。我想我是不想听到事实；对您来说，我只是一个梦，您喜欢拿生命当儿戏，什么都不怕，甚至不怕我。但要知道，我不是一个物体，也不是个布娃娃：我不会每天改变我的模样。我喜欢每天坐在同一个地方，坐在我的椅子上，而我很清楚您喜欢每天更换不同的地方。如果您坦诚地告诉我，您的信、您的表白都是关于爱情的一篇散文、一个童话、一个梦，我不会生气的。您是个英俊的小伙子，强壮、聪明，不会拿一个像我这样可怜的姑娘开心的，我唯一的财富就是我的心和我的生命。"

"从某种意义来说，"他回答，"您是不是认为我的优点太多而不能成为您的丈夫？"

"成为一个好丈夫，也许。"我沉思着回答。

"啊，女人都是一个样！她们喜欢诗歌里、舞台上的爱情。她们喜欢别人的爱情，但是生活，用自己的心去爱，这是另一回事，那完全是上天的恩惠。

为什么您不相信爱情呢？"他紧紧地握着我的手说，"为什么，您这么年轻，对生活却这么不信任？为什么您对甜蜜的生活感到如此苦涩？"

"您曾经多少次想结婚，托尼奥？您有过多少个未婚妻？"

"告诉您吧，只有一次，当时我还很年轻。我和一个打了石膏、瘫痪的年轻女子订了婚。医生说她可能一辈子都不能行走了，但她是我童年的玩伴，我爱她。她曾是我游戏和梦中的未婚妻，她露在石膏外面的脑袋跟我讲她的梦想。但她也跟我撒谎，她和我所有的朋友都订了婚，让每个人都相信她对他是情有独钟。我们也是。只是后来，游戏中的其他未婚夫都有了会走路的妻子，只有我还留在她身边。于是她爱上了我，因为我忠诚。之后，大人们搅和到我俩的事情里来，替她找了一个比我有钱的未婚夫，我哭了，是的，我哭了……我一无是处，我要当兵。我选了空军，我年龄不小了，要干得出色才行……在摩洛哥，一个上校想保护我。我作为飞行员参了军，从此再也没有离开过飞行，因为我忠诚。我没有忘记我的那个未婚妻，但这是我第一次想要另一个女人。"

"您父母呢？"

"啊！我母亲很好，我让她来参加我们的婚礼，她会理解的。"

"但我家人都在圣萨尔瓦多等我。我刚刚守寡，又几乎是和我丈夫的一个朋友订婚。而您又总想着飞行。"

"哦不，才不是，我不是一直都飞行的，我只在情况不好的时候才飞。我有好几个飞南美洲内地的飞行员。如果您愿意，我会带您参观法国—南美洲航线的各个中途站。巴拉圭、巴塔哥尼，还有更远的……是我开创的路线，能看到一些小村庄，一切都运行得很好。我会写作，《南线邮航》以后，我还没写过东西呢……但愿这40页的信能告诉您我多么喜欢您……我爱您……我每天都请求您做我的终身伴侣。我需要您，知道您会是我的妻子，我向您发誓。"

"我太感动了……如果我能给您带来什么美好的东西，我可能会考虑再婚的……但不要这么快……托尼奥，您肯定想要一个终身伴侣吗？"

"龚苏萝，我要您一生一世，我什么都想过了。这是我给母亲的电报。我昨天一个人写的。我甚至一天也离不开您。看看每天我给您的信吧：我什么都没做，除了爱您……如果您爱我，我会为给您一个知名的姓氏而努力拼搏，一个和您丈夫戈麦兹·卡利洛一样有名望的姓氏。做一个尽力保护您的活着的男人的妻子，这总好过做一个伟人的寡妇吧！为了说服您，我刚给您写了一封100页的信。请您看一看吧，那是我心灵的暴雨，我生命的暴雨，它从远方向您奔来。相信我，在遇到您之前，我孤零零地生活在世上，灰心绝望。这也是我住在沙漠里、做飞机修理工的原因。我没有妻子，没有希望，没有目标……别人把我派遣到这里，我工作，我挣钱。我在银行里有户头，我26岁就开始攒钱了。我住在一个单身公寓里，临时的，那地方只有鸟，偶尔有几个人来。我本来只租一星期，后来就住了下来。我会顾家的……至于我飞行员的职业，您也知道，它和其他所有职业一样，有它的风险。我甚至都没买一件冬天的大衣，害怕等不到穿它的一天……"

我注意到他，是因为，我和他一样，也希望自己能支配自己。我们两个可以组成全新的自由家庭。

柯莱米欧赞成我们的计划：

"你们的生活会很充实，不要让别人的嫉妒破坏它，一直向前。"

他又对我说:

"这是个人物,让他写作,人们会谈起你们两个的。"

几天后,柯莱米欧走了。

在慕尼黑酒吧,我高大的托尼奥穿着浅色衣服,说他睡不着觉。希望我们很快会结婚,这不过是一个日子问题。他妈妈要来。我们为婚礼在塔哥尔租了一幢漂亮的房子。如果我乖,他对我说,我可以马上住进去,不必在布宜诺斯艾利斯的上流社会躲躲藏藏。因为他将是我的生命,我的一生。

于是我到了塔哥尔。一些朋友来帮忙装修,大家等着来参加婚礼的我未来的婆婆。里卡多一直在开音乐会,他来我们家,他的才能激发了托尼奥的想象力,让我们感到很高兴。

房子很小,但有很大的露台和一个单独的小书房。我在小书房里放了一个有镀金水龙头的小酒桶,在墙上挂了一张原驼的皮、一些草扎的动物和我画的画。我们的朋友都说这个房间是调皮的孩子们的房间。

我很幸福:"当人们在自己心底寻找奇迹的时候,总能找到。我可以说,作为一个天主教徒,当人们寻找神的时候……也能找到。"

5. "我不能在远离家人的地方结婚"

"这放哪儿，托尼奥？"看到新家大厅里装满纸的箱子和行李，我问。

"随便。放在车库，这样不会占地方。那10个箱子都钉好了，木头的……纸在里面不会有事的，而且我也不知道自己在里面放了什么。但这是我所有的财产，亲爱的。我从一个中途站带到另一个中途站。一个箱子就是一个中途站，就是我从事飞行员工作以来的一个旅馆。我并不是一直都是飞行员，我在里奥德奥罗①当过修理工……我那时还年轻！"

"那是什么时候，托尼奥？"

"3年前。日子过得很快，您知道。一天，多拉先生叫我到他办公室。多拉先生话不多，但实干，他喜欢思考，喜欢他的工作，他负责人员的调度。多拉先生总是让手下的人偷不了懒。飞行员都不太喜欢

_____

① 即今非洲西撒哈拉的一部分。

他，但大家都想成为他……我也是！我在航线上飞
了一阵子，这儿飞飞，那儿飞飞。一天，在图卢兹，
他让我到他的办公室去。'您去艾蒂安港，飞机3点
15分起飞。您到那儿待几个月，工作很容易，但我
们常常损失飞机。'我对多拉说：'那我不是要远离
家人啦！''您可以给他们写航空信。''那我的行李
呢，多拉先生？''别带太多，飞机上满是邮件。您
可以带上您的剃须刀和牙刷。那边天气很热：在背光
的地方都有50℃。'接着他大声地对我说，'准时去。
下一个。'

　　"下一个飞行员进来了。我愣在那里：我该出发
吗？我知道，如果拒绝，我就会被解雇，那将是我飞
行员生涯的终结。我在脑海里抹去所有约会，我得有
做男人的责任感：拒绝还是接受？拒绝太容易了。我
该接受，到了那边我还可以说不，可以再回来。说到
底，又不是服苦役。我给母亲写信，给朋友写信，然
后准点到了机场。多拉先生开车把我送到飞机上，什
么话也没说。等我到了天上，他向我打了一个手势。

　　"第二天晚上，在艾蒂安港，我们喝了咖啡，吃
了巧克力。无线电站有许多食品。我像往常一样，什
么都没带……我居然让您站着，我亲爱的。我们坐

玫瑰的回忆

下来吧，坐在箱子上，跟在艾蒂安港时一样！箱子是多拉先生寄的，一个接一个，我给它们上了钉。我的家当全在里面。但在艾蒂安港的时候我什么都不缺，我光着身子，走远路的时候头上裹条毛巾。我带着一把卡宾枪，因为离开飞机棚很危险。摩尔人以前把天主教徒当敌人，现在也一样，但他们是我遇见的最纯朴的人……

"我们巧妙地跟他们交涉，想弄到一个大棚，谈判过程的曲折简直可以和《一千零一夜》里的故事媲美。知道我们要在那里建一个基地，他们对飞机棚漫天要价！后来我才知道，对他们一定要先答应，然后再讨价还价。他们还要 1000 头骆驼，1000 个武装了9000 支卡宾枪的奴隶，1 吨糖和茶叶！我们当然都说行。最后，见部落首领，他是蒙着面、由两个带枪的男人陪着来的，我们给他们上了薄荷茶，这是他们永远都不会拒绝的。我们要跪下来，这样他们才会信任我们。结果是：100 比塞塔①，10 斤茶叶，10 斤糖；至于奴隶，看到的时候我们会帮他们买的，这可不是件容易的事。您知道找奴隶的方法吗？"

---

① 西班牙及安道尔在 2002 年欧元流通前所使用的法定货币。

"不知道。"

"您不累吧？"

"不累，我喜欢您的故事，您好像永远都讲不完……"

"那就继续：摩尔人派他们的亲信去买茶叶、干薄荷、糖和枪支。他们会装出一副亲切的样子，上前和牧人攀谈，后者是替富裕的地毯商、蜂蜜商或铜器商放牧的。牧人们不由自主地被他们迷住了，尽管知道这些乔装成摩洛哥人的摩尔人是披着羊皮、会吃掉羊群的恶狼。但阿拉伯人就喜欢赌一把，于是摩尔人就给他们设下陷阱：'跟我走吧，这地区你反正也熟。我在什么什么地方有一小群牲口，想交给你管。你会成为我的朋友。'

"于是牧人准备了口粮，和妻子道了别，走了……一旦到了外面，摩尔人总会碰巧遇到其他摩尔人，于是他们对牧人说：'啊！我们要让你做一个好奴隶，你强壮，我们很满意。'他们把他在一个坑里放上几天，每天拎出来一次，把另一个奴隶放进去，用棒子打他，打得他分不清东西南北。他们给他喝一杯水，然后再让他站在坑里，头上顶着箱子。等夜色降临，大家开始一个庆典，把他从坑里弄出来，这次不再用棒子打他，而是给他穿上崭新的衣服，让他睡觉。一个美丽的女奴给他按摩，她是他妻子，所有人都对他好。现在他就成了一个忠心耿耿的好奴隶。如果他逃跑，这也是意料之中的事，他们会把他抓回来，领他到另一个部落，一样的待遇。这么折腾过三四次后，再强硬的人都能被训练成地道的奴隶。如果他年轻，他会成为女主人的情人，在水里下毒，和她一起逃到别的部落……"

"是的，"我说，"的确有一些把人变成奴隶的方法，甚至《圣经》里都有。我想，我想成为您的奴隶，爱的奴隶……"

托尼奥笑了。

"您不知道自己在说什么，小姑娘。"

在箱子中间，他显得那么高大，像个巨人。他有当摩尔人的潜质。我们决定把这些箱子都搬到他三楼的书房去。他搬起大箱子来就像拿几本书那么轻松，毫不费劲。我觉得自己真没用，配不上他。我早就该做这个家务，让他真正觉得是在自己家里。

第二天，5点，他到机场后，我开始开箱。整整干了三天，终于觉得挽回了一点面子。我一直不让他上来，直到第三天，我才对他说：

"来您的书房吧！"

"如果您肯。"他沉思地对我说。

他走了进去。

"哦，箱子没有了！"他大叫起来，气得脸都红了，"谁碰了我的东西？"

"我。"

"您，宝贝？"

"看，这张大书桌上一切都井井有条。我费了不少劲。看，主要的文件都在这里。那些小本子和飞行电报条也是这样整理的……每一沓都别了一张说明，放在一个夹子里，用红墨水编了号：

1. 摩洛哥女人的信

2. 法国女人的信

3. 家人的信

4. 业务信和老电报

5. 飞行笔记

6. 其他信件

文学材料用黑墨水编了号：

1. 改过的句子
2. 关于害怕的话
3. 家庭照片
4. 城市照片
5. 女人的照片
6. 剪报

这里，我还放了：书、本子、飞行册子、材料汇总、音乐、歌曲、照相机和眼镜、立书架、剪贴本。

"还有一些小东西，小纪念品在书架上。箱子都空了，但我向您发誓什么都没有少。这个箱子里还有几个信封和旧报纸。我尽最大努力把您的东西都安置好了。"

"好了，好了，饶了我吧。我需要一个人待一会儿。我很感激您，我会日夜为您写书的。"

"为您的风暴。"我说。

"不，它已经过去了。我当初这么说，可能是为了让您高兴。给我倒点茶，我不想吃晚饭，我想和我的纸待在一起。"

就这样，我把未婚夫关在他的书房。每写好五六页文章，他才有权到未来夫妻的房间里来，否则不能来。他喜欢我这个小把戏。

我们的捷克佣人莱昂和他的妻子，常常问我关于我们结婚的事。托尼奥的母亲没有消息。从使馆的朋友那里得知，他家里人在打听我的来历。我们第一次觉得悲哀。我一点都不喜欢这样，感到很难受，但我不减少要他写的文章的页数。他很听话，并且感谢我的严格。我们的阿根廷朋友都问我："什么时候结婚？"

我前夫的两个朋友对我们说，我们是布宜诺斯艾利斯的丑闻，说我不该用这样的行为来纪念戈麦兹·卡利洛。我让托尼奥去应付。

我们定了一个很近的日子结婚。那天，我们一起到市政厅登记。我很高兴。如果他母亲不来，那我们就在教堂举办婚礼时再等她。我们都同意这么做，使馆的朋友也同意。我们要对自己负责。我和他一样也穿上新装。登记完了以后，我们将一起去慕尼黑酒吧。就我们俩。

"您的姓氏，地址？女的先说。"

我说了自己的姓，还有地址。接下来轮到他。他颤抖着，哭着看着我，像个孩子。我受不了了。不，这太悲哀了。我喊道：

"不，不，我不和一个哭鼻子的男人结婚，不！"

我拉着他的袖子，我们像疯子一样冲下了市政厅的楼梯。一切都完了。我觉得心跳到了喉咙口。他握着我的两只手，对我说：

"谢谢，谢谢，您真好，您太好了。我不能在远离家人的地方结婚。我母亲很快就会到的。"

"好的，托尼奥，这样更好。"

我们不再哭了。

"来吃饭吧！"

我暗暗发誓，再也不上这个市政厅的楼梯了。我还在发抖。我的浪漫结束了。

有鸟儿歌唱、有我们的梦想的塔哥尔的房子变得灰暗了。我喘不过气来。来看我的朋友也少了。我几小时几小时地看着房子前面的平原，脑袋空空如也，心碎成碎片。我爱上了一个害怕结婚的大男孩。他诱惑了我，又离我而去……

我的阿根廷朋友们再也不请我去他们家了。在他们眼里，我是个快乐的寡妇。我的飞行员总是一个人出去。我向上帝祈祷，决定再也不和托尼奥提起我们黄了的婚礼。自从他在市政厅谢过我之后，他再也没和我谈起这个话题。我丢了返程的船票。我本来可以得到阿根廷外交官寡妇的津贴，但我没有勇气向戈麦兹·卡利洛的朋友要任何东西。

我把自己关在塔哥尔的房子里。托尼奥常常为外面的饭局向我道歉。这似乎成了我们之间的习惯，即使他待在布宜诺斯艾利斯，他也从不在家吃一顿饭。晚上，他回来换衬衫，刮胡子，我假装躲在我的小闺房里看报，他对我说：

"待会儿见，亲爱的。"

他赎罪似的吻了我一下，颤抖着逃了。

夜深了他才回来。我等他。我总是穿着长裙，微笑着，好像要出去跳舞似的，我准备了一个文学话题，一个过去的逸事……我们一起喝很冰的香槟。他放松了一些，而我愁得要死，我装作我们之间什么都没有变，对他说：

"今晚，只要写 5 页的风暴……"

他要去书房：

"牵我的手去，我不会上楼。"

他装小孩。我把他在椅子上安置好，吻过他，在他耳边重复道：

"一定要写，一定。柯莱米欧强调过：'应该叫他写作。'所以，您要赶紧。"

"谢谢，谢谢，我会写的，因为您要我写。"

早上，我看见我闺房的小书桌上有几页看不懂的文字。

他去工作了，我呢，睡一整个上午。到下午三四点的时候，我下了床，浑身无力。我什么也不吃，莱昂对我说：

"如果夫人不吃，我和妻子也不吃。"

一天，有个朋友请喝茶，只邀请了他。他像往常一样回来换衣服，刮胡子。我再也无法承受了，让他带我一起去，但他拒绝了。

"我还约了人一起吃晚饭。"

我穿着黑色的衣服，难过得发疯，跑到街上游荡。我在橱窗里看着自己，骂自己。一个大男孩突然停在我的面前，他是戈麦兹·卡利洛的一个崇拜者。

"龚苏萝，您一个人？"

"是的，吕斯多。"

"那就一起来吧！"

"去哪儿？"

"去喝茶。"

"我没有被邀请。"

"是我姑姑请喝茶，快来。"

大家有点打趣地敞开双臂欢迎我。在朋友的怀里，我找回了勇气。远离那个唐璜式的飞行员，我觉得自己一下子就好了。我说我要乘下一趟船回去，巴黎有急事要处理。

鲜花重新回到家里，恩里克的朋友们也回来了。他们对我亲切有加。接着我又被回请。他一个人留在塔哥尔的家里等他母亲。

我终于在下一班客轮上订了一个位置。

"您母亲到了以后，"我对托尼奥说，"您跟她说我回巴黎有事。吕西安在等我，我要跟他结婚。这是命运。"

他不说话。日子过得很快，我们邀请朋友，一起去电影院，一起漫无目的地闲逛。终于，我独自一人上了去法国的船，带着破碎的心。我的船舱里满是鲜花。朋友们理解我的哀伤。

船还没开我就睡着了。醒来的时候，我已经在茫茫大海上。船员给我送来一份电报，是圣埃克苏佩里发的。人们告诉我说他在船的上空飞……时不时地飞过来打招呼……我害怕得要死。

在到里约热内卢之前我都没有出过我的船舱。

到了那里，我看见了我的导师和朋友，阿方索·雷耶斯①。托尼奥的母亲就在另一艘在港口停靠几小时的船上，我想假装不知道此事。

18天的航行，勒阿弗尔，海关，我回到了卡斯特拉内街的公寓。我又回巴黎了。门房告诉我说，吕西安从没来过。他在哪儿？有人敲门：正是吕西安。电话响了，我去接电话，甚至都没有时间向他问好。

"喂？"

"布宜诺斯艾利斯来的电话，别挂。"

接着，我听见：

"是我，托尼奥。亲爱的，我乘下一艘船来找您，娶您。"

"啊，听着，我有客人。"

"吕西安？"

"是的。"

"那就打发他走，我不想您见他。我给您带了一只美洲豹。"

"什么？"

---

① 阿方索·雷耶斯（1889～1959）：墨西哥最著名的作家之一，其思想对墨西哥影响很大。

"一只美洲豹。我在西班牙下船，好早一点看到您。您马上就去西班牙。火车都很糟糕，在马德里休息一下，然后到阿尔梅里亚①等我。"

"对不起，我跟您说了我有客人。"

从早到晚都是同样的对话。我终于让步了，因为有一天他对我说：

"自从您走了以后，我们的佣人莱昂就开始酗酒，饭也煮得不好，还有人偷我的衣服。我要去找您，无论在世界什么地方都要娶您……您要为我准备一个没有金酒桶的小房间……因为酒桶被人偷了。我不再写作。我让母亲伤心落泪了，因为我绝望。我们短暂的分离都要让我发疯了。"

我爱他，但我也想到，没有他，我的生活会平静很多。做戈麦兹·卡利洛的寡妇我会得到丰厚的抚恤金，但如果再婚，这笔钱就没了。我有很多事务要处理，需要认真思考，但布宜诺斯艾利斯的电话，还有塔哥尔的房子都快要让我发疯了。于是，终于有一天，我让步了："好吧，我去阿尔梅里亚会您。"

---

① 西班牙安达鲁西亚地区梅里亚省省会和海港城市。

我没通知吕西安就走了，他对此很受不了。我的狗也给了秘书，她说她非常喜欢我的狗……和喜欢我的车一样。一切都恢复成原来的样子。

我清楚地记得地方上的小火车、热砖头和盛满热水供我们取暖的铜皮桶。同一车厢里有人弹吉他。在颠簸的火车上，我听着这支曲子："Porque yo te quiero, porque yo te quiero！①"我踏上通向托尼奥的旅途，心想说："Porque yo te quiero！"

马德里，接着是阿尔梅里亚，他到的那天，我带着一张特许证，坐着小划船去客轮。客轮出了故障，一个螺旋桨坏了，通知说要晚几天下船。我让人通报，有人喊："飞行员圣埃克苏佩里的妻子。"他听到后，留他母亲和美洲豹在船上，扑在我怀里，告诉我，说大家在马赛等他和他母亲，全家人都在那儿等，但他不想我们马上出现在众人面前。我们有那么多的话要说，他说……他母亲说，和一个外国女人结婚可能会让家里的老人吃惊。她最后总结道："但一切都会解决的，只要等待！"

她对他很有外交的一套，知道他是个大孩子，

---

① 西班牙语：因为我爱你，因为我爱你！

也知道如果用的方式不对，他会逃走，永远……

"我不想对母亲无礼，你^①明白吗？我会偷偷去阿尔梅里亚的，我们买一辆配司机的老爷车，穿过西班牙，度我们的蜜月。"

我对什么都说好。

巴伦西亚……小旅馆的人……我们青春的笑……

---

① 从此开始，圣埃克苏佩里和龚苏萝有时以"你"相称，有时以"您"相称，我们保留了他们的习惯。

6. "龚苏萝，那个装模作样的女伯爵……"

安托万真的和别的男人不一样。我心想，和他在一起真的是发疯了。我在法国有一幢房子，由于亡夫的慷慨，我还继承了很多财产。为什么我从此以后要受苦？在巴黎，我有一些朋友，如果拒绝和托尼奥结婚，我会得到戈麦兹·卡利洛所有的财产。我的前夫很富有，他在西班牙出过一些书，在巴黎一切都会很容易，只要我还保留着他的姓氏。

但我最后总是想到托尼奥。我已经开始组织我们的生活了。我们将去南方居住，住在米兰多拉，戈麦兹·卡利洛最后的住所。托尼奥会写完他的书，然后我们去意大利，去非洲，去中国。他会再飞，为东方航空公司飞……各种计划在我的脑中川流不息。

我们一点也没有说起我们的苦恼。每经过一个村庄，他都送我礼物。

"我希望您失去一切，这样我就能自己亲手给您一切。"

那时他很消瘦，好像吃过苦的样子。团聚的第一晚，我们没能离开阿尔梅里亚。我们的感情那么强烈，夹杂着羞怯和痛苦。

"我只有一个问题要问您，"他低声说，不安、苍白，温柔地颤抖着，"前几晚我没睡，您知道我从来不抱怨缺觉，但抱怨将你我分开的日子。我的美洲豹在船上的时候很不开心，我没喂它吃什么好东西，它想咬一个水手。肯定要给它打针。但我比它还不幸。除了您的脸庞，您说话的样子，我别的什么都不能想。求求您，跟我说话。您什么也没告诉我，为什么？您以为我受的罪还不够？布宜诺斯艾利斯的电话简直是一种酷刑，而您说话的声音又那么轻，听不清。为什么？您家里一直有个客人吗？我疯了，我没有时间再不幸下去，现在又找到您了，世界上谁也无法把我们分开。是不是？"

"是的，托尼奥，爱情就像信仰。我离开是因为您还不信任我。您家人也在打听我的情况。您该明白的，这让我很痛苦。"

"我会跟您解释的，小姑娘。在我父母家，在普罗旺斯，男人娶的妻子也都是世交家的女儿，所以双方的父母、祖父母都互相认识，这个传统代代相传。一个陌生人，一个外国女人，那简直是一场地震……他们想了解，想'知道'，想让自己放心……在巴黎，这种事见怪不怪，上流社会的公子娶美国的富家千金。但在普罗旺斯，不可能，我们是些老古董。我亲爱的妈妈吓坏了，让我们等了一些时候。就是这样，我很高兴您做事的方式。如果您没走，我母亲会让我们在布宜诺斯艾利斯结婚，那样我会不自在的。我不知道在市政厅到底发生了什么，我心想：'这是终身大事，而我不能肯定自己会让她幸福。既然她想走，让她走吧。她要对分手负责，这样最好。'我对自己说。我有些担心。当时我在阿根廷的邮航办公室有些棘手的事要处理。我签支票，也不知道是用来付什么的，而母亲又花了些时间横渡大西洋……那时您离开了我，我很高兴。是的，因为您向我证明您在生活中能自己把握！我感觉到您的忧愁，您是那么坚强、那么美丽，我想看看您到底能坚强到什么程度。但这一切都没有经过思考。当您真的走了，我把自己扔到水里，是的，水里。我母亲可以把我们在巴拉圭亚松森湖畔的日子讲给您听。我甚至不说话。我度日如年，等着坐船把您找回来。我会用任何方式把您抢回来，哪怕您没来阿尔梅里亚，哪怕您嫁了吕西安。但请您告诉我，说您需要我。"

“啊，托尼奥，事实是我在这里，我已经和吕西安断绝了。我把我们的故事我的痛苦，全告诉了他。他安慰我，答应会让我忘记一切的，但我没跟他说一声就离开了巴黎。在马德里，我给他发了电报，我有些后悔，忘了跟他说了什么。”

“别担心，别想我们两个人以外的事情。”

“但他也是人，他痛苦。”

“别担心，我会去看他的，向他解释说我们俩都疯了，为爱疯狂了。而他，我的上帝，他会是您永远的老朋友。我不会怨恨他爱您的。整个世界都爱您！我会要回您的狗，您的汽车，您的证件。答应我，别再提他了，永远不再提。您不用担心，我会把一切都办得妥妥帖帖的。”

“好，托尼奥，我就托付给您了，一辈子。”

我们在阿尔梅里亚的旅馆里待了好几天。他决定租一辆汽车，这样我们就可以在城里兜兜风，横穿西班牙旅行。他不想开车，说，如果他开，我们彼此之间的距离太远了。巴伦西亚的橘子，修建在白色岩石上的小村庄，一些他年少时游历过的地方，他希望把这里的一切都指给我看。

他笑起来像个大孩子。司机听我们说法语，都快发疯了。

最终要回法国了，为了我的狗，为了吕西安，为了他的家人。他还想多待几天，但我担心把他与他家人分开太久，他们等着他却不知道他到底在哪里。

我们在米拉多尔很幸福，什么都不能困扰我们，甚至是金合欢花浓郁的芬芳。我们不想烧掉那些花束，于是不停地打喷嚏。啊，那些金合欢花和各种颜色的手帕！

我，刚订婚的新娘，一点也不期待婚礼……我们都说要改变风俗，有的人相互讨厌，之所以结婚，不是被迫就是为了让家里人高兴。他又说：

"您是我的自由，您是我一生都想栖居的大地。法则，就是我们。"

阿盖①距离米拉多尔只有一小时的路程。阿盖有他妹夫的房子，他妹妹蒂蒂就住在那儿。她来看我们。他俩一起在花园散步，几小时几小时地散步，而我则坐在椅子上等着他们谈完。

"年轻的准新娘，"托尼奥说，"请您看看书，别等我们。谈起您总是谈不完……结果，您却不见了，

_____

① 法国南部著名的海滨浴场。

所以您要唱歌、读书、工作！"

一天，他妹妹告诉我们说，他们的一个姨妈正在来看托尼奥和他年轻的未婚妻的路上。我很担心，这个姨妈是谁？

"一个女公爵。"托尼奥对我说。

"啊，不，托尼奥，我不会去的，您自己一个人去看她吧！"

"您知道，她是和安德烈·纪德一起来的。"

"是吗？"

"安德烈·纪德是我姨妈的一个好朋友。他想和我谈谈。您跟我一块儿去。"

于是我决定应这个老作家和他姨妈之邀，因为她肯定想给托尼奥介绍一个富有的女人。我的上帝，对一个从火山地带来的小女人来说，有多少东西需要明白、需要经历呀！我并不知道女公爵的霸道还有父母想干预婚礼的伎俩……纪德真的和姨妈到了阿盖，他的声音很甜，有时腻腻的，像一个没有爱够的慵懒的老妇人。姨妈没什么特别，她在她漂亮的汽车里面显得很高贵。她做出跟我很亲近的样子，只有托尼奥的母亲和蔼可亲，关怀备至。考验还真不错。吃饭的时候，我喝呛着了，发型师把我的头发卷得太厉害，我出了汗，消化很慢，最后把葡萄酒倒在托尼奥的裤子上……后来我就什么都不记得了。头疼得厉害，有两天，朋友和客人们的脸都不见了，我一个人留在米拉多尔的黑暗里。我感到托尼奥像一只笼中的美洲豹，来来回回地踱步……但他渐渐适应了米拉多尔，他出去，回来，又出去……

他也照顾我。他不想请尼斯的医生，而是阅读西班牙名医写的医学书上的奇怪疗法。他在戈麦兹·卡利洛的书里找到几个他写的神奇的故事，日日夜夜趴在这些秘方上，在他新的游戏中笑得像个孩子……

他跟我重复我在谵妄中说的胡话。没有发烧的谵妄，他确切地说。

我虚弱，害怕得发抖。他尽量安慰我，希望我在生活中拥有自信。但我一想到要再见到他的家人和朋友就怕得要命。哪个恋爱中的年轻未婚妻在一堆认为拥有她未婚夫的亲友面前会不发抖？我来自外族，来自另一片土地、另一个社会，我说另一种语言，吃不同的食品，有另一种生活方式。这就是我害怕的原因，但我马上要嫁人的脑袋不清楚自己要用什么态度去面对。我不懂为什么一开始，对这个婚礼就有那么多的误会。至于钱，我们也有，只要好好经营戈麦兹·卡利洛的书和他的财产：在西班牙走一圈，比塞塔会像阿盖的松果一样滚滚而来……在卡利洛家，也有贵族的封号，一个侯爵，桑多瓦尔也属于最好的阶层……在我家里，有神甫，甚至还有主教……我还有印第安玛雅人苏族的血统（这当时在巴黎很时髦），那些关于火山的神话会让他们开心的……但有什么更深的东西拦住了他们，关于混血的东西……

托尼奥对此很痛苦，决定在一段时间里不写作。他写不了。他试过，但不行，米拉多尔和阿盖之间的纷争让他的心里无法拥有春天。我没再说什么。一天，他告诉我说，他很快就会得到一个飞行员的职位。我很高兴。

"好啊，就是到天涯海角，我也跟着您。您是我的树，而我是您的藤。"

"不，您是我的嫁接，"他对我说，"我的氧气，我未知的自我。我们至死不渝，永不分离。"

我们笑着谈到死亡，我请他跟我讲飞行的故事，那些危险的、死亡会突然而至的故事。

不久，姨妈和那个有女人声音的作家给托尼奥写信了，他们谈了对我的看法：不好。

他徒劳地想让他们接受我。我不是法国人，他们不想见我，不想认识我，对我视而不见。我常常对托尼奥抱怨，他说这让他头疼……

出于对我的厌恶，纪德在他的日记中这样写道，我们至今还能读到，"圣埃克苏佩里从阿根廷带回一本新书和一个未婚妻。读书，看人。我大大祝贺了他一番，尤其是对他的书……"

托尼奥一直紧紧地握着我的手。用他巨人般的手。他爱我，我呢，我真的被那些侮辱伤得很重。什么都不能打垮我，除了不公正的待遇。我开始发现我未来婆家的小缺点，但我想克服这些困难。我谅解他们。他的二姐西蒙娜，是个有教养的女子，光彩照人，她的学识和幻想本可以让她成为我最好的朋友，但现在我成了她的弟媳妇，拥有了她的弟弟，于是就成了一个贼，而她，是失主……他是她唯一的弟弟。后来，她写下了关于我的那句可笑又可恶的句子："龚苏萝，那个装模作样的女伯爵[1]……"我决定

---

[1] 西蒙娜·圣埃克苏佩里在1963年写到他的弟弟："几个女人对他的一生影响很大，首先是龚苏萝，他的妻子，1931年在阿盖迎娶的。这是个爱幻想、迷人的生灵，有无穷的活力，在他受俗事烦扰的一生中，是永不干涸的诗意的源泉。小王子给了她玫瑰的角色。"（"安托万，我的弟弟"，见《圣埃克苏佩里》，阿歇特出版社，1963）

迎接挑战。但我还是哭了，只有托尼奥的母亲，睿智而虔诚，一心只想到孩子的幸福。在她眼里，没有生在法国并不是我的错，我是她儿子深爱的女子，这就够了。我一定很好，因为托尼奥爱我。她给了我所有的同情。她的白发给人以信任感，听到我讲的太平洋的故事，她总是笑得很真诚。作为天主教徒，她认为我们会相爱到永远。她一点也不把那些表亲的意见放在心上。是她把孩子带大的，除了她，谁也不能阻止她的孩子做他想做的事情。托尼奥想要龚苏萝，就会拥有龚苏萝，不管家人和纪德怎么看。

7. 阿盖城堡

    我以前的朋友，即我前夫的朋友，开始来米拉多尔看我：波佐·迪·博尔戈一家，加缪医生……我喜欢去尼斯的花市。托尼奥跟着我，这让他回想起黎明时，他在风中出发飞行的情景，因为花市也在清晨……大海的气息，许多康乃馨、菊花、金合欢花，还有巴马的紫罗兰花束，它们长在离尼斯一小时路程的山上，那里有时夏天也有积雪。

    我和朱丽·杜坦布莱，带着小姑娘图图娜从花市回来，手上捧着花。那些日子，就好像是中学生的节日。米拉多尔香气四溢，但这种温馨的生活让我的未婚夫陷入沉思。我想他是不是已经厌烦了我的存在。"不，"他说，"正好相反。"他无法忍受我的离开，哪怕才一个小时。他不喜欢我开车，"你会弄伤自己的。"他重复道。

    我也在想：他到底怕什么呢？当然是我们俩，我们奇怪的结合。我相信我们这样不安全，不被社会接受，是的，应该找个方式，和谐地生活，直到永远。

怎样才能找到这份和谐？

我们不想到市政厅结婚，因为这会让我失去我作为戈麦兹·卡利洛遗孀能得到的年金。

一个星期天，在做弥撒的时候，托尼奥见我一副沉思的样子，那么郁闷，甚至都不想去领圣餐，便在教堂里大笑起来，好像在自言自语，好像在祈祷，弥撒开始后他一直在呢喃。他大声地说：

"这很简单，我们就只举行教堂的婚礼。"

大家都转过头看他，但他已经走了。我在汽车上找到他，他穿着衬衫，看着报纸：

"龚苏萝，我想找一个神甫给我们举行婚礼，而不通过市政厅，这样，就算我们有孩子，那也是合情合理的。"

我笑了：

"但是，托尼奥，在法国，先要到市政厅登记。只有在安道尔和西班牙吧，我也记不清了，才可以只在教堂结婚。"

"我们可以去那儿，您同意吗？"

"好，托尼奥，这很好。我不改姓，这样我的事务就不会有问题了。如果有一天你不再爱我，你可以带着我的心离开，我会祝福你……"

"如果有一天你爱上了另一个男人，你将违背你的誓言，但我不要你走！"

我们拥抱在一起，答应彼此都永远不忘这个诺言。

一天，他母亲来了，穿着丧服，对我们说：

"孩子，你们4月22日到尼斯的市政厅结婚，这只花你们几分钟的时间。我安排好了一切。把证件给我，我希望今天就给你们登记具体时间。"

"龚苏萝，去找我们的证件，"托尼奥命令道，"把它们给我母亲。"

事情就这么解决了，没有商量的余地……

4月22日，在约好的时间，我们到了尼斯的市政厅。几分钟后，我们就结婚了。托尼奥和我对此一句话都没说。

当时他开始写《风扇》。算是一首诗吧，是这样开头的："一个风扇在我的额头转着，是命运的象征……"他在从阿根廷回来的船上就开始写这首诗了。他写作的时候，他的美洲豹总是打搅他。他喜欢把它从囚笼里放出来，带到浴室里。他很迷恋这首诗，对我说：

"龚苏萝，我从来就没放弃过我已经开始做的
事。我想把《风扇》写完。"

他同时还写别的诗歌，《美洲的叫声》《熄灭的
太阳》，总有一天我会把它们收到一起发表的。

皮埃尔·德·阿盖让我们在他的城堡举行4月23
日的宗教婚礼。那个婚礼，是的，我们热切期盼。

于是，我们在阿盖平静海湾的这个古老的城堡
里结婚了。城堡经历了岁月和风雨，好像是驶向大海
的一个巨大船头。它有一个宽敞的露台，种满杜鹃
花和天竺葵，在蔚蓝的地中海，是我见过的最美的船
头。逃避上流社会的阿盖家特意让方圆1公里内的渔
船和电动船都开走。他们家几代人都住阿盖。村上
也住了很多亲戚。我一直都分不清阿盖嫂嫂、弟媳
妇、小姑子和婆婆们。我很感激她们，她们对我们
都很好，很亲近。安托万有点像她们的孩子。皮埃
尔·德·阿盖和他的妹夫都把他当亲兄弟一样看待。

城堡里面很简朴。大大的石砌房间，铺着结实
的地砖，几个世纪都没磨坏。婚礼的那天，我的小姑
子蒂蒂把鲜花和阿盖农场特酿的葡萄酒分给所有当地
的居民。大家欢歌笑语……

我的婆婆什么都没忘记，她给我们准备了在波克洛尔岛的蜜月旅行。

"纯净的是天空，柔和的是风。"托尼奥说，就像他在夜航期间鼓舞电台和飞在里约热内卢大海上空的飞行员时说的一样，在邮航的时期，如果飞机遇到故障，他们很可能被摔成碎片。

他困了，不喜欢那天一定要忍受的无数拥抱和祝福。我们下了汽车，到码头上去。大海汹涌着。我不怕天上狂风暴雨的飞行员晕船了，这让他心情更糟。

一些像我们一样的年轻夫妇下榻在旅馆里，一切都为新婚夫妇准备好了。对我们来说，气氛让人无法呼吸。托尼奥在沙发上睡了，衣服也没脱。翌日，天一亮，他就醒了，求我回米拉多尔。他只有一个愿望，他说，就是写完《风扇》！他让我有点难过，不知道如何扮演新婚丈夫的角色。

"请您原谅，我觉得这很傻，"他对我说，"想到初夜后，新婚夫妇在用早餐时还要保持礼貌。"

我们没和家人说一句，回到了米拉多尔的家。

于是我们都平静了，从容了。从现在开始，我的姓氏就变了，但还没适应我的新姓氏。我继续签戈麦兹·卡利洛寡妇的名。托尼奥责备我，要我忘记戈麦兹·卡利洛，因为他已经死了，我不该再管他，不要再管他的书，也不要再到西班牙去见他的出版商。直到今天，15年后，我都没有写过一封信去要前夫慷慨赠给我的、属于我的丰厚遗产中的一毛钱。我有点羞于承认。但我当时还年轻，那是我唯一的借口。我年轻的丈夫想写作，不想在我们的家中还有另一个作家存在。我很理解他。

我觉得托尼奥在尼斯有些孤单和忧郁。我想，认识像梅特林克那样的人物，那是我前夫的一个好友，对他会有好处的。梅特林克对戈麦兹·卡利洛保留了一份纯洁而深厚的感情，怎么会接受一个来米拉多尔取代他朋友的年轻飞行员？

我像一只烦躁的黄蜂，给可爱的塞里塞特·梅特林克写信、打电话。戈麦兹·卡利洛还在的时候，她是我的挚友。她马上请我们到奥尔拉蒙德，他们的新家。

我不是很放得开，人总是害怕那些太认识你的人。我把托尼奥带到了梅特林克家。

介绍后才一分钟，我就放心了。托尼奥被认为是配得上我亡夫的继承者！

梅特林克招待他喝的，甚至到地窖去找一瓶陈年好酒。托尼奥对她什么都谈，生活里大大小小的事。我仿佛还能看见他们在奥尔拉蒙德的宫殿时的样子，有大理石和水晶的大厅。托尼奥有一种罗马人的美。近乎 2 米的身高，耸向天空，又轻巧得像一只鸟。他举起手，擎着一个巨大的水晶杯子，开心地喝着，说到纸张和书本的质量，因为一本荷兰纸的书掉到地上。优雅的老妇人也让谈话变得很愉快。梅特林克被征服了，甚至被迷倒了。我感到自己得救了，精神大振。

"我现在正在写一本书，都是个人经历过的事情。"托尼奥说，"我不是专业作家，不能写我没有经历过的事情。我要全心全意才能表达出来，甚至可以说，才有思考的权利。"

8.巴黎的担忧

《夜航》写完了，我们带着全部的手稿到了巴黎，卡斯特拉内街 10 号，我前夫留给我的小公寓。房子对我们两个来说太小了，但我们彼此爱得发狂。这是个奇怪的地方，门口堆满了书，客厅有古老的挂毯，以前保尔·魏尔伦①和奥斯卡·王尔德②曾在这里住过。一个女人曾打算在这里自杀，大家叫她"绿眼睛的圣母"，她的肖像还挂在墙上。一个男人从三楼的窗户跳了出去，这种运动并不难，而他只是摔断了腿。一个女人曾在这里朝自己开了一枪，地毯上的鲜血从此就没有弄干净过。她也没有死掉。只有大师戈麦兹·卡利洛死在这里，死在我的怀里。

这里其实是他的单身公寓，是他在灰色雨天的一个临时住处。他在内尔拉瓦雷的乡下还有一所漂亮

---

① 保尔·魏尔伦（1844～1896）：法国象征主义诗人。——译注
② 奥斯卡·王尔德（1854～1900）：爱尔兰作家、诗人、戏剧家，19世纪末英国唯美主义运动的主要代表，"为艺术而艺术"的倡导者。——译注

房子，离巴黎有一小时的路程。

我于是把我像只大鸟的新丈夫带到这个公寓里，有点惭愧没能为他在巴黎提供一所更漂亮的房子。但他觉得很好。他喜欢在小房间里工作，并安慰我说，如果我不想到别的地方，我们可以永远住在这里。

纪德为我们写了《夜航》的序。尽管他对我的敌意久久不去，我还是努力对他谦和有礼。如果他不喜欢我而喜欢那些男人和老女人陪伴，那就让他见鬼去吧！

托尼奥对序满心欢喜，我也是。纪德、柯莱米欧、瓦莱里① 对作品的欣赏，我觉得托尼奥是当之无愧的。当我们日夜工作，一页接一页，等果子终于成熟、可以品尝的时候，我们有权认为这是献给他人的美好礼物。收藏我丈夫的手稿在我看来是很自然的事，这是我们生活的一部分。我们对《夜航》的每一个字、每一个句子都已经熟记于心，而别人，亲友、崇拜者们还没读过呢！

他们的祝贺，他们热情、虚假或真诚的赞美，开始让我们感到厌倦。但如果簇拥着他的是巴黎漂亮

---

① 瓦莱里（1871～1945）：法国诗人、评论家、思想家。——译注

的女崇拜者，我丈夫几乎会脸红，但同时他也很享受这种时候。于是我嫉妒得满脸发红。我的西班牙血统开始沸腾。

一天早上，他醒来的时候对我说：

"您知道我昨晚梦到了什么？不知道？那好，我告诉您，我梦见我在路上遇见上帝。我知道他是上帝，因为他手上举着一个奇怪的烛台。我的梦很可笑，但就是这样。我跟在他后面跑，向他询问关于人的问题。只有烛台亮着，我害怕了。"

这一切都发生在《新法兰西杂志》对我丈夫很关注的那个阶段。他回到家，袖子上全是口红，我不想嫉妒，但我变得很哀伤。别人对我说：

"我们看见托尼奥和两个女人在汽车里。"

他回答我说：

"是的，是《新法兰西杂志》的女秘书，回家路上她们请我上她们那儿喝杯波尔图酒。"

巴黎让我担忧，我满脑子全是那些围绕在他周围的漂亮女人。

啊！做伟大创作者的妻子是一份职业，是一份神圣的职业！只有经过多年的训练才能胜任……因为这需要学习。我很傻，还以为自己也会因为他的作品而得到崇拜，以为光荣是属于我们两个人的……

多大的错误！对一个艺术家来说，没有什么比他的作品更加个人化：即使你给了他青春、金钱、爱情、勇气，但作品绝不会属于你！

说这样的话会让自己显得很幼稚："啊！我帮助过我丈夫。"首先，谁也不知道事实是否如此。或许和另一个女人一起，他写得更多、更出色，甚至能写出别的东西。当然，女人可以在生活上帮助丈夫，但也可能妨碍他的工作。每个女人听完他一个小时的演讲后，都想成为他的情人，做唯一理解他、忠诚他的人，成为自己最心爱的作家的崇拜者，做给《夜航》的作者、那位当飞行员的大作家以创作灵感的缪斯！

而且，那时，我要搬出我做妻子的身份，对他说："我的丈夫，很晚了，回家吧！"

一切都完了：怎样的女人！泼妇！多没分寸！就在被邀请或被介绍的女崇拜者要和她的飞行员面对面的时候，合法妻子出现了！这，相信我，简直无法谅解！

所以和他在一起要像块石头，永不困倦，永远不对他言语。慢慢地，我明白最好还是让他自己单独出去，因为我信任他。

就像孩子一样，我想，听从命运对我们的安排吧！对孩子和妻子来说，总会有一个上帝眷顾他们的！

但一个人参加晚会，托尼奥常常觉得厌倦，于是他让我给他去的地方打电话。

"我求您给我打电话。我讨厌清谈、讲座，还有那些晚餐。我什么都已经讲过了……相信我，我的妻子，我宁可浪费时间，也不愿意浪费我的口水。如果您叫我马上回家，我就可以不管请客的女主人会不会生气了。您知道我很有教养，如果您不打电话给我，我就没办法回家！"

当他出去的时候，我习惯去看电影，然后到他的朋友家找他。啊！我以为自己很聪明。他那么疲于出门，但他总是被人邀请，即使不情不愿。他觉得自己身不由己，却不知道为什么……

他很生气，也很孤独，但也喜欢有人陪伴。电话铃响让他害怕，一些朋友能和他聊上几个钟头。之后，他在凌晨3点才想到和我继续聊昨晚开始聊的话题，而他下午2点还在打电话！我们和电话机一起在桌上吃饭！在他面前，我觉得自己不知所措，一点主意都没有，只是一个小姑娘。

9. 在摩洛哥

阿根廷的邮航解散了，托尼奥失去了他在布宜诺斯艾利斯的负责人职务。您失业了，我的爱人！那就好好休息吧！

"不，龚苏萝，要付房租、酒水，还有外出的开销。"

他被朋友们包围了，他要请他们上饭馆。他就是喜欢给大家买单。没有钱以后，他很难受。在布宜诺斯艾利斯，他每月挣2万法郎，很高的工资。而现在，他在巴黎身无分文。他轻声地对我说：

"我想到雷诺公司去工作，有固定的工资，这更保险。我每天去办公室。是份好工作，我想。是朋友帮我找的。"

看到他这么顺从地接受办公室的牢笼，我很惊讶……

"我下个月就开始上班。如果您愿意，亲爱的！"

"不，托尼奥，我不想您接受这份工作。您的道路在星星上面。"

"是的，您说得对，龚苏萝，它在星星上面。只有您才理解一切……"

我对他说的这句关于星星的、简单的、没有别的评价的话指出了他的道路。他很快就改了主意，不打算去雷诺公司上班了，好像是我激励了他，再次给了他希望。

他又开始独自梦想，唱起他的"战歌"。我在布宜诺斯艾利斯的时候常这样称呼他唱的歌，因为他在开车或开飞机上路的时候总会唱：

"我的面前立着凄惨黯淡的木桩

我看到灰暗的路上没有人回来……"

一天，他告诉我说他要去图卢兹见迪迪耶·多拉。

"我要重新开始做普通的航线飞行员。"托尼奥对迪迪耶·多拉说，"快，一辆'出租车'（在飞行员的行话里，常常把飞机叫做'出租车'）！我在巴黎腻烦得要死。去哪儿我无所谓，您派我到哪儿我就飞到哪儿。我妻子和我一起去。我准备好了，明天，如果您愿意，我等着您的命令。"

他很尊敬迪迪耶·多拉，《夜航》中的里维埃尔的原型就是他。

回到巴黎，他打开壁橱，重新闻他的皮衣、大衣、包头软帽、皮带、安全灯、指南针。他充满爱意地将这些东西一一摆在地毯上。

电话常常响。他巴黎的朋友想邀请他，但他拒绝他们的邀请。

"我很忙，"他对他们说，"我又要做普通飞行员了。我在巴黎的咖啡和酒吧间吃得够胖了。再见，我没时间，我要收拾行李。我妻子会跟您解释的。"

这意味着他的那帮悠闲朋友再也找不到他了。

他拉了拉他因为穿得少而发硬的大衣，它是他飞行的老伙伴……他从口袋里掏出几张小纸条。一天，在看纸条的时候，他突然笑了，笑得很响。

"为什么笑得这么厉害？有什么这么好笑？为什么笑得跟疯子一样？"

"啊，不能讲给您听，太傻了。"

但他笑得越来越厉害。

"我求你，告诉我吧。"

"好吧，是关于噪音和我的无线电通讯的事，那是我在巴塔哥尼亚上空飞行时发生的！"

"但我一点也看不出这有什么好笑。"

"因为那噪音让我害怕了，我没明白过来。"

"什么？"

"是的，我害怕，直到无线电话务员又给我发了电报，告诉我那个噪音是怎么回事。你自己读这个条子吧，我刚找到的，给，在这儿。"

我接过纸条，读道："这个声音不是飞机发出的，别担心。只是个屁。我很抱歉，先生。"

轮到我大笑了。他把我抱在怀里，我对他说：

"亲爱的，我很幸福。除了在天上，我无法想象您会是什么样子。我错了吗？"

"您为什么哭？"

"我不知道……我从来就没喜欢过您在巴黎的生活。比起那些巴黎女人，您身边的星星更让我放心。"

他把我放在地上，躺在他的飞行宝贝中间，狠狠地挠我的痒。

"哎哟，哎哟，托尼奥，停，您弄疼我了，真的。"

"哪儿？"

"这儿，肚子……"

"啊，那是阑尾。今晚就把它给拿掉。马岱尔医生，我很敬重他……我们去医院。明天，您的阑尾就丢得远远的了。我们不把它带到摩洛哥！"

一切都简单得像孩子的游戏。我觉得在他身边无所畏惧。

多拉先生那时已经给托尼奥打过电话、下过命令了。他暂时飞图卢兹—卡萨布兰卡的"出租车"。

一个飞行员一旦入了行，就不知道下一晚会在哪儿落脚。如果夜色晴好，他会飞到世界的某一个角落，巴塞罗那、卡萨布兰卡、艾蒂安港、朱比角、布宜诺斯艾利斯；或者是东方航线，巴黎—西贡……

一切都像托尼奥预言的一样。我去了他的医生那里，动了手术。我到圣莫里斯德雷芒待了几天，恢复身体。他母亲悉心照顾我，然后把我送到图卢兹的拉法耶特旅馆与她儿子会合。

我很高兴在这个城市遇见多拉，可以这么近距离地看到他。他是个很严肃的人，让我印象至深的，是他钢铁般的意志。

图卢兹对我来说是个死寂的城市。它并不存在。

我把自己整个都投入到与飞行员的友谊中，他们每天冒着生命危险，但从来不觉得，也不认为他们英勇的行为给其他人树立了榜样。对他们来说，这只是一份职业，这让我越发钦佩他们。

这些飞行员飞越狂风、黑夜，但赞美却让他们觉得不自在。他们喜欢喝啤酒，掷骰子，玩扑克牌。我是学玩牌的好学生；时不时地，我腼腆地问其他飞行员的名字。到晚会结束的时候，我会打听一下我丈夫的一点消息。在他们身边，我学会了保守、坚忍。在图卢兹一个星期我都是一个人，我丈夫在天上飞。我住在他的房间里，等着他的消息。

"啊，是的，圣埃克斯，我们让他一直把'出租车'开到达喀尔①。他接替了一个飞行员。"

"为什么？"我问。

"我们那个飞行员死了。看，圣埃克斯夫人，我出了3次3张黑桃。"

"啊，真的？"

我的心像拴在绳子上，七上八下。我的天使在哪儿？

――――――――――――

① 非洲塞内加尔的首都。——译注

第二天，我醒来的时候，我丈夫终于出现在房间里，正在清家具的抽屉。我们要去卡萨布兰卡，途经西班牙。生活永远都是这么仓促，四处流浪。

"或许你想在阿尔梅里亚洗个澡，"他说，"那里是夏天。"

"哦，对，托尼奥，亲爱的，对！"

"啊，看，行李都满了。你不能把这些全带上，挑两件裙子就够了。睡袍根本用不上，摩洛哥热得很。"

几个小时以后，我们到了阿利坎特①。我们去了沙滩。他游得很快，我想追上他，但我动阑尾手术后的伤口让我无法向他展示我人鱼的天分。我还有点痛。

我们今天在这里，明天又在别的地方。我觉得自己是个流浪汉。他的命运，连他自己都不知道，我也一样……但我一点都不遗憾他丢了雷诺公司的工作。

一天半夜，他很温柔地拥抱着我，好像搂着一个豢养的小动物，抱歉地对我说：

"我还不知道怎么做您丈夫，请原谅。我迷失在

———————————

① 西班牙的港口城市，位于地中海边。——译注

您的饰带里。我惊讶和一个像您一样的小姑娘挨得这
么近。"

他把睡着的我抱在他海格立斯①的怀里。

"40公斤,我有您3倍重。我亲爱的小矮人,您
明天就会到一个美丽的国家。如果您真的爱我,您就
会喜欢它。我的一个伙伴已经为我们在格拉乌宫租了
一套漂亮公寓……你会常常一个人在家,你会有时
间玩,有时间散步,或许想想我。"

那个晚上我睡得很少。我想象着沙漠围绕的格
拉乌宫。我已经跟随他的命运走了。

我终于看到了著名的宫殿。台阶是大理石铺的,
房间很大,几乎没有家具。阿拉伯人的朴素。墙上和
地上都是毯子,每个房间里都有做桌子用的铜板、沙
发和很低的床。蓝色和白色的马赛克。其他飞行员的
妻子带我去市场,让我熟悉这个永远阳光灿烂的卡萨
布兰卡,这个外省城市。

啤酒王咖啡店,在喝开胃酒的时候,我们到那
里和飞行员们会合。纸牌……开胃酒……蛋冻……

---

① 希腊神话中的英雄,大力士。——译注

笑话。我听了那么多，都可以编一本书了。

　　但生活给予我们的远比别人讲给我听的故事要多……

　　我的时间都用在到书店女老板阿拉尔夫人家看书、幻想我的生活、到阿拉伯城市去散步上。一天，我在和书店女老板聊天的时候，飞行员盖尔罗来了：

　　"啊，晚上好，圣埃克斯夫人，您愿意今晚一起吃饭吗？给，这是您丈夫的，他托我带了几只艾蒂安港的新鲜大龙虾给您。"

　　"好啊，盖尔罗，来我家吧，我们自己做饭，阿拉尔夫人也一起来。"

　　盖尔罗向我解释说：

　　"我和您丈夫飞的是同样的航线。一天，我突然腿疼，于是留在西斯内罗斯休息。我看到圣埃克斯很烦恼。'你这家伙，'我对他说，'刚当新郎，怎么样子这么严肃。'我们没有交谈。突然，圣埃克斯叫道：'这妙极了，蛋冻，你不觉得吗，盖尔罗？''什么？蛋冻？跟我说说……''是这样，我第一次跟我妻子生气就因为蛋冻。我们在啤酒王饭店。我刚飞了夜航回来，累得要命，但她还是想带我到"啤酒王"吃晚餐。在家里的时候我没说什么，你知道的，我不开口……到了饭馆，服务生问我要什么，妻子不安地看着我。我回答：蛋冻。蛋冻就摆在我们面前……我没有想到菜单。"你病了？你烦了？"她问我。

"'我没回答。

"'服务员给我上了两个蛋冻。

"'"先生，您还要什么？"

"'"两个蛋冻。"

"'我妻子不说话，我想笑。服务生又给我上了两个蛋冻。点甜点的时候，还是一样。

"'我不想说话，不想思考。吃六个蛋冻或别的什么东西，对我来说是一样的，但这让龚苏萝很受刺激。她坐在软垫长凳上，四周是其他客人。她站起来，叫道：'来了，你的蛋冻……我也喜欢，蛋冻……'

"'她吃了桌上所有的蛋，用手指把蛋捏碎，当着大家的面，她把蛋弄成糊，然后哭着跑开了。

"'我忍不住笑了。服务生和收银台小姐看到龚苏萝折腾那些蛋冻时，一副滑稽的样子。几分钟后，我也走了。这一幕过去了。你去告诉她，告诉她我没生气。我明天回去过生日，送她这些龙虾让她开心，让她千万别把龙虾的爪子当蛋冻。'"

飞行员的生活是简单的，有规则，就像那些行动能力强的一样。我丈夫飞的是卡萨布兰卡到艾蒂安港的邮航。几年前，飞行员得独自把邮件从卡萨布兰卡送到达喀尔，但多拉先生从政府那里取得了一些改善。飞行员有了轮班，飞机也部分更新了。

在艾蒂安港的日子并不有趣：十来个男人，包括阿拉伯勤杂工和摩尔人①奴隶。我丈夫常常对我说：

"我哪天会带你去看上尉夫人。她是法国人，在那个不毛之地有个花园。淡水是从波尔多②用船运来的，土壤是从加那利③运来的。她在一个小木箱里种了三株莴苣和两棵西红柿。她用从波尔多运来的淡水洗头，然后用来浇灌她的花园。为了保护她的植物不受沙漠风沙的侵袭，她把箱子放在井底……当我们中途路过她那儿的时候，她会请我们吃饭……永远是吃罐头，但她总是把井底的花弄出来，摆在桌子上。她那三株可怜的莴苣和两棵西红柿……真的很感人！"

回来后，圣埃克斯跟我说：

---

① 指摩洛哥人。
② 法国西部港口城市。——译注
③ 西班牙位于大西洋上的群岛。——译注

"您能理解，经历过风沙里的日子以后，我回到家会有点像个野人。在那里，我的想法没有一点掩饰，我是一只大笨熊，就像您称呼我的一样。这让生活更容易，我是熊，我对自己说，我回到自己的沉默里。然后，我成了另一个人，有了另一副皮囊，我需要休息、平静和安宁……那您就一个人说话给我听，跟我讲我们收到的法国朋友来信中的细节，讲我们在卡萨布兰卡的朋友，讲您的生活，两个人的生活。我佩服您，什么都不会忘记。您把地上发生的事情讲给我听。卡萨布兰卡的医生做了这个，上校说了那个……讲讲您在报纸上读到的最新消息。但当我看到您疲倦了，因为我是一只吞没您的话语、您的柔情的熊，我就想为您一个人跳舞，像熊一样，逗您开心，想告诉您，我是您的熊，属于您，一辈子。

"要知道在中途站有时也会发生些可笑的事情。有一天，一个保护妇女的天主教协会给我们送了几个15岁的小姑娘，在达喀尔附近，让她们来给飞行员陪夜！

"您要知道，这些女孩子像奴隶一样在市场上被买卖。协会规定她们的价格，我们要付给这些处女每晚4法郎的费用。对这些住在沙漠的洞穴里的姑娘来說，這已經是一筆大數目了。我們經常讓她們打掃機棚，給我們洗杯子，擦汽油燈。一天，梅爾莫很晚從達喀爾的咖啡館回來，在門口看到一個 14 歲左右的女孩。他喝了酒，就讓她走，但小姑娘僵在那裡，哭著，這是她表達絕望的唯一方式，因為她不會法語。於是梅爾莫對她說：'進來，你可以和我一起睡。'他開始幫她脫衣服，脫她的長袍，但小姑娘哭得更厲害了。他給了她 4 法郎，不想多給，因為考慮到其他朋友。他替她重新穿上阿拉伯人的長袍，但她眼淚還是沒有乾，他於是又脫了她的衣服，又給了她一把錢。'讓規定的價格見鬼去吧，你很好，回去睡吧！'但那個小姑娘半裸著身子，站在那裡，還是不想走，繼續抽泣。他不知道該怎麼辦了，就把自己讓她動心的手錶也送給她，還有他的古龍水。有那麼一會兒，她平靜下來，但之後又絕望起來。梅爾莫生氣了，對她說：'我受夠了，走吧，我想睡了，你回家去。'女孩還站在那裡，一臉迷茫，一動不動，好像事情還沒有完，眼中有一份深深的不安。她半張著嘴，不能講這個會飛、從天而降的白人男子的語言，嗓子裡發出一點聲音，很輕的，好像喃喃自語。面對她巨大的憂鬱，飛行員又對她產生了憐憫，去拉她那裹在身上的白布，关切地看着她。她不像其他贝督因女人那样，垂着眼，顺从地忍受着疼痛……飞行员觉得她很美，她奇怪的表情让她显得更美。他试着让她那像受到追捕的小动物似的眼神平静下来。'我的好几个同事可能就是这样娶了阿拉伯女子'，他想。天亮的时候，他把女孩从床上推开，'走吧！'她在飞行员的动作中明白了他的意思，下了床，明白该走了，但还坐在地上，向他表示她还不能离开这里。梅尔莫简直忍无可忍了，'好啊，你打算像个奴隶、像条狗一样跟定我了……'他用阿拉伯语说了这句话……她生气地叫起来。像一架飞机的轰鸣声。梅尔莫看着她，闭上了眼睛。也许，他想，如果他假装睡着了，她可能会走的。他还要飞很长的路，需要睡觉。如果他在飞行中睡着了，那全得怪这个固执的姑娘。她比谁都厉害。飞行员叹了口气。两个人就这样对峙着，他勉强笑笑，女孩也一样。机棚的门开了，刚降落的飞行员走了进来。'早啊，老伙计。''是你啊，托尼奥。''是啊。''我一夜都没睡，看！'他指着坐在地上的阿拉伯小姑娘，'我累死了，她还不想走。我什么都给她了，我的钱，甚至我的小刀！'阿拉伯小姑娘迅速站了起来。'或许你懂阿拉伯语，先生？’她说，‘我是洗衣女，我不能不带脏被单走的。至于别的，我很满意，你朋友很慷慨！’”

托尼奥把阿拉伯女孩的意思翻译给他听，梅尔莫骂了一句，把所有的脏衣服给她，她终于开心地走了。

梅尔莫说这个故事发生在托尼奥身上，但托尼奥说是梅尔莫经历了这件事。

我喜欢托尼奥跟我讲这些离奇的经历，只怪自己说得不好，没法重现他的笑声和嗓音，因为托尼奥讲起沙漠中的故事时是那么迷人。

格拉乌①宫徒有宫殿的虚名。事实上，它只是一个由豪华公寓组成的建筑群，格拉乌的出租屋。建筑和装饰都是现代阿拉伯风格，受到法国文化的影响。

在这个明亮、一览无余、四方的房间里，怎样才能搞点个人创意？我明白了阿拉伯大领主的智慧：在白天的阳光里，唯一能和它搭配的东西还是光线本身，即空间。他们用白色的地毯把马赛克遮起来，用阿拉伯的织物装饰墙壁，让它泛出温暖的颜色，用金色的铜块做托盘。他们买尽可能大的铜块，买的时候

---

① 摩洛哥城市马拉喀什的帕夏。

只称重量，有一些金属是银色的，但很难找到金色的。托尼奥很喜欢一块暗色的、有点灰、几乎是黑色的旧托盘，越仔细去看，越看不清原来镌刻的图案，但我们总想努力去看清楚，这成了我们打发时间的一种消遣、一种嗜好。

在这个公寓前几个星期教会了我协调室内的装饰。我丈夫和其他男人一样，不喜欢移动家具，所以他在的时候是不可能去搬动桌子的，因为他觉得这毫无意义。我对此很痛苦。研究和弄明白窗户的角度、比较了电灯开关的位置后，我设计了一下，为看书或写作尽可能创造舒适的环境。

一天，托尼奥要3点去机场，这次，我决定不送他去，这样就多了整整两个小时。我借口说有点头疼，要给我父母写封信。但托尼奥对人的品行了解得太深入了。我身上有什么东西告诉我，他在怀疑我。首先，他一定要我陪他去，我不能无礼地对他说："我不想到机场送你。"何况这么说也是撒谎，他每次走，我都会发抖。有一次，我特担心，因为刚埋葬了一个坠机的飞行员。托尼奥开着飞机兜了一圈，为了更近地看看我，跟我打招呼……他刚做完这个不谨慎的举动，电台就拍了电报说要处罚他。应该遵守制度，我们为他在我头上兜的那个小圈付出了惨重的代价。

于是我去了机场，为了不违背他的意愿，我很安静、很乖，也很沉默。他很开心。

"再见，亲爱的，"我对他说，"别忘了我在你的食品篮里放了新鲜蔬菜，还有西红柿。都包好了，但到的时候要把它们取出来，否则会在炎热中被煮熟的。色拉、黄瓜、萝卜，你一到就要把它们放进水里。够你吃一星期的，甚至可以和你的伙伴们一起分享，他们吃点不同于罐头的东西会高兴的。"

作为飞行员的妻子，我是唯一一个会买东西并把它们包装好放在空油桶里的人……新鲜牛奶，他不喜欢，于是我给他装了几暖瓶的冰奶油、几瓶鸡汤，所有东西都贴了标签。他很高兴把这些东西分给别人吃，自己只吃面包和奶酪。准备这些东西很花我的时间，但对我而言，这就是生活。我给他补充夜航消耗的能量。咖啡，一定要很浓。我在他的口袋里装满巧克力、柠檬糖。他总是反对说："亲爱的，我什么都不需要，真的。"不过，他回来的时候，也会给我带些小礼物，是那些喝过我做的汤、吃过我准备的蔬菜的飞行员送的。那些想吃托尼奥的食物的人，

"否则,"他们说,"圣埃克斯夫人就不再送吃的东西来改善我们的伙食了⋯⋯"

那一天,我不想陪他去机场,托尼奥用眼角瞥了我好几眼。我在飞机起飞之前就想离开他:

"亲爱的,我有点累,这里太吵了,汽油味也大,又热,我想去冲个凉⋯⋯我要去理发店。接着去看 C. 夫人。"

"啊,请您在想偷偷做什么事的时候,别跟我说太多的借口,一个就够了,不然,我会怀疑的⋯⋯"

我回了家,心里很平静。他走了,我要干我的事了。我干了一整天。当夜色降临,我还没弄完。我遣散了我的男女佣人,我躺在大浴室的按摩椅上,累坏了。

半夜的时候,马赛克拼花地板上传来了脚步声⋯⋯很轻,像小偷⋯⋯我害怕了⋯⋯让佣人走光太不谨慎了,只有我的厨娘睡在对面的厨房里。脚步声来来去去的,我屏住呼吸。那个在我家里的人好像在自己家一样⋯⋯来人点亮了灯,我颤抖着。我的首饰⋯⋯我把手中的戒指褪下来藏到了我的洗衣篮里,小偷是不会到那里去找东西的。我害怕极了，这个房间没有手枪。小偷，没有看见人，大了胆子，继续在空荡荡的房间里溜达，因为我让佣人把墙上的织物都拿去洗了，好换上新的，并且改变家具的位置……这是我的设计……最后，小偷，手里拎着一盏电灯，进了浴室，静悄悄地，用我的洗漱用品洗脸。我透过篮子可以看见他的头……原来是我丈夫……我动了动，我把洗衣篮里的衣物盖在身上，就像一座火山一样高耸起来。托尼奥害怕了，我叫起来："救命，帮我一下，我透不过气来了。"

他没有动，惊呆了，先是看到空荡荡的房间，现在又听到我的尖叫，看到想挣脱缠在脖子上的衬衫的我。最后，我自己爬出了洗衣篮。他以为在舞动的衬衫里有两个人……脸色苍白，呼吸急促。我很生气。

"你在夜里吓着我了，还不帮我从藏身的地方出来，我会憋死在里面的……我以为来了个小偷……把戒指都放到篮子里了。小手表肯定摔坏了。你太坏了。"

"听着，我的小疯婆子，我的小姑娘，你没看见我憋得比你难受？我回自己家，是半道折回来的。我想：'龚苏萝不再爱我了。她是对的。她总是一个人待在家里。我回来的时候，总是沉思和写作，我不是一个好丈夫。但最好把一切都说出来，摊到桌面上，我不想让她难受。她肯定和她爱的人在一起，我再也不能这样把她撇下了。'所以我没有出发。我请盖尔罗帮我开'出租车'，他在度假，但正好在机场，我一整天都在大街上闲逛，想写信给你，不想回来，但又想：'远远的我什么也看不见。'我祈祷之后做了决定：'我去把一切都说出来。'这就是为什么我会在这里的原因。当我回家，看到家具不见了，你不在卧房里，也不在客厅，哪儿都没有，我害怕了，以为你真的走了，还带走了家具。明天，我想逃到中国去。我找信件，想找一点痕迹，但什么都没有。而你却在篮子里！你在那里干什么？"

"啊，托尼奥，你是嫉妒了？傻瓜！"

"回答我，家具呢？"

"大傻瓜，没看见门口的油漆桶吗？明天油漆工就要来了，我本来想给你一个惊喜的，你刚才吓着我了……"

我还没有从惊吓中缓过神来，我哭了，去找戒指和手镯……托尼奥拿了一条毯子，和衣躺在地上，抱着我的一个脚踝，为了安慰我的眼泪和他的爱情。

　　之后，我听到了这句关于我的眼泪，关于这个晚上、我的手镯、我的在篮子里摔坏的手表的最美的话，说我哭不是因为丢了的手镯，而是因为把我与其他东西分开的死亡，我，"亲爱的、脆弱的小姑娘"……

10. 飞行员的妻子

我再也无法入睡。夜航一周两次，让我担心，让我失眠。他在两次邮航之间待在我身边的时候，我总设法逗他开心，悉心照顾他。他和别人不同，我对自己说。如此孩子气，像从天上掉下来的天使……我不能像别的女人一样出去散步、娱乐、狂欢……只有信对我而言才是重要的。那是我的绝望……

一天，他下午3点左右走了。如果一切顺利，他要经过三个中途站，西斯内罗斯、艾蒂安港、朱比角。我问塔台关于我丈夫邮航的消息。其他飞行员也在咨询，要给他们导航。总是圣埃克斯夫人打电话："我丈夫到他的第一个中途站了吗？"到，或没到，从来没有更多的消息。

我得等上整整一个小时才敢再问同样的问题。"您太紧张了，夫人。去游泳吧，天这么好。我会关心您丈夫的航行的，其他飞行员的妻子不像您这么焦虑。"

　　第二天，我重新开始打电话。"您丈夫到了"或者"您的丈夫出了故障，我们正在帮他解决"。就这么多。我尽量住到靠近无线电台办公室的地方，如果不打电话，我就到办公室去。我微笑着，用手帕跟那里的其他飞行员打招呼。他们都很紧张，不喜欢看到女人在办公室附近，但我例外，我是他们的邻居。我请他们到我家。我有冰镇水，有从巴黎来的黄油，金色的杏仁，并向他们保证，卡萨布兰卡我那些最漂亮的女友会过来和我们一起喝开胃酒。我总能叫到一两个飞行员，把他们招待得跟上帝似的，他们是我的天使信差。他们来了，走了，最后，不用我问，他们就会告诉我："别担心，您丈夫已经跳过了一个中途站。风和雾把他吹到沙漠或海上了。他认为很快就会到西斯内罗斯了。"几小时过去，他们离开我，喉咙里灌了不少开胃酒。"圣埃克斯夫人，那就到阿拉伯饭店来吧，对……待会儿见。"

　　在那儿，我可以在半夜里知道他是否在西斯内罗斯着陆了。有时，一句话也没有，只有温存和友爱。那些飞行员成了我的兄弟。

　　"但是，圣埃克斯夫人，别愁眉苦脸的。今晚我们去消遣。"

主啊，这一点都不好玩，酒吧、女人、烟草和印度大麻的味道从这些常去或不常去的地方飘散开来。如果到了半夜还没有人送我回家，我就知道我的天使正处在危险当中。一天，善良热情的盖尔罗带我"去乡下"。其他飞行员要去睡了。在我们的字典里，"去乡下"意味着：去无线电台。

啊，飞行员的妻子们！对他们和我们来说都不容易。他们抱怨我们，也喜欢我们。我们的丈夫需要战胜黑夜，抵达中途站，因为有我们在这里等待。其余的，疲劳、和多变的天气做几小时的搏斗、巴黎头头们为了减轻发动机的负担而少加几升汽油的愚蠢命令，都不重要。"如果能多飞一刻钟再降落，我们就得救了。"一个飞行员在掉到海里淹死之前这样写道。但他们要听从地面的指挥和命令，他们像机器人一样上了飞机，奔赴战场。这是和夜进行的战争。

他们的归来很简单。大家什么也不说，还活着。5天后再次出发，现在，去喝酒吃饭。但托尼奥，他想写作，托尼奥想写作。于是，我把自己缩小，小得能放在他的口袋里。我画画，画一些什么都不像的画。如果这也让他不自在，我就刺绣。沙发上堆着绣好的靠垫。写作的时候，他喜欢我和他待在同一个房间。写完了，他就把他写的稿子读给我听，一遍、两遍、三遍，等着我的回答……

"你觉得怎么样？没让你想起什么？没有意思？那我把它们撕掉。太傻了，一点意义都没有！"

我于是胡乱地在记忆中挖掘，就他刚写的一张纸编出一个小时的话来。

考验一结束，他就看着我，很幸福：

"我困了，我们去睡觉吧……"

或者：

"我想出去放开步子走走。穿上你的跑鞋，我们去海边。去吃牡蛎。到'蓝鸟'的电子琴上弹几支曲子！"

这个小酒店的名声不好，但这是唯一舒适的地方，不拘一格，进去就像到了自己家里，在电子琴上放几个钱就能弹上一曲……有人给我们上吃的喝的，永远都不会是同一个女侍应。闲着的姑娘过来招待和"夫人"一起来的飞行员，别的姑娘陪着水手。这成了卡萨布兰卡上流社会的约会，如果可以这么说的话！因为当地会正确读写、受过洗礼、结过婚的像我们这样的家庭只有二十来个，在这里就能见到其中的两三对夫妻。尽管他们来这里各有各的事，但我们会和他们一起谈谈话！大家在一起相处得很好。

当托尼奥出发邮航的时候，我差点都要进医院了，担忧让我睡不着觉。我又开始围着无线电台跳舞了……总是同样的舞步……同样的焦虑……

有一天，两个飞行员对我说："我从无线电台的办公室来。很遗憾，安托万坠机了……已经派出另一架飞机去找他的人和邮件了，如果还能救回来的话。"

我的耳朵嗡嗡作响。好像圣周时在塞维利亚[①]，我画着十字，像一只发疯的瞪羚朝办公室冲去。中午的炎热让我几乎无法呼吸，我跑着穿过整个城市，没有叫出租车。我的脚得会飞才行，我根本没有好好想过。我撞到在办公室门口大声哭泣的一个女人的怀里：是我的朋友，安托万夫人。原来是飞行员雅克·安托万坠机了，而不是我丈夫安托万·德·圣埃克苏佩里。我笑得像个疯子："啊！安托万夫人。是您丈夫坠机了……"我笑啊，笑啊。医生来了，我们俩都在吗啡的作用下睡了一整天……

皮诺该结婚了。皮诺是我们的朋友，喜欢和我

---

① 西班牙南部城市。

们待在一起。他决定离开沙漠，因为他订了婚，母亲在法国把一切都安排好了，钱、房子和所有的家当。托尼奥对他说：

"把伙伴们都叫到我的大公寓里，我们一起来埋葬你飞行员和单身汉的生活。"

皮诺接受了。托尼奥给了我他半个月的薪水，去买庆祝用的香槟。

皮诺永远离开了达喀尔。他的最后一趟邮航，原本打算由别的飞行员替他，但皮诺坚持说：

"让我最后再飞一次吧！"

那个飞行员把驾驶盘让给了他。他着陆的时候，发动机坏了，撞在地上……永别了，家庭，未婚妻，为他准备的节日……

托尼奥在我们的宴席上很忧郁。他像往常一样大方，他为一个出航却再也回不来的朋友设宴差点破产……

我们并不比别的飞行员更富裕，正好相反，每月4000法郎，没有别的收入，要养活两个人，要支付巴黎卡斯特拉内街和格拉乌的房租，这在其他和妻子一起住在小房间里的飞行员看来是一种奢侈和疯狂。再也不请客了……但托尼奥需要空间，他喜欢美丽的地板，宽大的房间要能迈得开他的大步……
因为不管什么东西，只要一被他碰到，就会打翻……
甚至是钢琴。一天，在朋友家，他刚把脚搁上去，钢
琴就散架了。他对自己的重量没有概念，对身高也
是。他经常撞到汽车或房子的门，他忘记了自己像树
一样的个子。这个飞越沙漠、大海的男孩不知道怎样
划火柴而不伤到自己。火柴常常是我的一个烦恼。他
点香烟时，总是划得太用力，不管在哪儿（因为他要
么丢了打火机，要么是把打火机的灯芯烧没了）。有
一次对着玻璃划火柴，他割到了自己的大拇指，伤口
很深。我哭了，他却笑了……我无法安慰，从此那
只美丽的手就少了一小块手指和指甲……他觉得自
己是不可战胜的，因为他用上了自己所有的心力。但
如果有人对他或对别人不公正，他就受不了。一天，
一个人在酒吧嘲笑我们，由于我心爱的小京巴狗——
尤弟，它是我们生活的一部分。就在喝开胃酒的时
候，托尼奥听到了这个人的脏话。那个男人不说话
时，托尼奥抓起那人坐的椅子，连人带椅子摆到大街
正当中……那人在椅子上傻了几秒钟，咖啡馆的人
都笑了，我们大笑地走了……

　　尤弟是我们外出的烦恼，它小的时候，我们常

常会把它忘在外面。有好几次，我在路上大叫：

"托尼奥，我们把尤弟落在饭店里了。"

他折回去找它。一次，他得去一个阿拉伯人家里把它要回来，它都已经被人领养，受过洗礼了……整件事花了他将近一个小时，但他成功地带回了尤弟！

只要我一不看着，尤弟就到处跑。在卡萨布兰卡，它从公寓跑出去过一次。我找我心爱的小狗找了几个小时，哭得像是丢了孩子。托尼奥邮航回来，问我：

"亲爱的，您为什么没到机场等我？"

我抽泣着。

"尤弟不见了，后门开着，它跑了。都几个小时了，佣人们满城找都没找到。"

"别哭了，不如给我一个吻，我会把您的尤弟带回来。"

他飞快地洗了澡，然后出去找。在卡萨布兰卡，人们还常说起他找回小狗用的那些聪明点子。

"它只花了我们 300 法郎，"他沉思地跟我说，"但我见不得您哭。它在这儿，您的狗狗。"

在城里散步是我们最大的奢侈。我们什么也不买，和阿拉伯人一样坐在地上吃撒了香料的烤肉和新鲜羊肉。托尼奥和那些军人聊天，他们在巴黎把什么都输了，来这里开始新生。这并非不能。我们的一个好朋友在集市上用大衣换了一匹马，用这匹马换了几只山羊，用山羊换了绵羊，用绵羊换了几个奴隶，最后有了成群的马匹。这些马匹为他挣的钱比一个农场还多。他娶了一个酋长的女儿，有了好多孩子还有一个后宫……他有房子，有土地……

我们在炎热的街道上，在驯蛇的魔术师中间散步，有一天，我感染了一种奇怪的病毒。一开始，这种病毒让我的脚慢慢溃烂，烂出一个大约一厘米大的洞，小狗也跟着被感染了，哭得比女主人还厉害。我不能再穿鞋子，脚上裹满了纱布。医生们对我的病进行了诊断，托尼奥也去听了。出来后他就变了，对我说：

"明天我不和邮件一起飞了。"

"为什么，托尼奥？"

"因为我要照顾您，把您治好。如果让您独自一人度过漫漫长夜，您的病不会好的。我不想再飞了。"

"那，我们拿什么过日子呢？"

"哦，吃的总是能找到的。我会开卡车。"

"不，托尼奥，我更愿意你当飞行员。希望你明天和邮件一起飞。蔬菜都已经买好、包好了，汤也炖好了，一切都准备好了。把这个礼物带给上尉夫人……"

"听你的，老婆。我一回来，我们就一起到岛上去。"

我以为这只是个玩笑。

我的小狗整天叫个不停，我便唱歌给它听。我的女佣人和阿哈穆德把我们带到一个有名的女巫那儿，我付了50法郎买了一种很香的药膏。我的小狗3天后就治愈了，洞慢慢变小，长出新肉，溃烂消失了。我高兴极了，但药在我脚上却没有收到同样的疗效。我的脚越来越臭，脚踝处第二个洞出现了。我开始发抖，祈祷上帝治愈我。我变得很忧郁，待在家里。为了消遣，我重读丈夫刚写完、散落在桌上的几页东西。在收拾他的文章的时候，我发现一个写得比其他字都要大的词：麻风病。我又看了一眼：是的……麻风病。这是一封写给上帝的信，就这么简单。在信中，他请求上帝不要抛弃我，因为医生已经不想让我继续留在这个世界上了。他写道，他要和我一起到麻风病人的岛上去生活！

我明白为什么我的朋友们不像往常那样常来看我了。我怕了。尤弟过来吻我，我哭了。

我们到这个地方是为了工作，满怀希望，满怀热情。我从来没抱怨过什么，我没有钱买裙子和香水，但这些我都无所谓。鲜花香气怡人，我穿上夏天的白裙和那些穿着巴黎最新款式的女友们一样优雅迷人。我丈夫爱我，我怎么能因为我的麻风病毁了他的一生？或许我已经把麻风病传染给他了？我应该跟一个能接受我和我的病脚的阿拉伯人跑掉，就这样。不管怎么说，我可以到非斯①去乞讨，但要是我把疾病传染给大家怎么办？不，我应该独自到岛上去，等着知道托尼奥是否被传染的消息。

我看着脚上的洞，好像看着自己的棺材。该照料尤弟了，我给它绑上纱布，又给自己抹上同样的药膏，反正也坏不到哪儿去了。夜里，我喘不过气来，憋得发紫，发着烧。我又搽了药膏，然后洗了个热水澡，把脚搁在浴缸外面，一直到天亮。我身上全是红色的

---

① 摩洛哥城市名，原为该国的首都。——译注

斑点。第二天，我还是做同样的事情。我脚上的洞变干净了，瘙痒止住了。托尼奥邮航回来的时候，我穿着运动鞋站在地上，没有拄拐杖……和尤弟一起。看到小狗好了，他全明白了。

"你给尤弟吃药了？"

"是的，它好了，但我浑身都痛。"

丈夫把我拥在怀里，把我一直抱到车上。

"那个治好尤弟的女巫在哪儿？"

"在布斯本附近。"

我们在女孩家找到她，她们给我们上了茶。阿拉伯女人很镇定：

"你妻子和小狗的病，我们会治好的。要把你妻子泡在牛奶里，之后就会痊愈。"

托尼奥和我一起泡热牛奶澡。这个药方有些昂贵，我们掺了一点羊奶在牛奶里。我痊愈了。

托尼奥对我说：

"我会跟您一起到岛上去的……我的爱人。您是我存在的理由，我爱您就像热爱生命……"

11. 费米娜奖

《夜航》终于在巴黎的书店里露面了。我们对书的命运很担心，我每天都买几份有名的报纸：《评论报》《费加罗报》《新文学报》。我把那些赞美作品的书评都剪下来贴在一个本子上，有时还贴双份，因为我很高兴拥有托尼奥的许多照片。他呢，看到那些同样的照片、同样的书评就笑。接着，《夜航》荣膺费米娜奖，同时也受到龚古尔奖的青睐。《甘果瓦》周刊登了一幅很可笑的漫画：一个飞行员，两只翅膀被女评委们攀上。

女评委们更改了开会日期。通常她们是在龚古尔奖颁过以后宣布获奖人选的，但这一年，她们抢在他们之前开会。托尼奥和我对得到这份殊荣都感到非常荣幸。

但他的出版商叫他去巴黎，托尼奥觉得这是限制他的自由。此外，他在航空公司也并不能每月都请到假。他决定不再当飞行员了，事先也没跟我说，只是很突然地告诉我，我们要走了。我依了他……

这次在巴黎安家费了许多周折。卡斯特拉内街的公寓太小了，而房子在那个年代很不好找，价格也很贵。要哀求看门人并且付钱给他才会给我们开门。我们跑遍了巴黎，最终还是一无所获……

所幸的是，在安德烈·纪德家附近，我们找到一套空闲的小公寓。当时垂涎这套公寓的人很多，但我丈夫是费米娜奖的得主，房主自然更愿意租给我们。房子所在的街也很安静，公寓对着花园，但要住进去还要等几个月。

托尼奥忙不过来，他要应付各种约会：费米娜奖的访客，摄影师，邀请，男男女女的崇拜者。名声一天比一天大，他家一些以前从来不认的远房表姐妹也来看成功作家了，甚至来为他庆祝生日，以前她们可从来没这样做过！难缠的女崇拜者从四面八方涌来。我记不住这么多的名字，起码有一半约会我们去不了。托尼奥不再写作，日子都在别人家打发了，我们再也不能单独吃一顿二人午餐。

最后，他的一个姨妈把我们拉到她的城堡里，离巴黎有 6 小时的路。终于有了绿色、和平、寒冷的大房间和火炉，我很开心。

但这样的日子过得太快，回到巴黎的日子又是噩梦一场。我丈夫总和电话待在一起，甚至在浴缸里也不例外。我的神经再也受不了了。晚上，他要去多维尔、翁弗勒尔或者巴加代尔，都是些毫无意义的应酬。大家在喧闹中谈着要在法国拍一部《南方邮航》，在美洲拍一部《夜航》。出版商、记者、代理商就坐在他的床上，我们连一分钟单独在一起的时间都没有。凌晨 3 点，电话终于安静了，托尼奥睡得像个死人，而一大早，电话又来烦扰我们了。他没有秘书，只有我和他尽量应付。摩洛哥白色别墅里的宁静和我对他夜航的担心之后，我变得歇斯底里，他也一样，常常问我："要做什么？"

他在街上走不到 10 米就会碰上几个在咖啡馆消磨时光的聪明先生，像莱昂－保尔·法尔格[①]，还有其他人……于是大家接着喝，接着谈。简直是个地狱。再也没有家，再也没有时间去沉思，我们好像生活在橱窗里……是给别人看的。

但托尼奥太爱天空了。他知道云会怎么变幻，风会怎样更改……他感到自己到了天上最高的地方，

---

① 莱昂－保尔·法尔格（1876～1947）：法国诗人和散文家。——译注

但他知道别人在等他、盯着他，人们总想看到胜利者从高处跌落下来……

于是我们决定逃离巴黎，但这比以前要难。大里维埃尔也和邮航的主管迪迪耶·多拉一样，处境艰难：监狱……伪证，假报，被控偷邮件。他的图卢兹邮航主管职务被撤了。别人把他当成造假者。肖米埃也受到了指控。但多拉、肖米埃的诚实是毋庸置疑的。报纸上谈的全是他们的案子。我丈夫坚决抵制，他对两个被告始终都是信任的。他做得对，虚假的东西总会被揭露，就像在福尔摩斯的书里一样，多拉和肖米埃总会讨回公道。但公司转手了，从今往后就归国家所有，要再次被许可飞行需要办很多复杂的手续。托尼奥不再坚持。一个飞机建造师请他到图卢兹附近的圣洛朗－德拉萨朗克去调试一架样机。托尼奥接受了，告诉我他要重新开始工作，一份有点难的工作。相同的样机已经溺死好几班机组人员。建造师改进了一下发动机，想让新的飞行员来试飞。托尼奥去了圣洛朗，他把拉法耶特旅馆的地址给我，求我待在巴黎。时值隆冬，但公寓只靠壁炉取暖。我太虚弱了，于是他把我安置在左岸一家舒适的旅馆里，王桥旅馆。

我得了哮喘。我对这种病还不了解。这是摩洛哥给我的最后礼物：肺里有沙。我透不过气，以为自己要死了。我丈夫在图卢兹失踪了有一个星期。我发疯了。没有任何消息。我让我在中美洲的妹妹过来救我，两周后，她到了勒阿弗尔。我丈夫打电话来，他的声音总是昏沉沉的，非常遥远……因为晚上他要写作或者做他高兴的事，白天他在图卢兹工作。他的飞机不停地出故障，所以他飞得很少……

"妹妹？"

"是我。"

我颤抖起来。

"躺下。"

"妹妹，你爱我吗？"

"是的，我爱你。躺下来，医生说你应该睡觉。"

"妹妹，我想和我丈夫说话。"

"如果你乖，我就给你接通他的电话。"

我听到了丈夫遥远的声音：

"是的，龚苏萝，我知道，您病了。您妹妹照顾您，我放心了。"

"妹妹，我病了多久？三个星期，四个星期？哦，妹妹，为什么我丈夫不来看我？"

"因为他要工作。"

"妹妹，我没有收到我丈夫的信，他走了很久了。妹妹，我知道，他跟我没有什么话说了。"

"别这么想，我都想跟你生气了。你病了，什么都不该想，什么都不要想……"

"妹妹，我好了，我有 4 天没喘了。为什么你老要我躺着，还关着百叶窗？"

"是医生吩咐的。"

"妹妹，问问他我能不能起床。"

第二天，我去了医生家。

"啊，夫人，并不是所有病人我都会请他们来家里的，但您太孤单了。我请了一个很聪明的朋友来家里吃饭。答应我别推辞。"

"我觉得自己很不幸，医生，我很烦闷。"

"就是在最幸福的家庭也会发生这样的事情，距离，误会。这是双重的疲劳。"

晚上，我去了医生家，他的朋友也在。

"我向你介绍，圣埃克苏佩里夫人，我的病人，著名飞行员作家的妻子。她以为自己病得很重，以为丈夫不再爱她了。我同意她起床走动，她也开始上飞行课了，想逃到天上去……"

晚饭后，他的朋友诗人安德烈把我送回旅馆。豪华的大厅弥漫着忧愁，我请他到美式酒吧坐一下，他很开心。我们谈了很久。我们俩在彼此遇见以前都很忧郁，但聚会后我们都感觉得到了安慰，变得快乐了。

安德烈来看我的飞行课，觉得这傻极了。他给我读一些诗歌，一些美妙的故事。我康复了。我想好好生活、娱乐，读更多的诗歌和更多更好听的故事。在他身边，我发生了奇迹。我开始幻想。多亏了他，我终于又有勇气回到卡斯特拉内街。

一天晚上，还是在我家，晚饭后，他跟我讲述了他最近的爱情故事。一个已婚女子。他对我发誓说，他再也不想去爱一个已婚女子。我很绝望。我知道他指的是什么。他对我说他爱我，说我应该去圣洛朗见我丈夫，不管去哪儿……跟他永别，跟他说我爱上了别人。到了那一天，他才会觉得我是自由的。

我还年轻。安德烈迷人的性格在我的心里占了很大的位置。我坐三等车厢去了图卢兹，丈夫没来车站接我，我原本希望他能来的。我去了他的旅馆。他求我让他睡到 1 点钟！我在他充满烟味和不通风的房间里等他，飞行员皮衣的味道。想到他醒来后我要讲的事，我浑身发抖，我在脑海中重复安德烈对我讲的话。我想把此行的任务进行到底。就在这时，我们的飞行员朋友杜鲍狄埃走进我们房间。

"你想去吃饭吗？"

"不，带我妻子去吧！今天是星期天。我不想星期天陪妻子去饭店。你救了我，谢谢。她该回去了，你送她上火车，我一小时后要去圣洛朗。龚苏萝，再见，我的爱人，吻吻我，也代我吻你妹妹。"

"可是，托尼奥，我来这里不是为了吻你的。我有事跟你说。"

"我听你说。你可能要钱，尽管拿，亲爱的。我喝牛奶咖啡、吃羊角面包就能过日子。"

我回到了巴黎。

"啊，安德烈，我什么都没对他说。"

"为什么？"

"他一直在睡。"

"你不爱我，但别现在就告诉我，我会当真的。那你写信给他吧！"

"好，这我可以。"

信寄走了。托尼奥收到信后，坐飞机回到了我身边。

"是的，是的，我会跟安德烈走的。"

"你要是走了，我会死的。求你了，为我留下来。你是我妻子。"

"但我爱安德烈，托尼奥。让你痛苦我很难过。在圣洛朗的时候你一点消息也没有，我觉得自己对你只是一件摆设，一件你寄存在旅馆里的物品。而安德烈，他爱我，他在等我。"

"好吧，叫他来接你吧！"

"好，我会叫他来的。"

我打了电话。几分钟后，安德烈到了我家，带了几个朋友。我们谈了话，还喝了酒。托尼奥光着膀子接待他们，毛茸茸的胸膛让他显得很强壮。他也笑容满面，端着一个银托盘给他们倒开胃酒。我们大喝一场，我留在了丈夫身边。

之后，我们再也没提过这件事。

翌日，我们去了南部，他得把他那架不想游泳的大飞机飞上天。我们到了圣拉斐尔①，我妹妹也结束了护士的角色，坐船回她的圣萨尔瓦多火山去了。

---

① 法国地中海边著名的海滨城市。——译注

"托尼奥，我害怕你那架不想游泳的飞机。"

"我不怕。我每天都在水上多飞几分钟。它嚎叫，它摇摇欲坠。你瞧，我的手臂肿了，几乎乌青了，因为我要拉着总会自动打开的舱门。它需要一定数量的飞行时间，接下来就是制造师的事了。"

"但你在天上，小船、潜水员、护士、氧气瓶在下面严阵以待，这让我发疯。啊，你知道，我宁可你是街角的一个鞋匠。"

"今天，我明白了很多东西。我再也不怕远离你了，你爱我就像爱你的父亲，你用像你这样年龄的女子做不到的方式照顾我。像个秃顶男人的妈妈。瞧，我真的秃了。亲爱的，今天我要结束我们这个大家伙——水上飞机的试飞。来看看它吧，对它说乖乖地飞。"

"好的，托尼奥，然后我们去哪儿？"

"到别处去飞，到别人可以给我工作的地方。就是夜里的暴风雨也强过在巴黎咖啡馆里清谈，和我的飞机在一起我才能得救。你不该讨厌飞机，我要参加我一直盼望的长途飞行，如果得了奖，我就给你买一架小西穆飞机。你想要什么颜色的？你可以在飞机上放一个小吧台、几个彩色的靠垫和一些鲜花，我们可以飞到海角天涯。"

"好啊，托尼奥，我喜欢做梦，但是在地上。在天上，我心惊胆战，因为我会想到你那些孤独的长途飞行。如果有一天你弄伤了自己，而我不能前去救你，我会发疯的。"

"我们总能拯救我们爱的人，只要深爱着他们，爱他们的一切。"

"是的，我知道，托尼奥。"

"听着，到时间了，请你原谅。我十分钟后就要去飞行了。明天就可以拿飞行的工资了……对我们来说，这是个机遇，我们马上就要富了，富了……想想你要送什么礼物给我，因为我将驯服那个庞然大物。"

当时美国爆发了经济危机。蓝色海岸被它过去忠实的游客抛弃和冷落了。尽管如此，旅馆还是开着，员工们要吃喝、要领工资啊！法国游客或许能利用这一机会！宽敞的旅馆空荡荡的。我丈夫把我安置在"大陆"旅馆。他的家人都住在海边，花一个房间的价钱，我们就能住整整一个楼层，而且还享受所有的服务，在客厅的壁炉里生火。怎样的享受！我丈夫的朋友们，也就是那些空军飞行员，晚上喝鸡尾酒的时候常常聚在我们家里，我们唱着法国老歌。

当托尼奥不在的时候，我凝视着空空的房间，还有它们难以描述的奢华。我的小狗在套间里跑来跑去。这么低的价格！多么安静！

突然，一个震耳欲聋的声音响彻全城。一个很尖锐的声音。大家都跑到窗户前，我也一样。只看到海水冲到天上，像云朵一样，然后飞快地掉下来，好像被炮弹打中了一样。我盯着水面看的时候，我的小狗逃走了。我跑去找它。这个小顽皮看到了另一条京巴狗。我生气地把尤弟带回来。透过窗户，我慢慢地意识到，掉到冰冷的海水里，击起无数水花，惊动整个圣拉斐尔城居民的怪物，是我丈夫驾驶的庞大的水上飞机。飞机迅速冲到水里，水溅了有几米高，然后落下来，发出巨大的声响，惊醒了整个城市。夜晚降临，大海又一片死寂……我没有从窗口走开，不知道自己在那里一动不动待了多久。有人敲门，敲得那么轻，连我的狗都没有吠。这很奇怪。我不想动，让敲门的人敲得更用力些再说。隔了一会儿，我去开门。我丈夫像个伤员，被人用担架抬回来，放在床上，他们已经给他吃了一堆药。人工呼吸，氧气，等等，然后让我一个人留在他身边。

"啊，托尼奥，你掉到海里去了，冷得像块冰。你的裤子全是水，湿了整张床。我的小宝贝，我在这里，我帮你搓搓。"

我太急了，随手拿了旁边的一瓶……那是我用来把小狗染成金色的纯氯化铵……

啊，这会使你的胸腔暖和，你多冷啊！

他的毛茸茸的胸脯吸收了那么多氯化铵，连我都透不过气来了。这比古龙水好。氯化铵渗到已经到另一个世界的托尼奥的肺里，对支气管产生了作用。托尼奥重新开始呼吸。他动了动，水从鼻子里流出来。

我吓坏了，大叫起来。

"救命，我丈夫要死了，他们却丢下我一个人！"

但托尼奥奇迹般地活了过来。我抱着他的头，把他拖到浴室，像拖一个大娃娃，他的头撞了一下，血流在浴缸里。一个猎人过来帮忙。我们把他放进热水里。我要把他热一热，他叫起来：

"哎哟，太烫了，你想烫死我呀！"

"亲爱的，这是为了你好。"

"我还穿着衣服呢。"

"那又怎么样？"

"帮我把裤子脱了，我全身僵硬。"

"是的，你掉到海里了。"

"啊，我记起来了，让我讲给你听，我的水上飞机不想在水上着陆……我冷……"

"可是，亲爱的，你在热水里呀！"

马尔维尔上尉和猎人一起上来看我，之后是记者。电话又开始疯狂地响了，大家都要采访……几个小时后，我们在军事飞行区搞了一个庆祝会。大家在桌子上跳舞，欢声笑语。但托尼奥从那天之后晚上再也不想睡觉，他把鼻子贴在窗户上，我穿着睡裙站在他身后，拉着他的手把他牵到床上。他又起来，我又去拉他回来。就这样持续了一个月……或许两个月。

他就像死了一样。他经历了死亡，现在知道什么是死亡了。

12. 他自己描绘的死亡

死很容易，他对我说。被淹死。让我讲给您听。
要很快想到一个人无法再呼吸到氧气的感受。肺里
吸进去的是水。不能咳嗽，这样水就不会从鼻子里
进去。像我当时一样，先喝一口水，您就放松了。
水是清凉的，之后一切都好了。我记得我是和我的
飞机一起掉到海里去的，水已经漫到了驾驶舱里，
如果不马上出去，我会溺死在那里。如果能打开一
扇门，浮出水面，我就能逃生。我离海岸不远，不
管怎么疲劳，我还能游泳。救生艇会看到我的。我
摸索着，把手伸长，左摸摸，右摸摸。多费劲啊！
我感到了巨大的虚空，我的手什么都碰不到。在黑
暗中，我一点方位感都没有。我的飞机是倒栽进大
海的，我头在下，脚在上。我想到您昨天到农家为
我买的火鸡，我一直把它带到米拉多尔。您想在家
里过圣诞节。火鸡等着我，我可不能淹死。我想从
手能摸到的出口出去，但脚被什么金属卡住，脚踝

被套住了。我倒是有把小刀在身边，但如果要等我把自己的腿或者金属割断，我肯定已经窒息了。我不会忤逆死神，但我想以更舒服的姿势去死。我不知道自己是头朝下的，心想："我想躺着死去，怎的！"我狠狠地踢着腿，决定等我有一个比较舒服的姿势后就喝第二口水。我把力气全用在腿上，我的腿终于自由了。我用一股超人的力气，向手可以摸到的洞口冲去。那是和客舱相连的一扇门。我游着，憋得慌，觉得自己转了过来，身子能运动了，头也朝上了。我可以站起来，头撞到了顶部。我流血了，但上面还剩下一个气袋……我好好地呼吸了一次。这时，我才清醒地意识到了自己的处境。

我驾驶的样机，其顶端设计和敞篷车一样。监视最后一次飞行的工程师和机械师就待在那里。飞机坠毁的时候，机组人员被弹出来，自由地落到海上。"护航"的小救生艇看到他们掉下来马上就去救护他们。机械师很清楚这架样机已经淹死了几批机组人员，最近的一次是在马赛。由于从飞机里出不来，人死了。飞机离海岸很近，但坠机的时候，一部分金属变了形，门卡住了，就在离海滩很近的地方，但机组人员还是死了，因为无法打开机舱的门。

机械师脱险后，就尽力潜到水里。或许他习惯在老是坠毁的样机上工作，或许只是出于偶然，或者是上帝保佑，天知道：他第一次下潜就落在淹没的机翼上。他用力拉门时，把手都拉伤了。没空气了，他又浮出水面，他能做到的只有这些。其他人飞快地过来救他。我呢，我在海底听到了海浪声。从他打开的门那里，一道模糊的绿光照到我待的客舱里。我试着思考，水一直漫到我的嘴，我把鼻子贴在天花板上，好再呼吸几秒钟飞机里的剩余空气。我撞破的头上流出的血让我清醒，我明白我唯一得救的机会，就是朝发出绿光的地方冲去，那只能是海底，自由的海。

这样，我就能游到囚住我的铁笼外面，浮向水面。我用最后的力量检查了一下我痛得厉害的膝盖和脚，抓了抓自己的手，贴着飞机的天花板，深深地吸了口气，这让我笑了。那是给这个想淹死我的大家伙的诀别之吻。我向绿光冲去，很快就看到了地中海清澈的海水。我浮出水面，救生艇上的人看到了我的手。我像一条深海的大鱼被钓了上来。昏厥、僵硬，像个死人。护士、潜水员和机械师最先来救我。他们忘了带呼吸器。我的心脏不跳了……太迟了。他们就这样把我送到您这里，送到旅馆，您搽在我身上的氯化铵起了作用，唤醒了我休眠的气管。

生命，我的爱人，是的，龚苏萝，我欠您一条命。

13. 马克沁 – 高尔基号

　　我的婆婆，玛丽·德·圣埃克苏佩里把我们带到她童年时住过的城堡，就是在那个花园里，托尼奥写下了《南线邮航》。这是一座外省老城堡，有宽敞的客厅，只有法国人才知道如何保养锃亮的地板。地板是用小木板铺的，经过鞋底的摩擦和法国地板蜡的呵护，光滑得像一个大托盘。圣莫里斯的图书馆铺着红毡子、豪华的家具，好像是从童话书里走出来的。至于楼梯，它那么长，我简直可以说它是通到天上去的。树和这个地区的阳光，让日落变得非常奇妙。

　　所有的邻居都来看我们，我们互相拥抱，彼此祝福。

　　这时托尼奥却得考虑他飞行员的工作了。在圣莫里斯树荫下的假期结束了，一天早上，我们要回巴黎夏纳莱耶街的新公寓。那儿光线充足，房间也不错，墙上的漆是绿色的。初春森林的嫩绿。我在窗上挂了淡绿色的薄纱帘，一块一块先后买了挂上去的，因为当时我们很穷。但我们在一起，很幸福。托尼奥几小时几小时地在公寓里休息，散步，什么事也不做。看着我，和我说话……我是家里的女主人，认真，勤勉。

一楼是三个小房间，有简朴的家具，一部响个不停的电话。要在那里酝酿出温馨的氛围需要热恋中的忠诚，年轻妻子得付出很多的精力、想象和勇气。

劳动了一个星期，我觉得很累。女佣人回来了，但她偷东西，被托尼奥逮个正着。于是一个阿拉伯男仆顶替了她，这让我想起我们在摩洛哥的生活。我们请客聚会，佣人们做古斯古斯①，大家坐在地上吃。有时客人多达20人，我们看书、唱歌。

但我们眼下真的缺钱。托尼奥在搞一部电影，但这一点也不挣钱。

"龚苏萝，"他对我说，"您知道，我不想待在四面墙里等着好心的上帝施舍我几把金子。"

"会好的，托尼奥，您的书很畅销，您的那些剧本也在很好的经纪人手里。等着瞧，他们会带着整把的金子来找您的。"

---

① 北非一种用粗麦粉团、牛羊肉、鸡肉、鱼或蔬菜加调料搅拌做成的食品。——译注

"我不喜欢无所事事。谢谢你在我每天醒来时给我放一张唱片，我喜欢巴赫，这是真的，但我开始腻味了。我的意思是说，我想成为作曲家，像他那样，不用文字去表达，而用那种只赋予精英、热忱者和诗人的语言。我常想，人与人之间是否真的分不同的种类。"

"是的，托尼奥，我想我们和别人很不一样。比如我吧，我只要有一朵花，一块白色的桌布，您的脚步声就够了。我爱听您的脚步声，就像爱听巴赫的音乐，它们跟我讲述和解释生活的含义。您是我的音符，通过您，我可以更快地企及上帝。"

"对我来说，您是我的孩子，即使将来某一天我离开了你。当我永远地飞走时，我会牵您的手。但您不该像孱弱的孩子，哭着喊着看着您的守护人。我应该出发，出发，出发……"

一天，一位夫人到了家里，要做他的经纪人，对他说要教他写剧本。要我同意他和她出去，不带我，这样，他会学习的。我不明白，但我信任自己的丈夫。他们总是一起出去，去咖啡馆或别的地方，一谈就谈很久，托尼奥写得却不见得多。我很痛苦，独自一人，关在四面绿色的墙里。

我们的一个朋友请他给《玛利亚娜报》写文章。他不会给报纸写文章，所以拒绝了，但要付房租，我们已经欠了两个月了。于是托尼奥从他的稿纸中找出一个故事，《阿根廷的王子》。他的文章刊登了，得了稿费。他又给了另一个故事。在我这一方面，我学得谦卑了，朴素而温柔，慢慢地，我终于让他坐到桌边写剧本了。很快，他就着了迷，他喜欢他的人物。有些崇拜者一直追到门口让他很恼火。他和他的人物一起旅行、飞翔、死亡。那是家庭晴朗温馨的日子，但我知道，这样的日子是不能长久的。

有人建议他到莫斯科做一个采访。这个想法让他动了心。

"我要走了，龚苏萝，我明天就去莫斯科。我需要见人，看看正在变化的民众。我被您的缎带绑在家里，觉得自己一无用处。"

我可怜的缎带！他让我把头上的缎带送给他，他要放在皮夹里带走。他的脸已经遥远了，已经在森林和钢铁中了。他的心已经到了莫斯科，和别人一起讨论那里正在进行的15年计划中遇到的困难了。时不时地，他哼唧几声。

"我知道俄国人有很好的飞机，他们研究很深入，他们很厉害。"

"是的，俄国人很厉害，托尼奥。他们忘了歌唱，忘了爱情。有人告诉我说那里已经没有所谓的家庭了，小孩一生下来，父母就把他扔到托儿所里。"

"这在目前可能是真实的，他们需要集中所有的精力，他们在为伟大的斗争做准备，没有时间唱歌，没有时间相爱。但总有一天，他们会重新拾起音乐、歌曲、女人和作为男人的生活。很遗憾不能带您去，但我要把一切都讲给你听。巴黎和莫斯科之间的电话很好打，也便宜。我每天晚上都会跟您讲我白天看到的事情。给我整理行李吧！"

临走之前，托尼奥给我留了钱。我没有因为他不在而不开心。我要把房子布置得舒舒服服，给他许多惊喜。

我决定去朗松学院上雕塑课。马约尔[①]鼓励我去。这个学院就是我的俄罗斯。一天，日落时分，我和班里的同学一起喝开胃酒，听到一个卖报人在大声吆喝："特大事故。马克沁 – 高尔基号，俄国的巨型

---

① 马约尔（1861~1944）：法国画家和雕塑家。——译注

飞机坠毁了。所有乘客无一生还。"圣埃克斯坐的应该就是马克沁－高尔基号。报纸这样预测的。我只看到报纸上的标题，报贩用不同的嗓音吆喝着种种故事，吸引读者。

事实上，我丈夫是前一天坐的巨型飞机。这真是一个奇迹，因为他本来要坐失事当天的飞机的。那年头，俄罗斯的机场看得很严。他们已经准备和德国人大战一场了，但知道托尼奥是个酷爱飞行的人，机场的头头等不到第二天，急着要把自己建造的那个巨大玩意儿展示给他看。多亏了他，托尼奥单独和马克沁－高尔基号的机组人员在事故前一天飞走了。我把报纸摊在膝盖上，一个朋友给我念文章。慢慢地，我从他的脸上猜到飞机失事时我丈夫并不在上面。

我回到夏纳莱耶街的房子，守着电话，为了能听到我的游子的声音。声音终于准时响起，和每晚一样。这样我才能入睡，才能梦到他发现的新地平线。

早上，看门人把我叫醒，大叫着让我马上穿上衣服。我的公寓被查封了。家具和我珍爱的小东西全要当场拍卖，伴随着拍卖场常有的喧闹的音乐。在家具被拖到大街上之前，我还有几个小时可以待在家里等丈夫的电话。

他的电话准时打来。我把当天的事情讲给他听，他笑着让我原谅没有事先通知我。

"我口袋里的这封信会跟你解释整件事情的"，他补了一句，"反正我们的家具值不了几个钱。税务局会满足于此次查封，这样，我们就用不着再为我在布宜诺斯艾利斯那几年所挣的钱缴纳重税了。"

他又说：

"之后，我要从零开始，我们会注意每年交税的。请您到王港旅店租个小公寓，我会很快到那里和您会合的。"

在旅馆里，我们的生活自然很公开化。他关于俄罗斯的采访在《巴黎日报》上刊登，崇拜者和恭维者就更加络绎不绝……我们的私人生活全毁了。

14. 前往东方之路

"龚苏萝，龚苏萝，我厌烦，厌烦得要死。我不能成天坐在椅子上或咖啡馆里。我有腿，我要走路，我要走路……"

"我知道，托尼奥，城市让您恶心，您喜欢在工作中找到和自己相似的人。您不懂人们所谓的甜蜜生活，也不懂平淡的幸福。这对我是一种不幸，对您也一样，您是那种需要一直战斗、一直征服的人。走吧，那就走吧！"

我感到托尼奥在为大家难受，因为他是那种希望自己能让大家变得更好的人，要自己选择命运的人，但他会为狂野的自由付出非常沉重的代价。他知道这一点。

他再也不出席漫长的晚餐、舞会，也不再沉缅于庆典，他一秒钟也待不住了，因为有什么神圣的东西把他变成一颗注定要撒到人间的好种子。在缠绕着他的日常琐事的烦恼里，在那些还不知道他心灵有什

么东西能和上帝交流的人中间，要鼓励他努力，鼓励
他战斗，鼓励他寻找自我，鼓励他写书。

那时候，我还年轻，还不明白这些事情。我窥
视着我丈夫，就像看着一棵大树的成长，从来意识不
到它的改变。我触摸着他，就像是在触摸花园里的一
棵大树，希望日后在他的树荫下长眠不起。

我习惯了这棵神奇的树。他对身外之物的淡漠
在我眼中几乎成了一种自然。我们总期待发现一个更
美的、似乎无法企及的世界。

每天晚上，在我们王港旅馆寒酸的房间里，他
摊开又收起他的地图，跟我讲巴格达，讲那些奇异
的、未开发的城市，说大家推测在亚马逊河流域的某
个地方，真的存在白种印第安人。

"龚苏萝，您不相信在水里，在大洋里，有无数
的道路和生物来来往往？它们也像我们一样思考，只
是不和我们一样呼吸。它们可能很有弹性，我是说，
它们能在一分钟内膨胀或收缩。"

"肯定有，托尼奥，"我不想限制我想象的翅膀，
"我想，那些鲸鱼或我们看到的大鱼，在海洋中或许
只是一些小沙砾，一条蚯蚓。我认为您想象的那些
东西在水中移动起来肯定比我们在陆地上要容易得

多。也许，就在此时，一个像我一样的女人，浑身长满眼睛，比我敏感得多，正在想我们刚才说的一样的话呢。也许它会想：'在陆地上，有思想的生物在那里生活肯定不容易。那儿是那么绿，有那么多草、石头、矿物，都是硬邦邦的东西！树木那么高大，不会为动物的出生和生活提供空间的！'"

"小龚苏萝，听我说，我要离开，我要从巴黎去西贡，我很快就会在那里帮您找到一所小房子，让您来讲故事给我听。"

"西贡离巴黎很远，托尼奥。"

"是的，我的妻子，但飞机很可靠，我们飞得很快，我很想去中国。"

"因为您喜欢中国女人？"

"是的，龚苏萝，我喜欢小巧、安静的女人。在那里，我会找一打小女人围着您，您会像个王后，您不会孤独，您可以和她们一起玩。"

1936 年 1 月的一个晚上，我正在煮浓浓的黑咖啡，然后把它装到暖瓶里，它能让他在巴黎—西贡的长途飞行中不打瞌睡。

"带几个橙子，可能用得着。答应我，托尼奥，别太靠近水面飞，甚至不要靠近像水一样的东西飞。跟您讲这些迷信可能很傻，但我相信水不喜欢您。"

"也许相反，它爱我呢！还记得在地中海我游得像条鱼？您对水真不公平，不公平。别放橙子，我在飞机上太需要汽油了，甚至连外套都不带。"

"啊，托尼奥，我多希望自己已在春天的西贡，在一所开满鲜花的房子里！"

"到那时，您让我吃多少橙子都行，那些小个子的中国女人会像法国女人摘樱桃一样地摘橘子给您吃的。"

吕卡，一个飞行员朋友和机械师，进来了，嗓门很粗。他们就是用这样的嗓子，熬了一整夜，研究飞行员在今后的几天几夜要飞行的最佳路线。他们两个觉得对他们的大哥哥负有责任。这只唱"樱桃时节"的大鸟吻了我，又跟我要了一块巧克力，好像他只是离家到郊区去似的。

我们笑着、唱着穿过巴黎。我对他说，我想整个春天都在西贡或中国过。得很快把我送到阿盖，我和他母亲和姐妹约好的。我不知道，在东方，海水是否也温暖得可以让人在里面游泳。

《不妥协报》《巴黎晚报》还有别的日报的记者都

密切关注跑道上的每一个行动、每一句话。我丈夫是一个真正的巨人，我很难和他挨得很近。记者完成了他们的任务，拍我们拥抱时的照片，还有他跟我吻手告别时的照片。然后就是飞机的轰鸣，之后什么都没有了。

等待开始了。我不再唱歌，不再欢笑，我从妻子的义务中解放出来，我的女人心一无用处。

巴黎还在沉睡，我请求朋友们让我一个人在香榭丽舍大街走走。我在凯旋门附近转，第一次激动地走到无名战士像跟前，沉思着，甚至为那些在战争中消失的人祈祷。我也为自己祈祷，我看着城市慢慢苏醒、开始忙碌。先是几个行人，然后是最后几个还没回家的夜游的人，接着到处是赶着去上班的人，在地铁、市场……

也有一些有一定年龄、样子老实的女人，要去帮助别人或做她们的活计。她们的步伐和目光都很相似。8点，咖啡馆的服务生开始摆露天咖啡座。我瞅着他们是因为我想喝一杯牛奶咖啡。

我有什么用？我要扮演什么角色？我此刻的义务是什么？等待，等待，还是等待……

上班前先来喝杯咖啡的职员在我面前经过，分

散了我心中的忧愁。我的心系挂着不在身边的托尼奥
和他所要经历的危险。

他，已经到了天上，飞往东方。

15."是我，圣埃克苏佩里，我还活着"

　　我丈夫接下来几天都要在沙漠和奇异的城市上空飞行。童年时，它们在我的想象中很大很大，跟《圣经》中无际的沙漠一样。

　　我怀念我在萨尔瓦多的家园。我曾看着巫师在干燥的土地上到处寻水，像一只幼兽嗅着母兽的气味。等待是严峻的，因为缺水，牧场干枯了，动物接连死去。水因为地震全流失了，农民很担心，而巫师却充满信心地牵着他们的手。他们棒子的感应对整个地区来说都是一个生死攸关的问题。河流干涸了，它逛到地心或别的什么地方去了，我怎么知道！成群成群的牲口躺下来等死，我听到它们垂死的呻吟，都是同一个节奏。而头上是万里晴空，热带的艳阳普照，嘲笑着人和牲口。在热带痛苦的日子里，农场主们聚集在月光下，在内院点燃熊熊篝火，煮着咖啡，敲着石头，想让上天下雨。常常会有奇迹出现。期待已久、让人深爱的雨水落了下来，成千上万的牛羊站了起来。在那些唱歌的人中，谁都不知道自己明天会穷还是会富。平等是由命运决定的。在这片土地上，这晚下雨，而另一晚又可能是干旱、缺水、死亡。

对我也一样，我也要祈祷、唱歌、等待和希望。我竭力回忆家乡大旱灾时农民们的尊严……

我就在一片贫瘠的土地上，在一片要经受考验的土地上。他能不能赢？

我一点都不在乎工程师给我的那些复杂数据，我什么都不在乎，我唯一的希望建立在年轻上面，我觉得青春是永恒的，我们的爱是如此纯洁，一定会感动上天。我的希望就在他男子汉的双手上，那双手懂得如何在未知天空的气流中冲出地面，有力而强劲。只有他懂得如何飞向美妙的东方。

我朝我的一个画家朋友——德兰[1] 的画室走去。他等着黎明的第一抹光线，好捕捉朝阳照在模特头发、嘴唇、裙子上的奇美。我悄无声息地溜进他的画室，因为我很熟悉他的习惯。我闻着正在炭炉上的大锅里煮着的牛奶咖啡的味道，一个年轻丰满的女子全裸着，拢了拢头发，好把自己更好地展现出来。我坐

---

[1] 德兰（1880～1954）：法国野兽派画家。

在一张红色的旧沙发上。我想那一天，连我的心都没有发出任何声音。主人走来走去，吹着他大杯的牛奶咖啡，嗅着黎明细碎的微光，用一个手指碰碰模特的头发。就在他来回走动的时候，他终于发现了我：

"是您吗？龚苏萝？这么早就在这里？"

"我丈夫飞行去了，我不知道一大早该到哪儿去，所以我到您这里坐坐，希望没有打搅您。"

"我想把您现在的样子画下来，不要动。"

"哦，不，我受不了，您知道我丈夫要飞行几天几夜，谁知道呢，或许永远！"

他理解我的艰难处境，因为他喜欢他的朋友安托万。他让模特给我倒杯咖啡。

他一整天都没有工作，我们谈论飞行员，谈他们的朴实，他们冒生命危险的习惯，他们对同伴死亡的健忘。对他们来说，遇到强风、龙卷风、狂风是很自然的事情。一切都是那么简单……

我成了一个对德兰和他的模特来说比女人更生动的东西。我身上有另一个生命，因为爱情而维系在另一个人身上的信仰。他们陪了我一整天。傍晚时分，我们有了我们所关心的飞行员的第一个消息：一切都好。

“天空澄净，没有风，我们向前飞行”——这是托尼奥发给我的电报。

第二天的等待没有得到任何消息。毫无希望。我等着。电话哑了，在我的枕边一动不动。傍晚的时候，朋友们来了，这份寂静变得让人担心。还是没有消息。每个人的脸上都预示着灾难，寂静在我们周围漫延。

第三天，所有的报纸都刊登了：“圣埃克苏佩里在巴黎—西贡的飞行中失踪。”

绝望。痛苦。我被不安和痛苦啃噬着，不相信这个不幸的消息。我不希望他就此一去不返，我已经用尽我的气力去鼓励他了。

之后我接到一个消息，无比幸福，是福音：“是我，圣埃克苏佩里，我还活着。”

我马上和他母亲一起到马赛，他要从他的英雄史诗里被遣送回来，在那里上岸。我们两个都在旧码头等着船靠岸。在码头上，朋友、好奇的看客夹杂着记者等着看他的第一个微笑、第一份激动，好拍他们的第一张照片。

船晚了一个小时。我们没什么话说，大家都有点倦怠，手臂，还有身子。最后，汽笛终于宣布我们期待已久的亲爱的托尼奥到了！

我大叫起来：

"不，不可能！我永远都不要再见到他了！"

我像一只瞪羚一样跑开了。我的一个朋友尽力拖住我，对我说：

"你疯了！"

"是的，我等得发疯了，我害怕，这世界上我什么都不要，不要。他活着，他活着，这就是我唯一想知道的。我现在就可以去那个永远都不需要等待、什么都不需要的地方……"

眼泪止不住地流。很快，我丈夫就把我抱在怀里：

"满脸泪水让你看起来像个小丑！先生们，拍我的妻子吧，"他转身对记者们说，"她今天看起来一点也不美，她的内心正狂风暴雨呢！让我和她在一起，只有我能帮她。"

他贴在我耳边说：

"我们一起去旅馆吧！别怕。我和你在一起。我有那么多的故事要讲给你听。船靠岸的时候，你真的想跑掉？你真的想躲开我？你真的要我挨家挨户地问你到底在哪里？我会倾我一生走着去找你，就像我走了那么久，尽管口渴，为了能重新见到你。你为什么想跑？"

"我的脸真得像个小丑吗？"我紧紧地蜷在他怀里问他。

"是的，你的鼻子大得像菠萝，但过一会儿你就会变美丽，很美丽。你将在我怀中入睡，安安静静。我要带你去看那个放过我的沙漠。我再也不离开你，永远不。"

我婆婆告诉我们说，朋友们为我们准备了一个丰盛的晚宴，我们要换装赴宴。

"简直是打仗，我的小妈妈，"托尼奥答道，"我和妻子就这么去……"

同时他让大家看他的大手、他的运动服和我乱糟糟的头发。

婆婆让步了，但还是有点不放心。

我不知道我们是怎样回到巴黎的，然后又怎样去了蒂瓦纳－勒本①的一家诊所。我能记得的就是一个医生让我泡在很热的水里，让我放松神经。

---

① 法国著名的温泉疗养地。——译注

我终于找回了我的睡眠和微笑，我写信给丈夫，让他来接我。我痊愈了，不再想逃了，只想待在他的怀里。

我成了一颗等待被播种、被永远种植的种子，而不是一个从树上掉下来的果子。我想住在丈夫的心里。他是我的星辰，我的命运，我的信仰，我的终结。我那么小，但身上生机无限。宇宙中所有的星星，我都要把它们聚在我的瞳仁里，让它们浸润在里面。

这样的爱情，是一种很严重的疾病，一种永远无法完全治愈的疾病。

不久，我就变得不讲理、嫉妒、仇恨，不想活了。他记事本上写的那些要和他一起参加鸡尾酒会、午餐和约会的女人，我一点都不想对她们让步，哪怕只是对她们笑一笑。我少了上帝让我做他妻子时给予我的纯净天空。我很无情，无法忍受那些假装腼腆的年轻女子，还有那些请他在书上或照片上签名的女中学生。我就不说自己是如何对待那些妨碍我们亲密的女人了。

尽管抗争，我还是失败了。托尼奥需要更温柔的土地，更温存的事物，可以随处放置的更轻便的行李……

16. 在诊所

我很不幸，非常不幸。我向所有人诉苦，向我的裁缝，我的医生，我的律师，我最好的朋友，向全巴黎。我以为整个巴黎都会同情我，保护我，抚慰我爱情的忧伤。我真是既年轻又天真，到今天才明白拿破仑信誓旦旦说的那句话："忍受爱情之苦，唯一的解决办法就是逃避！"

我终于做到了这一步。我的一个朋友把他单身公寓的钥匙借给了我，好让我能在那里痛快地哭泣。我再也不被人爱了。我成了这样的女人：不再被人爱。我只剩下一点勇气，不在佣人和那些看到我苦闷而高兴的人面前哭泣。受不了的时候，我就躲到单身公寓里去。我尽情地哭，一到那里，我就静静地脱了衣服，开始哭，直到挂钟敲响该回家的钟点，该回家尽家庭主妇的义务。不幸让我忘记了休息。有人给托尼奥推荐了一家瑞士诊所，我可以到那里做睡眠治疗。我很快就被带到那里。

伯尔尼州的诊所简直是所监狱：一个空荡荡的房间，只有一张床，没有桌子，还有让病人筋疲力尽的夜游。当我无法放松的时候，两个女恶魔就会在半夜到来，一人拽着我的一只胳膊，拖着我在花园的小径上逛一圈。我决定反过来累坏她们。我已经习惯在荒漠中行走！当她们自己也没有气力的时候，她们便把我重新带回床上，并对我说，如果我还想出去溜达就叫醒她们。我躺在床上，刚歇了一会儿，又对她们喊道：我要出去散步！

我已经把花园的所有小路都熟记在心。我跟她们讲我一生中所看到的树和经历过的所有旅行。

"为什么不到城里逛逛，换换环境？"我建议道。

早上7点的时候，轮到她们靠在我身上了！

第二天，诊所给我派了另一个女人和一个矮胖的男人，这两个人是累不倒的。三个星期的强制疲劳后，我依然无法入睡！

一天吃午饭的时候，我丈夫来了。有人带他到每张桌子都编了号的食堂里。我甚至连吃别人给我端来的土豆的力气都没有。一个熟悉的但有点粗暴的声音突然喊着我的名字：

"龚苏萝！"

三周来，要么是他把我忘了，要么是他的信没有转到我手里。

我心中所有的怨恨突然爆发出来。他的手放在我的肩膀上：

"他们告诉我说：是7号。原谅我，我没认出您来。"

"你想怎么样？"

我又苍白又消瘦。他把我拥在怀里："马上走，我带你远远地离开这里。"

"他们想要杀我。我给你写了好几次信。求你马上来，而你一次都没有回！"

我在他的怀里哭着。护士把我们推到一个小客厅里。

"他们告诉我说你感觉很好，"他在我耳边轻轻地说，"我会让他们给你穿衣服的。"

但护士把我从他的怀里拖走了，说这是洗澡的时间。

我没有再见到托尼奥，也不再写信。我失去了离开这个地狱的所有希望。他的来访就像是一个梦，我甚至都不确定他是不是真的来过。我饿，非常饿。食物的气味从很远的地方，从另一所房子的窗户里飘过来。我开始偷我隔壁病房病人的面包。我积聚了一点力气，在周六来听病人忏悔的一个神甫的帮助下，我给巴黎一个女友发了一封长长的电报，描绘了我的处境。

我丈夫忙于搞电影，正为他的电影《安娜·玛丽》写对话。我朋友费了很大的劲才在巴黎附近一个小城的摄制组见到他。

她对托尼奥喊："龚苏萝要靠偷面包吃来维持生命。如果您太忙，不能去接她，那就我去接。"

我丈夫知道我的任何通信都是被禁止的。他把这事讲给他的伙伴们听。

"多好的电影题材啊！"他们说，"但您妻子正在死去，圣埃克斯！"

托尼奥解释说，医生向他保证，我正在康复，正在接受无坚不摧的疗程。他不能溺爱我，也不能给我写信！

演员和导演反对他的看法，说服他：鉴于他在利比亚失踪期间我所表现出来的状态，我可能会发疯。他们把他推上一趟去瑞士的火车，他又到了诊所。

他让我看的第一样东西，是两张去巴黎的车票。
我不明白，我听不清楚，他得跟我重复他说过的话。
他哭得像个孩子，求我原谅。我瘦了 15 公斤，他要
用一根带子绑在我腰上，才能不让我的裙子掉下来。

我们在伯尔尼的旅馆里住了三天。他给我喝牛
奶，让我吃饭，给我吃我几乎碰都不碰的花生。

在回巴黎的火车上，他指责我没有清楚地告诉
他诊所恐怖的治疗，发誓说，他对此一无所知。我还
没好，不准备回到他生活在旋涡中的巴黎。我对他
说，我想回萨尔瓦多，直到我的腰能重新撑起裙子为
止。

"我会跟你到海角天涯。"他向我发誓说。

他把我带到了托农 – 勒本 [①]，就这样决定了，因
为他认识那里的一个医生，他会让我恢复气力的！

巴黎的朋友、女人和电影界的人觉得这简直无
法忍受：他要亲自做我的护士！一天，我看了他写给
一个女缪斯的信，他说她美丽，但他的想法和她不
同，说自己并没有成天待在妻子床边当保姆，说自己
在写作，每写一页就念给妻子听，这让妻子有力气跟

---

① 法国莱蒙湖畔的一个温泉疗养地。——译注

他一起吃饭，而这也给了他写作的勇气。

在托农附近，很多地方能看到磷火。那是托尼奥最喜爱的游戏。他常常观察这些磷火，相信神秘的东西，整夜去探索。他和住在我们旅馆里的一个药剂师一起，跟踪那些从地心里冒出来的飘忽的火焰。我开始重新获得生气，再度找到了和他一起欢笑的欲望。

当他认为我痊愈的时候，他让我回巴黎，到吕特西亚旅店去。我无法向他掩饰再回到旅馆住、再去面对所有回忆的惶恐。

"我们要一直住旅馆吗？"我问他。

他让我安静地待上一下午。

我乖乖地听他的话，开始再次呼吸充满爱的阳光灿烂的日子。我知道这是新时期的开始。巴黎的生活、蕾丝花边、放了垫子的安乐椅、巴卡拉香槟酒杯、珍贵的香水、精致的沙龙只是那些沉沦的享乐派的娱乐。死亡已经在他们身上徘徊，不久以后，生活会证明我是对的。那些开鸦片馆的女人和那些温柔乡都是暧昧的。我知道托尼奥和这些人不一样，我并不是生来做流行小说家的妻子的。在我看来，和别人分享我们的欢乐和亲密简直是场灾难。

我希望像卫兵一样守在丈夫身边，疯狂地嫉妒所有会让他失去力量、失去免疫力的东西。直觉告诉我，他是为死亡而生的，但我希望他走向属于他自己的终点，上帝指引他的终点。

于是我等着他，像往常一样，但这一次因为我们的团聚而变得坚强。大约5点的时候，他进来了，手上拿着一张纸：

"这是给你的礼物！"

我接过来看了看：是一张租房的合同，两层的楼房，在沃邦广场。我看了构造图：两个露台，两个房间。他给我的太多了！我哭了，但我想晚上就住进去！

他关心每一副窗帘，关心装修的每一个细节。

"墙的颜色喜欢哪种？"

"浴缸里水的颜色。"我回答他。

他叫了油漆工朋友来选择准确的颜色。只有马赛尔·杜尚①在一个灰暗的日子里发现了颜色蕴含的秘密。

这是我们婚后第一次正儿八经地置办一个家。

① 杜尚（1887～1968）：法国画家，后加入美国籍。

朋友们等了很长时间，但得到了弥补。餐桌每天都欢迎他们。他们对俄罗斯管家波利说：

"我没有被邀请，但我来了。我是夫人的一个朋友。"

每个女人都说：

"我没有被邀请，但我跟先生很熟。"

波利做俄罗斯甜菜浓汤招待大家。

托尼奥推迟了他的飞行活动，但对飞行越来越热爱。天生大方，不谨慎，喜欢那些街上、咖啡馆里的朋友，他们接连不断地来家里做客，频繁得出乎他的意料。他坐在露台上遐想，对着荣军院的圆顶，此时巴黎国际展览馆向四处投射它夜晚的灯火和喧嚣。

而我们爱情的光芒黯淡了。家里有太多来来去去的客人，而我还没有从伯尔尼的经历中完全恢复。夜里，我在长长的走廊上游荡，有时幻想在非洲海岸的一个小村庄里，我和托尼奥过着平静的生活，只有他的写作才能把我们分开。

晚会，处处是吉他的弹唱，同样处处是陷阱。毕加索、恩斯特①、杜尚，超现实主义的干将，还有很

_____

① 恩斯特（1891～1976）：德国画家，后加入法国籍，超现实主义艺术家。

多作家、画家和电影工作者，但他们还不足以让我安心。对我来说，我们缺少的是两个人的亲密和宁静。托尼奥理解这一点，建议坐上我们的飞机出去旅行一趟，一架小西穆飞机，在地中海兜一圈。

在摩洛哥，鼓声和军号声中，五颜六色的法国骑兵骑着阿拉伯马游行，后面是利奥泰①的灵柩。这是我们第一个中途站。我们在穿着军装、披着斗篷的朋友中找到了位置。斗篷上绣了黑色、浅蓝、鲜红、白色的花，挂了金色的流苏。这些奢华的披肩就像一首乐曲。当地的土人披着他们上了浆的白色斗篷，在阳光下形成几公里白雪一样的长龙。

一个军官穿着他绚丽的服装，看起来像一只漂亮的鹦鹉。他过来亲了亲我丈夫的脸颊。

"您是我的囚犯，您妻子也是，"他对我们说，"我知道您在做一次巡回讲座，但我要用自己的方式认识您，而唯一的方法，就是跟我走：我要去开罗。"

吃过午饭，我丈夫突然决定把我撇下，借口说旅行太长、太累，我要接待在卡萨布兰卡的朋友，卡

---

① 利奥泰（1854～1934）：法国元帅。

萨布兰卡—雅典的飞机很舒适，等等。总之，他和我约好两周后在雅典见面。他们在还没有散开的人群中飞走了，我甚至都没来得及反对，独自一人被留在骆驼和阿拉伯人中间。

等待开始了。

两周后，我如约坐上飞机，到雅典时正好赶上乔治国王[①]加冕。群情激奋。我丈夫在一个剧院里做讲演，我坐在第一排，答应他如果我觉得他说得太轻，就把帽子取下来，如果一切都好，就把帽子压到眼睛上！其实，只要在公开的场合，托尼奥的声音总是有些腼腆、细声细气，甚至沙哑。他平静、从容地开始演讲，解释说他的嗓子哑了，但会尽量把他关于飞行员的经历讲好。事实上，他的声音很清楚，像个小男孩，自信地重复他的功课。以前我总是看到他放在讲台上的手颤抖，而现在，我突然发现它们是如此自然、从容、自信。我晕倒了，我的托尼奥得到了改造！

在嗅盐的作用下，我又清醒了，但意识还是很模糊。他继续做他的讲座，一点都没有惊慌。彻底的成功。

---

① 乔治二世（1890～1947）：希腊国王（1922～1924年、1935～1947年在位）。

翌日，我们出发去罗马。鉴于当时的外交局势，大使尚伯兰建议我们不要再做讲座。我们很高兴逃过这趟杜斯之行，终于能回家了。此次在西穆小飞机上的旅行对我而言只是差强人意，但却激起了他在巴黎的女友们的嫉妒，她们认为自己才是陪他外出的最佳人选，而我实在是太不般配了。他意识到这一点了吗？他想突出我的重要性，跟朋友们讲我们从雅典到罗马飞越亚德里亚海遭遇到的风暴，说我咬着手绢，在罗马时，逼着他的技师穿上礼服去见教皇。

在桌子的尽头，距离我丈夫几米远的地方，我继续招待不认识的朋友们吃饭。在家里我可以沉默，但在别人家，这样肯定是很让人讨厌的。托尼奥每天深夜总会带几个漂亮的女士和她们殷勤的丈夫回家，一直闹到天亮。唱歌、牌局、北非村庄的故事，托尼奥每晚讲我烂熟于胸的故事。凌晨 1 点的时候波利向我告假。于是我只能独自一人照看大家吃喝……

很快，我就不得不拒接每天早上接连不断的电话，需要找个女秘书。然而，因为飞机、公寓，还有不再写作的托尼奥，我们手头已经很紧了。尽管这样，女秘书还是来了，表达了一通对她老板的热忱……她的脸像把雨伞，不很年轻，但她什么都做，甚至是我们没让她做的事情。她就像一个自己会响的闹钟。她有本领把我和一切隔开，认为我不应该知道打给我丈夫的电话。什么时候都会出现意想不到的来访，女秘书说：

"是先生约好的。"

我只好乖乖地闭嘴。

托尼奥从来没空陪我去看我钟爱的马戏，也不陪我看电影。我也搞不懂家里到底发生了什么，甚至不知道自己是否还被接受……周末，他请求我接受外面的邀请，我违心地去了，但确信在沃邦广场大家没有我也会玩得很开心……我徒然地想知道他和我之间为什么会产生莫名其妙的距离感。我又失眠了。

但，对他，我有足够耐心。

大家都抱怨我暴躁。

"您怎么能忍受这样一个女人？"他的朋友们惊讶地问。

在那些弹吉他和打牌的夜晚，我们心里唯一担心的是缺钱，因为聚会花钱不菲：酒水、鲜花、服务等；还有我勉强挤出来的笑声，我不知道是从哪儿挤出来的，也许每个人垂死的时候都能露出这种笑罢。丈夫问我为什么脸色那么苍白，为什么不和大家一起玩。一天，我们的一个诗人朋友说："就是苦役犯受的处罚也比您妻子受的要轻。这已经是连续第六晚聚会了。您累死她了！如果想让她死，直说好了。您想怎么样？不想让她好歹睡上一觉？"

这一插曲后的几天，吉他去了别的地方，托尼奥留在家里。他投身到最黑暗的工作中去：银行的账单。我们什么都没了，他变得无理和紧张，只有小狗才能享受到他的拥抱。时不时地，他到我房间瞧瞧。所幸的是，我又开始雕塑了。

"您在吗，龚苏萝？"

"是的，托尼奥，我还在……"

女秘书伤了一根手指头，我们有了一点清静。托尼奥不顺心，我无能为力。

因为要从巴黎飞到通布图①：他欠《巴黎晚报》一篇报道，稿费已经预支，但钱一下就被债务吸干了。他变得易怒、寡言，在房子里能踱上几公里。他烦躁得像个巨大的风车，抱怨黑暗。我最终决定和他

---

① 通布图，又译为"廷巴克图"，马里的历史名城，在撒哈拉沙漠南缘。

说话，但我一进他的房间，他就摆出冷漠的态度，这预示接下来情况不妙……

"你不开心，告诉我为什么痛苦。我一心一意想帮助你，我来并不是出于好奇，而是觉得你离我很远。告诉我为什么烦恼，当我是好朋友。"

"两周来，我在整个巴黎试了所有办法，想弄到我飞行所必需的钱。光汽油和保险就已经高达6万法郎。我都不能再养家糊口了，更别提还有拖欠的房租，付给秘书、佣人的钱……"

他从来没让我管过钱的事情。

"我想《巴黎晚报》会预付你这笔费用的，是吗？"

"他们已经拒绝我了。"

"那你的出版商呢？"

"也拒绝了。他不管我的飞行，只关心我的书，这也很自然。"

"可以让我试试看吗？"

"你想试就试，"他粗鲁地说，"反正我要在10天后出发。"

我去了客厅，请好朋友苏珊娜·维尔特陪我一起进行计划。普鲁沃斯特——《巴黎晚报》的总编不但拒绝了我的要求，而且很让我不安，他大声地抱怨我丈夫没有完成对报纸做出的承诺。

我在阿萨街的苏珊娜家里休息了一个小时。出于对托尼奥的爱，我重新鼓起勇气，去了他的出版商那里。他很热情，立刻接待了我，但对我说钱的问题跟他没有关系，应该去见他的兄弟。

"我知道，"我对他说，"您已经给托尼奥以后的书预付过一笔钱了，我也希望不负您所望。一个电影公司想出 5 万法郎买托尼奥的《伊戈尔》剧本。他也要就这一题材写一本书，可以说是一部小说。您知道在拍过两部电影之后，他不再想听人说到电影。既然您的兄弟是从事电影这一行的，他或许能更好地做成这笔生意。托尼奥对我说什么价格都可以，因为他的飞行急需 6 万法郎。怎么办？"

"让托尼奥来见我，他会拿到钱的。"

我跳起来搂住他的脖子，拥抱了他，回家后同样也拥抱了托尼奥，但在他那里没有得到预期的热情回应。

"您或许搞错了。"

"不，苏珊娜可以作证。"

"真的？"

他谢都没谢我就径直取支票去了。

自从他在利比亚出事后，他的肝就一直难受，他睡不着。我当时的一个闺密送了一张床给我，这样我就可以在另一楼层的房间睡觉。床太大了，我们的卧室放不下。她建议我再要一条电话线，这样我就不会那么经常被打搅了。

圣诞节临近了，我想，去一趟婆婆家会给我丈夫一点安宁，他妹妹坚持让我带他去阿盖，以纪念他在利比亚沙漠的神奇脱险。托尼奥命令我整理行装。那是 12 月 22 日。晚上，他送我上了蓝色列车，而他则回巴黎处理事务，他的西穆飞机在修理。他将于第二天和我会合。

我到了他家，但大家期待的却是他的到来。我本来已经习惯她们这样，但这一次我表现得很糟糕，我对他母亲和妹妹说：

"不是托尼奥，是我。他不会来了……"

他答应她们要来，但我肯定他不会来。他喝酒的方式，他跟我说话的方式……

"我不知道发生了什么，他变了，就这样。我累死了，我为你们大家遗憾。他一定要我来。接受吧，相信我，我并不幸福。"

"哦不，龚苏萝，他明天会来的，您等着瞧，先去休息吧。"我婆婆劝我说。

圣诞节。整个城堡都沉浸在节日的气氛之中。村里所有的孩子都被请来领玩具。大家欢声笑语，孩子们被打扮成天使的模样。塞满了栗子的火鸡香喷喷的，大家高兴地等着午夜的临近。托尼奥一直没来。离庄严的时刻还有几分钟的时候，电话铃响了，他给他母亲打来电话，连一句话都没说完就要跟我说话，我拒绝了：

"告诉他午夜的时候应该在这里，他答应过的。"

"但他需要您帮忙，想让你回巴黎，如果我有一个像他那样的丈夫，"她母亲加了一句，"我会跟他到海角天涯。"

她赢了。

"太晚了，"我的语气缓了下来，"今晚无法独自回巴黎。"

这是头一回我要求有人陪我。

"那好，我们午夜之后出发。"她妹妹说。

在勃艮第的索略，我们的汽车和另一辆车相撞，幸好不是我开的车。

当托尼奥来接我的时候，我的小姑子进了医院。

多美妙的圣诞！大家担心事故会让她毁容。我们把她带到巴黎，我把房间让给她，自己到客厅去住。尽管头上包了纱布，她还是冲我丈夫笑了笑。专家让我们放心，说不必动外科手术，只要休息休息，一切都会好的，他这样保证。她的脸又变回正常的样子。我悉心照料她，给她各式各样的玩意儿，还有广播。托尼奥几小时几小时地待在她枕边。奇怪的是，她要求我让她单独与托尼奥或 E. 在一起。他们三人在我的房间里几小时地待着，每当我走进房间，他们就都沉默下来。我问小姑子中午想吃什么，我很和蔼，笑着对他们说：

"你们一副搞阴谋的样子，到底在搞什么？"

他们装作漫不经心的模样。我害怕走进自己的房间。蒂蒂好多了，她又有了欢笑，收音机也开着。我一直都不知道发生了什么。我注意托尼奥的睡眠，几天后他就要从巴黎飞通布图了。然而，晚上他和我的小姑子总是一起待到很晚。在我看来，托尼奥就像一个从来没有读过台词的演员，猛地被推到舞台中央，上演一出没完没了的戏，其他人都知道自己的台词，除了他，他得即兴表演……

一天晚上，时间已经不早，我让托尼奥来找我。

圣诞节后，他一次都没来看过我。我就住在楼下。我在楼梯上喊：

"托尼奥，你能帮我拿一下体温计吗？我可能有点发烧。"

他来了，手上拿着纸牌。他总是拿着纸牌，或许是为了集中注意力，或许是为了在犹豫的时候推迟答复……我紧紧地握住他的手腕，眼中噙满泪水：

"停止这个游戏吧，托尼奥，一切，一切都不对劲。你也很清楚。"

"清楚什么？"他回了一句。

但他的声音表明他想知道我想说的意思。

"你不再爱我了。我妨碍了你，也妨碍了你妹妹。你尽量不看我，甚至在饭桌上。就是现在，我握着你的手也让你不舒服，但我不会放手的，你听我说。"

他房间的电话响了，托尼奥想离开。

"别去，每个晚上，我听见你几小时几小时地打电话。你压低声音，好像怕我睡不着觉、到厨房倒牛奶喝时会听见似的。"

这时，我房间里的电话也响了。至少已是凌晨4点。我接了电话，是 E. 请我原谅这么晚打电话过来，但她说，她知道托尼奥这时候还没有睡觉。

"我也请您原谅，"我回答她，"我正在跟托尼奥谈话！"

托尼奥就坐在我的床上，一动不动，沉默不语。

"既然你不想谈，"我继续说，"那就由我来说。因为您的电话没人接，就一直找到我床上？是的，我嫉妒！尽管我没有理由嫉妒，因为您已经不再爱我了。现在您恨我，上帝知道为什么。不过，您知道我没有做过任何丑陋和罪恶的事情。您是不是喜欢和我截然相反的女人？您从来没跟我说过谎，就是现在，您沉默得像座坟墓的时候也没有。我多想知道您的想法！我有权知道，有权不让自己老是感受到威胁。您玩牌是为了不让我唠叨，但您的脸变得很阴沉。我知道，我不是一个圣人，也不是什么救星。我对您没有任何用处，因为您剥夺了我用爱治愈您的能力。我认为您也一样，不能再让我放心。去睡吧！忘了我的声音，如果您觉得它令您不舒服。但别忘了我跟您说的话：最可怕的悲剧是谜一样的悲剧。"

他的电话又响了，这一次，我请他自己接电话。

他的出版商要举行盛大的晚会庆祝蒂蒂痊愈。

出席的有莫朗①、布尔塔莱和其他作家。蒂蒂一直受哥哥的关爱，而她哥哥受 E. 的关爱，那晚 E. 很美，如果她不把牙齿露出来的话！

凌晨 1 点左右，我指责我丈夫整个晚上连一句话都没有跟我说过。

他回答我说：

"我认识我妹妹已经有 35 年了，而认识您才 7 年！"

我觉得自己被驱逐出了星球，于是从手提包里取出家里的钥匙递给他。

"这是钥匙，我不想和一个无视我存在的丈夫生活在一起。"

我说得太大声，所有人都停止了谈话。大家都认为我是一个可怕的女人，一个泼妇。我感觉这辈子都完了。女主人一言不发地把大衣递给我，我觉得自己掉进了虚空。

我在沃基拉医院的病床上醒来，在无证件病人的房间里。有人半夜在大街的人行道上发现了我……隔壁房间病人的尖叫声把我从梦中惊醒，我抬起头。

---

① 莫朗（1888 ~ 1976）：法国作家、大旅行家和画家。——译注

那人肚子上中了一刀。一个女病人站在床上挣扎着，两个护士强行让她安静下来，另一个护士给她浇冷水，她们最终给她打了一针，让她安静下来。接下来就轮到我了。

"谢谢，"我对她们说，"我睡得很好。"

自从有了伯尔尼诊所的经历后，我学会了如何应付护士和她们野蛮的治疗。我假装睡着了。我的小伎俩成功了，她们到了下一张床前。我试着回忆。

我反复对自己说："在巴黎有一个男人，他是我丈夫，他会来接我的。"这样想着，我终于睡着了，但很快就开始发烧、发抖。第二天早上，病房的清洁工进来，他有点咳嗽，我亲切地建议他吃点药，"药太贵了。"他回答我说。

"给，这是我的珍珠戒指。我在医院里用不着。"

我褪下戒指，递给他。

"如果我能帮您什么忙，就跟我说，但要抓紧。"

当他咬珍珠检验真伪时，我叹了口气：

"啊！这太难了，您办不到的。"

"说说看呢！"

"我要离开这里，我的病号衣里面穿着裙子。"

"啊，这个嘛……您能走路吗？"

"能，当然，甚至能跑！"

"我会把花园尽头的门打开一会儿。您慢慢走过来，别跑，如果有人看见您，就说您是来看病人的。"

就这样，我终于逃出了医院，回到了沃邦的家。

羞愤、绝望——事实上，他们想把我关起来！

穿着晚礼服、头发乱蓬蓬的，哆嗦着从我的门房前面经过，这让我觉得难受。我冷，因为夜里晕倒时丢了大衣。后来我才知道他们其实什么都知道，在巴黎，通常没有他们不知道的，甚至还是最先知道！

警察两次到公寓，来确定我丈夫是否真的不想到被遗弃者病房接他太太。但警察并没能见到他，也没能和他通上电话，很难弄明我的身份。托尼奥的房门一直关着，只有他妹妹回答说她哥哥睡着了，说会派人去接病人的。警察不得不让门房到医院来认人，在我睡着的时候……

我回到了自己的房间，在那里发现了一个和衣而睡的女人。

托尼奥4点要坐巴黎到图卢兹的火车。我第一次没有费心整理他的行李，但这让我无法安睡，最后还是起床，尽我做妻子以来从未推卸过的这个小小义务。

17. 地震

我们三人一起午餐，我的小姑子容光焕发。那不是我的夜晚。我丈夫坐到钢琴前面，从昨晚到现在都没有和我说过一句话。我的脸色很差，坐在椅子上不敢动弹。他做了个手势，让我到钢琴前，坐在他身边，他想为昨天晚上没有到医院接我表示道歉。

"我派加斯东去接你，"他对我说，"亲自去接对我来说太痛苦了。他花了两个小时才找到你，因为他没随身带有我签名的证件，他们不让他接你。但我在焦虑中等待着，等得筋疲力尽，只会胡思乱想。他们让我吃了药，我睡着了。"

他继续一只手弹着钢琴，一只手抚摩着耷拉在我脸上的头发。

"你不乖，小姑娘。"随着音乐的节奏，他轻声对我说。

"可能你更不乖！"

"是吗？"

"你好的时候我从不生病。"

"也许吧。"他忧伤地回答。

他停下不弹了：

"我4点去图卢兹。"

"我到火车上再跟你谈。"

我吻了他，跑回房间，把自己关在里面。

"上车，上车……"很多双手急着伸过去握。他迅速上了火车，没等我……我的小姑子按住我的肩膀，对我说：

"我陪他去。"

火车启动了。他把手伸给蒂蒂，帮她上了车……

晚上，午夜时分，他打电话给我，和我谈了不止一个小时，请求我坐下一班火车和他会合，他的通布图之行推迟了两三天。但我没有力气，也缺乏勇气。

我们再次见面是在马赛。一想到会面，我就紧张得发抖，不知道是出于恐惧，还是出于爱情。我的身边都是好朋友，我收到的唯一关于他的消息，是他简短的归程。

　　从他下飞机到吃晚饭，一切都很简单，但两人迟迟都没有谈话，所以真正的会面也被推迟了。

　　到了旅馆，在两个关着的行李箱前，他一动不动地站着，眼睛直直地盯着地板。我松开他一只行李箱的带子，他跳起来，好像突然被惊醒了似的：

　　"你想干什么？"

　　"给你拿件睡衣。在哪个箱子里？"

　　我们两人在行李箱里翻着，里头乱糟糟的，最终找到了一件上衣和一条裤子。

　　"我知道，我知道，你又要说我把脏衣服和干净衣服混在一起……但太晚了。我们去睡吧！"

　　他需要给自己一个缓冲。

　　在马赛，旅馆并不使用暖气，仿佛南部的太阳就应该永远灿烂似的。没有一个马赛人会承认冷，甚至在那些北风呼啸的寒冷日子里。这里的人声音变得沙哑，因为港口的气息和海上的寒风和空气。

　　透过窗户，我总是激动地望着码头。夜晚越是黑暗，大商业区的街道就越是明亮。

　　我无法思考。我曾经那么期待丈夫回来，现在他就在我面前，冰冷得像一尊大理石的雕塑，遥远得像天上的星辰。我不再感到痛苦，心想还要再次等他回来。我努力了一下才开口问他：

"你困吗？"

"是的，是的。我累了。我们去睡吧！"

我低下头，弯下身子，埋头在他乱糟糟的行李里面，准备整理整理。我刚抓起一双袜子和几条脏手绢，他就一把夺过去，喊道：

"别碰我的东西，我请你别动。我已经成年了，我有权用自己的方式摆放自己的衬衫！"

从来都是我整理他的行李，只有我才知道他的衣物应该怎么放。看到他态度的变化，我感到背上一阵凉意。我以为他病了，或者是情绪不佳，或许为钱的事情担心。我半披着衣服，溜回床上。我的心比他的怀抱更冷，比北风中冰冷的被窝还冷。他把窗户关死，熄了灯，轻轻地坐在床边。他也意识到了那股将我全部淹没的担忧。

我们坐火车回去，一路上同样在沉默中度过：两个人都很拘谨，仿佛是被迫前往同一个方向的陌生人。晚上，在家里，一切和昨晚一样。他倒头就睡；而我，女人的神经让我清醒着。我像猫一样蹑手蹑脚地在我们大大的公寓里来回走动。我走到公寓最远的房间，尽量不让他听到我的不安、我的失眠。以前，我从来没有感受过他的冷漠，从来没觉得他跟我没有话说。他的一个行李箱从塞满书的架子上露出来。这个关得好好的行李箱怎么会在这里？我马上像对待敌人一样对它下了手。我打开箱子，拼命地在里面翻动。里面还有他昨晚从我手中夺去的脏衣服，在脏衣服里面还有上百封香喷喷的信。光是信纸的香味就告诉我丈夫写信时的态度。我打开一封信，的确是他的笔迹："亲爱的，亲爱的。"但这封信不是写给我的。谁是这位幸福的"亲爱的"？我再也看不下去了，眼泪模糊了一切，在慌乱中，我只看到一句话，意思大致是说，他无法制止我去伦敦，我受到了邀请，不让我去会是一种无谓的残酷。但如果明天，他又写道，我的情敌要他和她一起在海上生活 7 年，他会跟她去，不和我道一声别。

我再也看不下去了，其他的信都是给这个"亲爱的"的。

怎么办？我对这样的情形一点经验也没有，但什么都会有一个开头。我把他叫醒，把信给他看。

"啊！你搜查我的东西？"

我的眼泪打断了他的坏脾气。

"既然你知道了，这样更好。"

他腼腆地垂下头，像儿子面对母亲。

"你想怎么办？"他问我。

"我？不知道。我身上什么东西碎了，就连你也不能修补。"

我捧着心，它跳得飞快。我觉得自己像喜剧片中发现婚外情的傻瓜。我嘲笑自己。

"你呢？你怎么办？我没什么可指责你的。你不再爱我了，那是你的权利。我们说好的，甚至还是我提议的：'如果我们当中的一个不再爱对方，就要说出来，我们要承认不再相爱的事实。'爱情是脆弱的，人们会在它的广袤中迷失……现在，是我迷失其间，但如果你和她在一起幸福的话，我会祝福你们。尽快走吧，和她一起，永远。别再来看我，到别的国家，旅行会让我们忘却的。"

我知道新的国家是哪个，我对他说了。我继续气都不喘地说：

"如果你对她的激情、对她的爱都是真的，那就不该离开她。我答应你我不会死的，我会努力活下去，告诉自己说，是我让你得到了真爱。这样，你就可以到海上去过 7 年，甚至是 7000 年都不跟我道一声别。"

他脸色苍白，显得非常严峻。

"我钦佩你，"他一边回答，一边慢慢把我拉到身边，"很遗憾你找到这封信，我该事先通知你。我害怕让你痛苦，我真的很怕。我内心深爱着你，我爱你像爱姐妹，爱我的女儿，爱我的祖国，但我不能离开她。看不见她、听不见她，我一天也活不下去。她是我的鸦片。她摧毁了我，让我痛苦，把我们分开，但我离不开她。"

我又回去躺下来，因为我的腿发抖了。我难受，很难受。我们俩都哭了，哭得很厉害，好像两个被烈火焚烧的孩子，不希冀有奇迹能拯救我们。

清晨的时候，是我再次开口：

"我依然是你的朋友，我会回我母亲家里，像我还是小姑娘的时候一样，当我弄破了膝盖，我会找我的玫瑰花、棕榈树、萨尔瓦多的火山来安慰自己。当你老了的时候，或许有一天你会来看我……"

他到旅馆去住了，因为我们一见面就会抱头痛哭，白白哭掉一整天。他一点没有幸福的样子。我呢，我躺在床上，我最忠实的女友苏珊娜过来照顾我。我买了下一趟去萨尔瓦多的船票。

丈夫开始给我寄一些温柔的信，越来越深情，很快，他写信来说，他跪下来求我不要走，求我等他6个月，"就短短的6个月"，他说……

他发誓之后带我去中国，在那里我们两个在一起，会很幸福。我相信中国，相信我们今后在中国会很幸福。我期待着，在床上忍受煎熬。

一天，他带着行李来了。他厌倦了旅馆的生活。就像个孩子，像一个在条件很差的地方待了一段时间的大学生，叫嚣着，把行李放在我床边，站在我跟前：

"我来了。"

他抱着肩膀：

"我回来了，我不能在外头过，不能没有你。我病了，我需要你，重新接受我吧，否则我就死了。我吃不下旅馆的饭菜，什么都让我难受，我喝了太多的酒，一行字也写不出来。如果我不工作，谁养活我们？"

波利没敲门就进来了，以为我一个人在屋里。他送信给我，看到托尼奥，他开心地笑了，给我使了个眼色，拎起行李，好像在大街上捡到了钻石……我们三人都笑了。波利带着行李消失了，把里面的东西放到架子上理好，让"伯爵先生"的楼层充满鲜花和温馨……他终于又有了主人，甚至小狗也高兴地跳着，在地毯上撒了几滴尿……我丈夫不想我惩罚它，因为，他说，那是他的荣幸！

可惜，一切都和往常一样……晚上，我又等丈夫回来。一天，我的狗守着门一直守到早上 7 点，它得了肺炎（这是条京巴狗，很娇气），24 小时后就死了！我甚至连做伴的狗也没有了……

考验期的第 6 个月结束了。我收拾好行李，把家整理了一番，像一个打了败仗的士兵，但还是为自己已经为拯救国家尽了全力而感到自豪，我要逃了。

丈夫看到我在做准备便明白了。我给姐妹们买了裙子，也给自己买了。我要走了。我走到露台上，展览馆的灯火给荣军院的圆顶镀了一层光。

"托尼奥，我要走了。"

"好，"他回答说，"什么时候？"

"我很悲哀，但我得走。我想我们的生活发生了一次大地震，我感谢上天让我活了下来。我要到别处重建家园。"

"是的，龚苏萝，有时候的确应该这样做。我也一样，我要去美国。我要做一次新的长途飞行，也许再也回不来了，因为我不想回来了。我不爱，我再也不爱……"

没有讨论，没有再多说一句，我坐上了勒阿弗尔的轮船，前往危地马拉。巴里奥斯港，中美洲在大西洋上拥有的唯一的港口。

大海灰蒙蒙的，勒阿弗尔冬天的大海，但我觉得这样的风景美妙无比。海鸥是灰色的，船舶的旗帜是灰色的，巨大的货轮是灰色的，周围游荡的人也是灰色的。我的大衣是灰色的，一件浅灰色的大衣……登上舷梯的那个时刻也是灰色的……

轮船所要去的方向也是灰色的。只有我的思想、我的心阳光灿烂，有一抹包容的、神圣的颜色。我重生了，就像那些基督徒，结束了不幸的人间生活后，开始了新的人生……我或许不配得到这样的慰藉、这种报答，但还是把它当作一份礼物，我曾流了那么多眼泪。我祈祷上天能体会我扔掉破裂婚姻墓石的这份轻松，我答应自己今后要幸福地生活，再也不往后看。这是在巴黎，而不是在萨尔瓦多，大地动了，我经历了世界上最大的地震。现在我要去收获热带的水果，驯服蝴蝶，和流水一起歌唱。永远，直到生命的最后……

　　在船上的第一个晚上，我希望自己美丽动人。我不想呼吸过去的气息，一切都是崭新的，仿佛是为了新的订婚礼。女佣帮我把行李打开，我抚摩着美丽的晚礼服，今晚要第一次穿上它，今晚，我要找回女人的生活，只等上天的一个启示就重新诞生。

　　丝带，缎子鞋，闪光的珠宝，头发上插着羽毛，鬈发上有蕾丝花边的披巾……我准备了一切。我精心打扮，我把自己交给新的命运。我是快乐的、幸福的，幸福……晚饭的锣声在船舱的走廊上响起。还要在头发上洒上香水！我给帮我打扮的女佣也洒了香水，发觉她的眼中有一丝狡黠……

　　我慢慢地走着，有一份知道自己穿着优雅时的快乐和自信。从我的心里到我的花边，一切都在闪耀。我像跳舞般地走过所有的客厅，之后是酒吧，但除了船上的船员，我没有碰到其他人。

　　一个大副走到我跟前：

　　"您在找船上其他乘客？"

　　"是不是来早了？晚饭的锣声刚刚敲过。"

　　"不，"他回答我，也有一丝我在女佣眼中看到的狡黠，"您是我们唯一的乘客。"

　　一声枪响也不会给我更大的惊讶。我笑了，对他的打趣半信半疑。他友好地挽住我的胳膊，继续说道：

"允许我，夫人，给您介绍船上的医生、船长、二副……"

所有人，排成一排，向我友好地致意。

船长说话了：

"您是我们唯一的乘客，也是在这艘船上航行的最后一个女人。这是我们最后一趟越洋航行。20 年了，我一直是这艘船的船长，我们闹了次罢工，结果惨了，船受到了惩罚：它要被改造成货轮。他们同意让我们最后航行一次，偶然的是，就在我们得知可以接受乘客时，您已经买了船票，所以船归您指挥。这是您的船。我们是您的水手。如果您命令我们改变航线，我们会服从的。首先，您要给我们下什么命令？"

"我想喝点凉的，为我们的旅行和大家干一杯，晚饭可以等一等。"

"晚饭稍后。"船长说。

"传下去。"大副对二副说。

"传令。"一个接一个传下去，香槟酒杯分到了我所有的船员手中……我不知道该哭还是该笑。几杯酒后，二副对我说：

"老实说，我们还有一个三等舱的乘客，是个海盗，他不想从尼加拉瓜经过，他快死了。他有一个很奇怪的念头，要别人在尼加拉瓜靠岸之前把他扔到海里去……那是他的噩梦。但您别担心，您在巴里奥斯港就下船了！"

第二天，他们将饭厅移到游泳池边，为我弄了一个冬天的花园。我的船舱隔壁是船长的船舱，他是个老水手，满脸迷人的皱纹，有盖过波涛和星星的笑声和童话中的善良。

我以为自己在做梦，一切都太美了。不久，我们发现了一个色彩斑斓的岛屿。我请船长靠岸，他照办了。这是一个候鸟迁徙时会经过的岛屿，如果船长建议我在这个岛上永远住下来，如果他把船的锚和心的锚抛在这里，我会觉得一切都很自然的……

然而，我们继续乖乖地上路，向危地马拉前进。但我感到船越接近巴里奥斯港，船员们越是显得紧张和不安……

晚上，船长和我已经养成了小"习惯"：离开其他船员，谈彼此的童年。他和我一样，也不想谈成年的生活。我们是那些忘了现实，尤其是忘了现实之丑陌生的大人。他跟我讲从无线电台里听到的世界各地的消息。我注意到，接近库拉索岛①时，他变得更加温柔，但他那双历经风吹日晒、扶我走楼梯的苍老的手掺杂了很多的情感，同情多于爱情……

在库拉索岛的时候，我决定独自去逛一逛，好丰富一下我的新生活。一切在我看来那么简单、那么美妙：看看树，看看新的天空、新的面孔……我穿着白色的裙子和运动鞋，踏上了库拉索岛的柏油马路。但很快，我就被船员们赶上了。我转过身，喊道：

"我想一个人，独自买点东西。我们今晚船上见。"

他们离我远了一点，但不超过10米。我明白自己是被他们跟踪了。要甩掉他们是很难的，他们一会儿是7个，一会儿是10个，都走在我身后，装作买水果，和当地的土著人说话，给挂满贝壳和鲜花的孩子们贝壳。大家都感觉自己成了棕榈树间的小孩。这个岛屿属于威廉明娜女王②，是荷兰的殖民地，有荷兰

---

① 荷属安第列斯群岛上的一个岛屿，距离委内瑞拉海岸不远。——译注
② 威廉明娜（1880～1962）：荷兰女王，1890～1948年在位。——译注

和新鲜郁金香的气息。

我在银行换了点钱。大副扑到门前，不是为了帮我开门，而是抢先进去，我以为他疯了。我把一点法郎换成当地的货币。回到船上后，我向船长抱怨船员们存心监视我，他笑得连眼泪都出来了：

"您既年轻又美丽，"他跟我解释说，"岛上的人或许会把您抢走，让您在库拉索岛生个孩子……我们不能把乘客留在岛上……"

我信了年迈、善良的船长。啊！船长，如果您现在还活着，我会感谢当年您的笑声和眼泪……

但巴里奥斯港一天天地逼近。当我问舵手，白天行驶了多少海里时，他忧郁地回答我说：

"我希望永远都不要到达巴里奥斯港！"

他的额头皱了好久，我于是不再问了。船员们整洁大方，穿着雪白和金色的制服，跟我讲述加勒比海的秘密，因为我们已经没什么可说的了。每个人都朝着他最终的港口驶去……

老水手们将不再航行，很快就会开始城市生活，他们对此感到害怕。孩子们待在房间里，忠实（或不忠实）的妻子永远跟在身后……

如何承受这个已经期待、想象多年的生活：美妙的休憩，家庭的幸福，再没有出发也没有到达的天堂？而这恰恰是真正的终点。

加勒比海阴沉沉的天空让水手们变了模样。天空的颜色和大海的颜色不同，不是一眼就能看出来，只是身体感到被照亮了，在新的光线下变得修长。在新的光照下，我们好像进入了一个新的背景，他们把这叫作加勒比的魔力。生命变化了，狂野的变得温柔，软弱的变得坚强。我们呼吸着，仿佛在新的爱、新的色彩中重生了。

有些土著人甚至开始对着这样的光线歌唱，仿佛是一种感恩……当我在巴黎入睡的时候，我梦见重新见到了我的太阳，那道光芒，像大炮一样轰鸣的火山，永恒的夏天。我一直都梦想着重新回到这样的氛围中，它是我的摇篮，我的血脉。

缓缓地，我躺在甲板上，我跟老船长讲那些星星的命运，它们看起来如此脆弱，因为我们的眼睛无法窥见它们的秘密。它们就像一个巨大的蜂窝，为了品尝蜂蜜，我只能躺在甲板上，在老水手的身边深深呼吸加勒比海的气味，黑色的海水深处映照出毫无表情的星辰。

"您会忘了我的，"船长说，"就像所有其他乘客一样。也应该这样。在航行中曾经在我身旁，躺在同一张折叠式帆布躺椅上，讲她们的生活，讲她们对死亡的恐惧的女乘客，我爱她们中的每一个。她们都那么美，那么纤弱，像我的渡轮，像只活一天的花朵和蝴蝶，像您手上的香槟酒杯，很快这杯酒就将被饮尽，但会留下一线比您的眼睛更深的微光。藏在这个脑袋里的都是回忆（他碰了碰脑袋），这个脑袋，哪怕它成了枯骨，还会保留这次航行的滋味，昙花一现的生命，香槟酒的泡沫，您眼睛的光芒。所有这些光线，只有光线本身才最重要，是光线在创造，只有光线，充足的光线。"

我的身体沉甸甸的，很快，我将在巴里奥斯港醒来，在棕榈树下，在我家里，再次征服看着我出生的土地。我不害怕，但我想在甲板上入睡，在万能的上帝身边慢慢苏醒。但我还是担心得发抖。铃声响起，汽笛鸣了一声，来自舱底，仿佛是谁突然闯进我们这些人类会消亡的生命的梦里。第二声汽笛，传来很多的叫喊声和脚步声。大副问：

"船长，我能到您的甲板上来吗？"

我想请他今晚不要让任何人到甲板上来，但他像一个被惊醒的野兽站了起来，捏碎手中的水晶酒杯。他慢慢地捏着，直到杯子变成碎片，然后喊道：

"好的，来吧！"

他受伤了，碎片掉在地上。他一直走到我的沙发前，第一次激动地握着我的手，血滴在我的衣服上。接着，他用另一只手抚摩着我的额头，持续了一秒钟，然后站起来，面对默然地保持立正姿势的水手。

"说！"

"有个访客，在离船2公里的地方，要求我们去接……"

"他是谁？"

"泛大西洋公司的头儿。他给圣埃克苏佩里伯爵夫人带了一份急信。"

"马上去接他，减速，5分钟后抛锚。"

给我的一份急信。会是什么呢，如果不是来自那个我想连同回忆一起埋葬的人，那个让我在巴黎活了又死的人？我理解了老船长对我温柔的庇护。

我感到自己又处在危险之中，但会是什么危险呢？

整个船上的人都醒了，为这个要到船上来见我的人忙开了。

"他不能等您到巴拿马，不能等您自由，小姑娘，我爱您就像爱天上的星星，就像爱我的回忆。当您远去，当您忘了我，请您仍记得这个夜晚，今晚我希望自己是上帝，好止住您的泪水……但眼泪，您知道，并不都是有害的，眼泪也能净化，眼泪，或许是宽恕的道路，或许就是通过眼泪女人才能变成天使……"

"哦，是的，我相信……"

又一瓶冰凉的香槟冷却了我们等待的焦灼。在我们面前，船上微弱的灯光给加勒比海平静的海面添了一丝欢快的颜色。

为了解闷，我试着帮船长取出嵌在手中的无数玻璃小碎片，这只手曾对我那么友爱。当我最终把碎片全取出来后，他笔直地站起身，我们回到了他的船舱。他点亮灯，在我的肩上披上一件漂亮的船长斗篷，为了遮住我白色裙子上的血迹。他喊了报务员，打电话让人送一份文件过来。报务员进来，托着一个铜托盘，光滑得像黄金做的一样，上面放着十几封电报。

"都是给您的，是在航行中发来的，我没有转给您，是因为它们会让您流泪。我原本不想让您哭的。"

我颤抖着，读了第一封：

飞机在危地马拉坠毁，圣埃克苏佩里垂危。右臂要截肢。您母亲在照顾病人。等您。忠实的医生。医院。危地马拉。

然后我读下一封：

你丈夫 32 处骨折，11 处致命伤。你来之前我不让截肢，坐飞机来巴拿马和我们会合，尽快。拥抱你，你母亲和姐妹。

18. 在我家

其他电报是朋友和想靠不幸来增加发行量的报社发来的。

"您从来没有跟我提起过您丈夫，"船长对我说，"您伟大的丈夫，著名的丈夫，现在他生命垂危，在危地马拉等您，就在您要抵达的地方。得承认生活是多么奇怪！"

我不知道哭泣，我什么都不知道。我继续看着星星，灵魂死了。船突然停了下来。听到皮带、链条的声音，还有为上船的中美洲泛大西洋公司的负责人准备的舷梯。

我躺着，船长在船舱里大步地踱着，天渐渐照亮了我们的悲剧。

"我叫路易，"一个两米高的男人朗声说道，是热带地区热情洋溢的声音，"我来接您，让您尽快到您丈夫身边去。危地马拉的总统和我用泛大西洋公司的飞机安排您的此次旅行，让您回到受伤的丈夫身边。"

这是个苍白的男子，尽管头发白了，但还年轻，他的笑容是能让受苦的兄弟复活的那种。我倒在他的怀里，尽量想站起来感谢他。船长的咳嗽声提醒我，应该有尊严，像一个在战场上面对恶狼般的敌人的勇敢的小士兵！

"谢谢，先生，您和贵公司的热忱让我感动，"我对他说，"很高兴您能帮我。我们什么时候出发？"

"明星号在等我们。1个小时后，我们就可以到码头。"

船长按了所有的按纽，船上所有人都到了船长室。

"泛大西洋公司的一个负责人在船上，希望他能有雅兴参观一下我们的船。我把他交给你们了，先生们。"船长大声地说。

船员们负责带他参观。负责照顾三等舱那个病人的两个护士几乎穿着晚礼服，这一次，她们是船上最美的乘客，对那一小部分度假的唐璜而言……

我又躺了下来。船长若无其事地在船舱里踱着。我们听着远处忧伤迷人的音乐，歌声，生命。我睡着了。不知道过了多久。醒来的时候，我看见船长的眼睛，他轻轻地握着我的手。

"睡吧，睡吧，晚饭的时候我叫醒您。飞机上没有位置。路易被邀请和我们一起到巴里奥斯港。今晚，在大餐厅里，将是我们最后的晚餐。我们还会有几个巴拿马的乘客，是一支田径队的年轻姑娘们。今晚，对我们的客人来说会很开心的。您和我将听从心灵的安排，在等待中入睡。痛苦充满了神秘，您愿意做我晚餐的同伴吗？"

这个和我一起分担我的痛苦而不愿意流露他自己痛苦的男人，我不能拒绝他的好意。

他吻了我的手。一个护士负责在我的头上放冰袋，医生给我打了针，一个女佣为我准备绣花的晚礼服，是象征希望的白色……

天很热。水手们希望我们平时用餐的大餐桌边只有我一个女人。他们用鲜花装饰了我的座位，花也是白色的，是他们在巴拿马买的，尽管天气炎热，他们还是成功地养活了它们。他们在我的位置上只放了一个小小的牌子："仙女"。该怎样接受这份礼物？怎么能不闻一闻鲜花，尽管它们晚上就会凋谢？

我们目光闪烁，沉浸在对演说家的赞美里。我们的客人今晚被宠坏了！我们的大副，全太平洋最可爱的最不想说话的人问他问题，他慢慢讲述了自己的一生，在我们面前说出了心里话，在那些努力想减轻白色花朵引起的我的痛苦的水手们面前。唐·路易因我们而疯狂，为他带来的消息醉了，为他的角色醉了，为他能提供给我的保护醉了。

"您瞧，我的船长，"他像君王般傲慢，说道，"我已经结婚了，结婚了，结婚了。我有三个女儿。一天，我想把妻子和孩子们接到萨尔瓦多来。我等着乘客到达，我的妻子不在里面。可我在前一天的无线电广播中听到她在乘客当中。她不可能就这样蒸发掉，况且我在巴黎离开她的时候，她已经重达 200 公斤！要逃跑对她来说也不容易。我等了几分钟，很迷茫，这时，有人叫我到装动物的舱里去。在那儿，我接到了我妻子，同时还有……几头奶牛和一匹马！我的两个女儿帮她进了乘客大厅。我没见她的这两年来，她又长胖了。她说话的声音很温柔，在旅馆里，为了让她能进卧室，得把门卸下来。之后，她就一直住在那儿，在那个房间里，或许会住很久。她甚至不能翻身，也不能坐下来。这就是我妻子，先生，哦，是的！"

这个男人消瘦、灵活、优雅，让我们感动，是一个连门都进不了的怪物的丈夫。每个水手都讲各自的故事，尽可能讲得悲惨，尝试让人明白，有比心爱的人死去更难忍受的痛苦。

一到巴里奥斯港，我就以为自己是在做梦。我到了故乡，火山的国家，心爱的歌曲。共和国总统派了一辆车来接我，由两辆总统府的摩托车护卫护送，这样，我们的车就能以最快的速度行驶，但我拒绝了这样的神速。我想下车在一个小农场喝点椰子水，当地人用牙咬开椰子，捧着壳对着嘴就喝。

我怀里抱着一个新鲜椰子，想在总统舒适的汽车里喝。车行驶在尘土飞扬的道路上。不能开车窗，因为灰尘很大。透过后面的车窗，甚至只能看到黄色的灰尘。我喘不过气来。

唐·路易和我到了军事医院。一个佝偻、消瘦、和蔼、白发苍苍的老妇人猛地朝我冲过来，扑在我的怀里哭泣。我甚至没有时间看清楚她的脸，认出她来：那是我母亲。

拥抱了很长时间。我已经习惯了那么多的事情，以为她的哭声意味着托尼奥的死亡。但不是的……她把我带到一个房间里，穿军官制服的医师正在等我。

"夫人，欢迎来到危地马拉医院。您丈夫住在我们医院，77 号病房。来，我想危险、大的危险期已经度过，我的意思是指死亡的危险，但他现在伤势还很重，有很多处伤口。如果您允许，今晚我们就给他做截肢手术，如果必要的话可能要截到肘关节。我知道您是一个很勇敢的女人，您肯定会同意我的观点。一个独臂的丈夫总比一个两手完好的尸体强。"

我走进病房，很简陋，但很整洁，一个护士照看着病人。我几乎认不出托尼奥，他的脸全肿了。医生信誓旦旦地说，他们已经尽了全力，一切都复位了。事实上，从他的嘴里，能看见矫正下巴的仪器，他的嘴唇只是挂在下巴上的黏膜。一只眼睛几乎在额头上，而另一只耷拉在嘴巴上，浮肿、发紫。浸泡了消毒液的各色纱布和绷带包住了他的全身。一些瓶子，连着复杂的细管，给他的手腕、肘、头和耳朵输液。我这辈子都没见过这样的情景。

这个人是我丈夫。时不时地，他睁开一只眼，因为另一只眼完全被纱布包住了。当光线掠过，他的脑海里便有别人不理解的东西在翻腾。他发出咆哮声，我猜想他是在跟命运搏斗，要挽救那珍贵的生命，尽管命运以摧毁它、让它流血、让它破碎、让它扭曲为乐。他意识深处的斗争是艰苦的,如果现在那儿就有一场斗争的话。

我很快在自己身上体会到了他的所有伤口。坐在他床边一张窄窄的椅子上,我看着那只不时落在我衣服和脸上的目光。就这样,过了几个星期。

我开始喂他吃饭,像喂孩子一样,喂他喝第一口牛奶,吃第一块浸了蜂蜜的面包。他脸上的青肿开始消退。他非常消瘦。重量在一天天减少。由于吗啡的作用,他常常讲一些非常复杂的事情,以致我在心里问自己,生病的是不是我。

医生允许我把他接回家,他只剩下手上的伤口还没有结痂。这只手似乎不想再连在他的手臂上。这是我们最担忧的。

他出院的那天,我们的朋友们在危地马拉旅馆安排了一架非洲木琴、一个香槟鸡尾酒会和上百名工人,以为能让他高兴。我丈夫对我说:

"我只去见一见大家,今晚安排我睡旅馆,明天让我坐飞机去纽约,我要在那里做一个面部手术,整整牙,把眼睛安好,因为你不能和一个一只眼在额头、一只眼在脸颊上的怪物一起生活。别愣在那里,一切都会好的。"

"我和你一起走。"

"不，我们已经分手了，你还记得吗？"

"是的，"我回答，"我记得，我送你上飞机。如果你想走，我这就打电话去问。"

很简单，的确，但我问自己男人是否真的有良心，如果有，又在哪儿。我刚把托尼奥从死亡那里救回来，而他却提醒我他已经不是我丈夫了……我给唐·路易打电话，请他帮忙，他在飞机上安排了一个位置，并处理了所有细节问题。

一直到3点，我还站着。我送丈夫起程，他虚弱得像能飞起来的骸骨，但有一股神秘的力量在召唤他，支撑着他。

我发着烧回来，医生无法找到发烧的根源。轮到我进医院了，我受了很奇怪的感染，莫名其妙地发烧。我亲爱的妈妈重新给了我生命、健康和信仰。我们没有倾诉女人的不幸，只是互相帮助。后来，我出了诊所，家人把我带回了老家。

从纽约到危地马拉的电话天天响着。我丈夫担心我，让我母亲尽快把我送上去巴黎的轮船或飞机，他也准备回去，大使馆也给我转送来托尼奥温柔的问候、鲜花和礼物，但我想重新看看我的城市，在那里

待久一点，在那里好好逛一逛，看看儿时的伙伴，还
有火山脚下的玫瑰花。

"橙子、芒果、玉米粉蒸肉、馅饼"，途经的小
火车站一路都是这样的叫卖声，火车把我带到了阿尔
梅尼亚·圣－萨尔瓦多。

火车站上还是那么热。我看到成群的孩子唱着
国歌，列队欢迎我。女孩们站在男孩们的对面，女老
师站在男老师的对面，两个教师像乐队指挥一样，指
挥着孩子们稚气地唱歌，欢迎他们的同胞，那个克服
了千难万难、从巴黎来看他们的大姐姐！

我家乡的市长，唐·阿尔弗莱多穿着白色的衣
服，在宁静小城的那群乖孩子当中，显得还很年轻。
我不在的时候，村子里发生了很多事情。女孩子们长
大了，做了母亲或寡妇，有几个离了婚；富人成了穷
人，穷人成了富人，老市场已经没有了，树木全长高
了，橘子树排在路的两边。阿尔梅尼亚公园被竹子和
玉米粉蒸肉占领了。在危地马拉的医院躺了一个月
后，我慢慢地走着，穿过孩子们簇拥的过道，男孩子
在我的右边，女孩子在我的左边。我在热带的阳光下

走着，觉得自己是梦游仙境的爱丽丝，走出了恶魔的深海，有可爱的孩子陪伴着。他们轻轻地唱着歌，赤脚走在烈日下滚烫的石板路上。

到了家，我想我肯定能躺在大房子里的马赛克地面上，有斑点的可可树和我最心爱的芒果树洒下一片树荫。

但事实并不像我想的那样。还有一个乐队，三架非洲木琴，门向众人敞开，所有人都想过来和我握手。

姐妹们没有征求我的意见，就私底下认为我的运动装和这样的荣耀不相称。我的行李和箱子被当场打开，她们逼我在下午 3 点换上我最华丽、参加舞会时穿的裙子……我的一个妹妹给我穿鞋，另一个给我戴帽子，第三个为我梳头。我妈妈给我一把大大的扇子，因为圣－萨尔瓦多人人都出汗。我到家了。

我最高兴的是和城里的三个乞丐握手，他们的模样没有变：维约·德拉高巴松、安穆多·马纳纳、拉西亚·热菲齐奥！

看到他们还当乞丐，我笑了。我叫妈妈让他们到房子里面来，我知道他们是我在生活的斗争中真正的伙伴。维约·德拉高巴松过来坐在我身边，他受够了掸衣鞭子的抽打。人们通常用那东西来赶蚊子、狗和乞丐。

房子里放满了鲜花和做成凯旋门模样的棕榈树，好像迎接外国的王后。我知道自己不能接待所有期待找到一位王后朋友的人，只觉得自己是不幸的王后。我哪有权抱怨，哪有权诉说女人的苦楚？慢慢地，我沉默了，努力将自己的感情遗忘。

晚上，在我母亲种植园工作的伊萨尔科印第安人举行游行庆典。每个人都放下一点东西，一片树叶、一个水果、一只小鸟。这非常美丽，忧伤感人。我喜欢这样的仪式，但我不能和他们一起玩耍……

"阿塔米亚拉达"——玉米粉蒸肉节开始了。只有维约·德拉高巴松是我的亲密伙伴。他的头发时不时地在我的裙子上蹭一蹭。他很伤心，因为不能给我的鞋子上蜡，而他是村子里最好的擦鞋匠。他说：

"我们这里有了第四个乞丐，但她比我们三个更稀奇。她不喜欢像我们一样说话和吃饭，她活得也跟我们不一样，别人都以为她疯了，大家都喊她'村里的疯婆子'。她跟我说要单独来看您。"

就在他跟我说这个事的时候，我听到一个挨了痛打的女人的叫声。我推开周围的人，飞快地朝发出叫声的地方跑去。我房间的床上（几天来精心为我的到来预备的）躺着一个 30 来岁的女人，她的头发散落在高级绣花床单和枕头上。几个佣人试着从她那里夺下一件绣花的亚麻睡袍，人们用鞭子抽她，就像是在抽打一条狗。她抱着头，一动不动。

这是村里的疯婆子，因为想单独见我，便躺在我床上等。我用尽力气大喊，竭力制止下人打她，但没有用。母亲说她很危险，说她前天晚上还挖了另一个女人的眼睛，但最后还是逃脱了牢狱之灾。我最终把大家都赶到了门口，单独跟疯婆子待在一起。她美丽而纯洁，站起来，向我张开双臂。在这个拥抱中，我以为我最后的时刻来临了。她抚摸着我的面颊、手臂和腿，把拿在手上的白色亚麻睡袍穿在我身上，体面地打开门，走了。

我木然地待在床上。

有一天，一个领事过来对我说，我应该回巴黎，因为我丈夫要我回去。

又有一次，我去了沃邦广场的家。经历了这些事情，我几乎不能走路了。我终于回家了。托尼奥还是很消瘦，平静、沉默。

　　管家波利露出他狡黠的笑容，他用这种笑容欢迎我好几次了。公寓还是老样子，什么都没有改变。我们的生活遇到了风浪，但家具还是安然无恙，这个像天空一样晴朗蔚蓝的地方已经失去了它往日的温馨。在家里吃一顿饭，让我们重新相聚，温柔无言。来访一个接着一个：朋友、亲戚、我婆婆。他们要我怎么样？我已经不能给他们任何东西了，我已经山穷水尽。

　　一天下午，我在理发师那里耽搁了一阵，回来时，发现房子空了：什么都搬走了！只有几张破报纸在穿堂风中飞舞，因为窗户大开着。我以为自己在做梦。我们的家具和物品都到哪儿去了？我想起卓别林的一部电影，叫《马戏团》，只能找到过去留下的蛛丝马迹。我绞着手，百思不解，不知道该怎么办。

　　我下楼来到门房，但不敢问。我走出去透透气。或许我会明白？或许将来有人会跟我解释这一切？我丈夫直直地站在那里，站在我对面的人行道上，像一尊雕塑，他抓住我的手臂，说：

　　"是的，我不要了，房子太贵了。我再也没有钱付房租了。"

　　"那我们住哪儿呢？"

"我带你去旅馆，我租了两个房间。"

又是旅馆的生活。这次，是在吕特西亚旅店。

19. 我要工作

位于塞纳河左岸的吕特西亚旅馆，是右岸人的庇护所……是两岸的交换地。

我们建立在非洲沙漠上的家，在巴黎光溜溜的街道上自然继续过得不好。这儿的一切都是平坦、灰暗和忧郁的。为了装饰和美化眼泪的哀伤，需要香槟、谎言和不忠……

所以在旅馆要了两个房间，一个给先生，另一个给夫人，就像英国流行小说所写的那样。

"你真的要两个房间？"

"是的，这样更方便，"托尼奥对我说，"我夜里工作，这会弄醒你的。我知道你。"

"那好，如果你这样想……"

在服务台，我要了两个房间，但不在同一个楼层。

"你太夸张了。"

"不不，这样就算你回来晚了，也不会太打搅我……"

"很好，但你会后悔的。"

"哦，我已经后悔了。有一分钟，就一分钟。只一分钟。那是上次我回到沃邦广场，当我们的家具、东西全被搬走的时候，你事先一个字都没跟我提。哦，是的，在那一分钟里，我后悔了，我希望你知道，但我想有朝一日你也会后悔的。"

"这是为了省钱。"

"省钱？住旅馆，我们付的钱是沃邦旅馆房租的两倍，还不算饭钱。算了，你的账都是天账，弄不懂。或许这更便宜，也未必？或许这可以让我们更加自然地分开。这就是所谓的省钱。我明白了。你想悄悄地离开我。你很善良，谢谢。"

我们被带到楼上的房间。一个在 6 楼，另一个在8 楼。他闷闷不乐地谢过后，抱怨道：

"那谁给我准备衬衫、手绢呢？"

"你在的时候我会到你那里，你会有干净的衬衫和领带。"

"你真好……你知道我身体全垮了，胆囊已经失去功能。做手术是不可能的，因为危地马拉的坠机把我体里的东西全搅到一块儿去了。我的心脏挨着胃，所以我总是感到恶心。"

"你对生活感到恶心，不如说你对一切都感到恶心。你还剩下些什么？"

"啊，女人永远都不想理解男人！"

"所有的男人？不。只有一个男人，那就是你。我知道，你要单独一个人。你需要完全的自由，没有饭菜、没有妻子、没有家……你希望像幽灵一样来来去去。我是否很明白了？"

"是的……"

"那为什么把我从危地马拉叫回来？为什么？为了让我住在旅馆里？等什么？"

"我！"

"你走得太远了，我永远也跟不上你……我们现在住旅馆。一个星期后，你的胃会因为饭店的饭菜、酒水混乱而得病……"

"我已经病了，我要去维希①治我的肝。"

"如果你愿意，我们今晚就走。"

"不，我一个人去。我需要孤独，我以后到旅馆找你。"

"谢谢。你打算让我怎么打发时间？"

---

① 法国南方城市，有温泉疗养场所，主要医治胃、肝脏、胆囊等内脏病痛。——译注

"帮我们另找一套公寓。"

"好吧！我们睡吧！"

"那去你房间。"

"行。"

"但如果有人打电话给我，你到浴室回避一下，让我单独一个人。"

"我从来没不让你打电话……你这样说真让人伤心。我从来就没什么要讲给别人听，也没什么要隐瞒的……好了，我们去睡吧！"

他的 E. 依然控制着他，但事实上也没能控制得太紧，因为他要我帮他，因为他是那么忧郁！就在当晚，我决定找一套公寓。

在我们家里，有什么苦涩的东西，烟灰和石头像雨落下来。一个女人，别无其他……我的心不再欢笑，该有个了断了。何必要在旅馆里过渡呢……

午夜时分，我在他怀中忘记了所有的烦恼……我们的生活就是这样，擦肩而过……爱情和别离……

我开始找一套便宜的公寓。在巴黎总能找到一套有厨房和能摆放他的书的公寓，我可以为他煮点蔬菜、米饭。一个他永远在我怀中的地方。不管在哪儿，只要有他在我怀里！半梦半醒中，他再次让我找一个遮风挡雨的屋子。

我在天文台附近找到一套房子，在6楼，比树高，但没有电梯，马上就能腾出来。我付了定金，等着托尼奥来看房子。

我们一起到了那里。他高兴极了，他非常感谢我，眼中噙满了泪水。我也很开心。

他的房间有一个很大的阳台，在那儿能看见公园。房租不贵，我们还年轻，爬6楼对我们算不了什么。我在阳台上会养几只小鸟，还有鲜花。厨房很大，烧炭的大灶台能提供半个公寓的取暖。他的单间有一架非洲木琴，就这样。两周后，圣诞节的时候，我们将住进去。

他邀请了我们亲爱的朋友苏珊娜来参观，她也和我一样满意。我们付了头三个月的房租，取了钥匙。

第二天，他没回旅馆，电话留言说他要出去旅行几天。我对将来的公寓是那么满意，所以一点都没有担心。但中午时分，他的中介要我归还我们在天文台附近的那套公寓的钥匙。我丈夫想过了：他目前没有钱为房子供暖，因为煤炭的价格涨了……

上帝！住旅馆要贵上十倍！我争论了一番，但这是命令。我哭着还了钥匙。

三天后，他回来了，苍白、惊慌、尴尬。我们的一个朋友说在巴黎看到过他：他又一次欺骗了我……

我既哀伤又绝望。

"龚苏萝，您愿意再找一套漂亮的小公寓吗？您一个人住。我发誓我真心要帮您租房子，我会常常去您那儿的。"

我明白他是不想再和我一起生活。我得决定一个人过日子了。

"好的，托尼奥，我会去见我的中介。"

幸运的是，朋友们在格朗－奥古斯丁的塞纳河边租到一个两层楼的公寓，很便宜，正对着塞纳河。

托尼奥马上带我去中介那儿付了一年的租金。我拿到钥匙后去教堂做祷告，他陪我去了。我们沿着河边走，逛着路边的书摊。我故意装出不对昂贵的书感兴趣的样子，免得他想买了送给我，我讲着水中的倒影。1月1日，我说，我将住到格朗－奥古斯丁……他觉得楼上很适合工作。我们在上面只放书，弄一个漂亮的书房……他答应我回来。于是我便待在他的房间里，但他彻夜未归。

第二天早上也没有。他打电话给我，免得我担心。他的车在乡下抛锚了，晚饭的时候回来。

晚上，我们一起在吕特西亚酒吧吃饭，彼此没怎么说话。我们都笼罩在疲劳和困倦中。

"一起睡吧！我想在您身边休息。"

"好的，托尼奥。"

我们像兄妹一样温柔地拥抱着，一直睡到中午。他慢慢地穿衣，请我待在床上，告诉我，说他不得不去一趟阿尔及尔，他将住在阿莱迪旅馆……他会给我写信……

他说很抱歉在年终留我一个人在这里，而且我还要搬家。我甚至没有力气反对。当他和我吻别的时候，我的眼睛还是半开半闭的。

原本跟格朗－奥古斯丁的房东说好了，等油漆一干，我就搬进去。反正圣诞节也没别的事做，我租了一辆卡车，开始搬家。搬运工建议我在过节前尽早把家具搬进去。所以在 12 月 26 日，卡车载着我的家当到了河边的公寓。门房对我们态度很差，说我们不能把家具搬上去。我给房东的秘书打电话，秘书说房东正在度假。我只好让卡车在河边等着。这每天就要花掉我200法郎……最终，房东在1月2日回来了，告诉我说，我丈夫交了违约金，不要租房了……

我觉得自己要发疯了。人的承受力似乎比我们想象的要强得多，心灵在我们眼前布下的绝望和蛛网让我们迷失了生命的方向，但身体继续走着，一直走着！

我丈夫在阿尔及尔，而我，一个人；我在那一年的年终忍受着孤独。我明白自己只能走一步看一步了……

在苏珊娜的陪同下，我在弗罗德沃街租了一个工作室，在里面摆了一张桌子、三张椅子、一个大大的炭炉和我的旧钢琴。我离开了我丈夫每周只住几个小时的吕特西亚旅店。

朋友们告诉我说他回来了，他在欧特伊租了一个单身公寓，漂亮的E.每天下午都和他待在一起。我唯一的安慰只剩下雕塑。

托尼奥觉得我的决定是勇敢的，我的单间在他看来也不错。我听着他的恭维，像死人数着榔头钉棺木的次数……

就这样，我们分开了。蒙帕纳斯墓地的景象让我发冷，但我慢慢也习惯了。我的门房是父子俩，是刻墓石的，儿子干得比父亲快，但老人捶下的榔头声又长又闷，儿子的榔头声则急促清脆。我从早到晚听着墓石上发出的声音；它们将封存某个像我一样笑过、爱过、苦过的人的一生。

我向托尼奥投诉这响个不停的噪音。他几乎每天都来看我，但只待很少的时间。我也和他说了我的担忧。

"你会习惯的，人什么都能习惯。"他安慰我。

"是的，我记得人们在里奥德奥罗是怎样培训奴隶的，一旦耻辱地接受忘记自己，接受不自由，人们就幸福了，不是吗？对我也一样。你让我习惯了一个人，在墓地旁边过日子，每月1000法郎的生活费。你每星期给我250法郎，我感觉自己是你在休假的女佣。你为什么不一次把这笔钱给我呢？"

"我不富有，龚苏萝……我要挣钱养活我们俩……如果我每月一下子给你1000法郎，你会怎么做？我的小姑娘，你会一下子都花光的。"

"我会工作，像那些穷苦人家的女子……或许这样我会觉得更幸福，或许我每月挣的钱不止1000法郎？"

我脸色苍白，呼吸困难，整夜整夜地哭泣，但一点也不想指责他。他不再爱我了,那是他的权利。谁也不能依附一个已经不再爱你的人。何况他帮我过日子,不管情形怎样,每月1000法郎,付房租和煤炭……我吃奶油咖啡和蛋糕,有时只吃面包和香肠……

但一想到为每星期250法郎而变成奴隶,我就无法忍受。

"谢谢,托尼奥,"一天,我对他说,"我不想再要您的钱。这是你我之间唯一的维系?"

"是的,我想。"他忧郁地回答。

"那好,从今天开始,我们就不要有这种维系了。收回这250法郎,买一瓶香槟酒庆祝我的自由吧!如果您愿意,我们一起喝。"

"可是,明天,您拿什么过日子呢?"

"这和您无关,因为我们已经没有共同的东西了。但如果您真的那么好奇,我可以告诉你,我要找一份工作。"

"您,工作?您太纤弱了,您至多只有40公斤重……甚至拿不动满满的一瓶……"

"给我250法郎,5分钟后,我就给您买一瓶香槟酒,以后您就不要每月来这里付钱给我了,仿佛我是您的一个职员……"

"好的，但别出去，可以打电话要香槟酒。"

"对，你说得对。"

等了好一阵子才等到香槟酒。

"为您的自由……"

"也为您的……"

"我肯定，您明天会打电话跟我要钱。我又得花很多心思，我目前很穷……我会每周给您钱，像您说的。我每月挣四五千法郎，我要付房租、话费、饭钱，我给母亲 1000 法郎，给您 1000 法郎。"

"我的问题，从今天开始就解决了。"

"等着瞧……"

谈话过后，他像过去那样，温柔地吻了我的唇，然后准备走了。他在炭炉里添了煤，弹了钢琴，煮了他一成不变的鸡蛋。他还是头一次感觉像在自己家里，说：

"如果您希望我今晚留下，我就留下。您永远都是我妻子。"

"不不！"我叫了起来，"我明天要工作！我要工作！"

"您疯了，您真的不希望我留下？"

"不，我想工作。我想自由，奴役的日子太久了，做您每月领赡养费的妻子也做够了。"

然而，我爱曾经是我丈夫的这个大男孩，他爱我，我知道。但他想做一个自由的丈夫，我责怪自己每次让他来就是为了替我付房租、饭钱和电话费。我们拥吻了很久，手中擒着香槟酒杯，发誓相爱到天长地久。他留在我的床上。早上5点我发现自己独自一人，半睡半醒。他留了言，还有他的一幅肖像画：一个手拿玫瑰的小丑，很局促，一个笨拙的小丑，不知道该拿他的花怎么样……不久，我明白那朵花就是我，一朵骄傲的花，像他在《小王子》中说的那样。

对我来说，从梦幻走到现实中是很困难的。我庆祝了自己的独立，现在该信守自己的诺言了……我一洗漱完，就穿好衣服，煮了点咖啡。我笑了：这简直和廉价畅销书中的最佳情节一样，是保尔·布尔杰[1]的风格……我开始找工作。但找什么样的工作呢？

我坐在塞莱克特咖啡馆的露天座琢磨着。得尽快找到一个方案。我的包里只有20法郎，只够买半

---

① 布尔杰（1852～1935）：法国作家，写了很多心理小说。——译注

个面包和两个西红柿……

于是我趴在塞莱克特咖啡馆的桌上读报纸，突然，我脑子里灵光一闪，像是在梦里，耳边响起了几个西班牙语单词。咖啡馆的收音机正在播放："Cigarillos La Morena, Cómpralos señorita!"[①] 我从椅子上跳了起来。这个信息简直是上天赐给我的。我找到了我需要的工作：西班牙语播音员。这样，我肯定能挣钱养活自己。我在巴黎认识很多人。柯莱米欧在巴黎电台给西班牙语国家的人做讲座，他会帮助我的。

马上行动：第二天，我就坐在一个麦克风前面，说起了西班牙语。我不只是播启事，也介绍歌曲和戏剧表演节目。

我得救了……

---

① 西班牙语：小姐，请购买拉莫雷娜牌香烟。

20. 玫瑰的朋友

托尼奥的经济状况也有了好转。他在荣誉勋团里得到了提升，《人类的大地》的成功让他成了一个知名而令人钦佩的作家。我们没有重新生活在一起，但也没有更加疏远。这就是我们的爱情，我们爱情的宿命。两人都要适应这样的生活。他在乡下帮我租了一所大房子，在"树叶居"。他对自己的新生活很满意，半单身，半已婚。他住单身公寓，我则在乡下。他对我说：

"你很高兴在乡下有这个地方，你在这儿比在沃邦广场好，不是吗？"

他亲自帮我运木炭。他在《不妥协报》挣了一点钱：他说他并不愿意，只是为了我的木炭才给报纸写文章的。

"是为了给您装中央暖气，为了给您买花园的摆设，长条凳、长椅，要不同颜色的，柠檬黄和蓝色。"

他经常来"树叶居"，甚至来得比我希望的还要勤。他来的时候，如果知道我有朋友吃午饭或晚饭，他就到村里的小酒吧，给我写10页、15页的信。一些我以前从来没有收到过的情书。

公园很美，丁香长得到处都是，但我还是觉得孤单。大雨过后春天的花朵，硕果累累的果园，丁香花的芬芳，拉马丁①式的公园非常寂静，这一切都让布满青苔的长椅召唤着情侣。

一个忠实的老小姐处处陪伴着我，有时像个厨娘，有时像安慰我眼泪的小妈妈。我还有一对老花匠儒尔夫妇，但身边少了年轻人。我让裁缝的女儿来"树叶居"住，她是俄罗斯姑娘，很漂亮，在巴黎辛辛苦苦每周只挣50法郎，天天弯腰帮别的女人弄裙子。我出同样的薪水，让她住在我的花园里，侍弄花，整理我的手帕，挑选漂亮裙子和帽子。她叫维拉，不到20岁，很快就成了"树叶居"的年轻姑娘……她喜欢爬树，在暖房里给花换换盆，种点异国的花草，从黑兰花到中国的月季，应有尽有。

维拉开始像爱姐姐一样爱我，尽心照看山羊、鸭子、兔子、驴，甚至那头胖嘟嘟的奶牛。过一阵

---

① 拉马丁（1790～1869）：法国诗人和政治家，以抒情诗闻名。——译注

子，这头奶牛就该为我们提供牛奶了。她焦急地等着它分娩，她给它取名叫娜塔莎。

她问起我童年的事，我总是含含糊糊，因为她以为我一直都住在"树叶居"。我让她自己去猜想。她的穿着很奇怪，一会儿是俄罗斯溜冰女郎，一会儿是切尔克斯姑娘，一会儿又是印度女子……

一天，她香槟酒喝得比往常多了一点，因为那天是她的生日。她一个劲儿地问我：

"为什么您丈夫不来看您？而您也不去巴黎看他？"

这是个严肃的问题，一个连我自己都不知道该如何解答的问题。我和丈夫说好他住巴黎，我住这里。答案不是让人开心的那种，我可能有欠思考就回答维拉说：

"维拉，我没想过这个问题。我哪天可以去看他……"

"我们一起去他家，"她大声地说，"我想看看他的公寓，看看他是怎样生活的，他有怎样的家具，住在哪个街区。看看他的佣人。"

我们的对话被托尼奥的突然出现打断了，他是和一个朋友骑摩托来的。他习惯了当不速之客，因为他知道我的厨娘脾气好。维拉和我很高兴，招待他吃午饭，哪怕我们已经快吃完。

那天，我们的桌子上放满了勿忘我。维拉一定要在她的生日桌上铺满蓝色的鲜花。上面有我和她的名字，是用深紫色的花勾勒出来的，中间心形的装饰上摆了一架金属小飞机。

托尼奥看见我们惊叫了起来：

"天哪，你们真美！"

他的朋友已走到饭厅门口，我不知道出于什么原因，托尼奥不让他朋友分享我们午餐的亲密，突然跟他道别：

"很抱歉，老兄，我妻子已经吃完午饭了，谢谢你的摩托。我下午留在这里。"

他的样子有点像阿拉伯贵族，黑色的眼睛里闪着奇特的光芒，让我们发抖。

我没问他为什么支走他的朋友。或许他希望这个勿忘我的节日只让他一人享受。他坐在桌边，好像他周围散发芬芳的东西都归他所有。

"我的孩子们，你们吃花，"他说，"花很美味！"

"是维拉为她 20 岁生日准备的桌子。只有我们两个，你知道，我今晚要工作。欢迎你来参加她的生日庆典。维拉正和我说起你呢：她想知道你在巴黎的公寓是什么样的。"

他的脸色一下子严峻起来。他垂下眼，右手取下紫罗兰放在碟子里，给米饭增添香味。儒尔进来送生日礼物给维拉，是只小乌龟；他妻子和他花了几天时间才把乌龟壳涂成银色。维拉金色的名字写在小乌龟银色的背上。他把乌龟放在一个大贝壳里。托尼奥负责上酒，我们醉得越来越厉害，看到我身材高大的丈夫树一样的身子在饭厅里来来去去，跳着征服者的舞蹈……

"你们在这儿很幸福，龚苏萝。这个房间的光线很好。透过这扇窗户看草地，这些颜色，就像一个梦，你们两个在这里就像迷人的童话中的公主。"

"为什么您不来和我们一起住呢？"维拉问，"我们有很多房间，您一定能找到一间合您口味的。您的餐桌每天都将鲜花簇拥，我担保。"

"谢谢，维拉，我们到小亭子里喝咖啡吧！"

"可儒尔太太在这里等我们呢！"我说，"她为我们准备咖啡，并要送维拉一个特别的蛋糕。"

但我们还是一边穿过丁香花盛开的小径，一边摘着樱桃，整把整把地把它们往嘴里送。白色的花瓣不时地落在头发上面，维拉和托尼奥贴在一棵老樱桃树的树干上。他们四目相对，好像一见钟情的年轻动物，希望马上证明彼此的爱……我让他们互换充满欲望的眼神，理智地对自己说，在穆斯林的后宫，苏丹周围全是女人。现在轮到维拉了。

在儒尔太太的蛋糕面前，我们乖得就像在上宗教课。这个自动送上来的半裸年轻女人表现出来的欲望让托尼奥感到有些尴尬。她腼腆地碰着他的手，好像在碰一朵稀有花卉的枝叶。儒尔太太很惊讶，年迈的女花匠知道这意味着什么。他既不吃蛋糕也不喝咖啡。我呢，我为老太太感到难过，她担心我，看着我的时候洒下了几滴慈母般的眼泪。

我大声说：

"托尼奥，您为什么不吃蛋糕？喝您的热咖啡。如果维拉摸您的手，这很好，但别让儒尔太太和我难过。开心些，我不想让您不高兴。尝尝蛋糕吧，喝咖啡，很不错的。"

两个"孩子"醒过神来，托尼奥喃喃地对我说：

"是的，对不起，我的妻子。"

他推开维拉的手，开始吃女园丁的蛋糕……

自从20岁生日那天以后，维拉就很忧郁，我觉得她爱上了托尼奥。他来'树叶居'来得少了。维拉是我唯一的朋友，我唯一的伙伴，对他来说，她只是一个他想暂时玩玩的孩子。他不想毁了这份我那么艰难才在"树叶居"的诗意中建立起来的和睦和平衡。

几个星期过去了。一天，托尼奥病倒了。发烧、昏沉。好几天，医生都很担心，因为高烧到41度。他通知我说这很危险，甚至会危及生命，托尼奥的心脏受过几次飞行事故的影响，如果高烧不退，他的心脏将承受不了。

维拉每过一刻钟就打一个电话询问消息。我丈夫粗暴地回答她说：

"我要跟我妻子说话。"

"为什么我们不去看他呢？"最后维拉建议我，"他真的病得很重。"

她一直很想看看他的公寓。没有什么人比一个相思中的年轻姑娘更好奇、更固执的了。我无力地回答她：

"好吧，维拉，您说得对。我该到他的单身公寓里去照顾他。"

"我们把他带到'树叶居'，在这里照顾他。不管怎么说，他是您丈夫，您有权也应该照顾他。"

　　她还年轻，根本不知道丈夫变得不忠而且不再爱妻子后，夫妻间的矛盾、裂痕和冷战。维拉带着少女的无忧无虑，准备了一大束盛开的山楂花，好不容易才放进汽车后备厢，外带一篮子新鲜水果。我们去托尼奥家看他。

　　维拉穿了一身俄罗斯乡下女子的衣服，好不容易才走进托尼奥在奥特耶家的电梯。头一次按响丈夫家门铃的时候，我以为自己要死了。因为手中拿的野玫瑰的香气，维拉打了个喷嚏。一个女佣人过来给我们开门。巨大的花束先进了房间，山楂的枝条妨碍她走进小走廊。

　　"在这里。"她边说边用她那束花推开一扇半开着的门，可以听到里面的说话声。

　　一扇门猛地关上了，我看见躲在浴室里的女人露出来的一角绿色裙裾。我丈夫红着脸，愤怒地叫起来：

　　"龚苏萝，我的妻子，谁要您来这里的？回去，这里不是您来的地方！"

　　那角绿色的裙裾动了一下。完全就是一出悲喜剧，甚至小丑用哑剧就能表演。维拉把花放在地上，脸色苍白，看到浴室藏了个女人，她又恼又局促，要不是我拉住她，她也会找个地方躲起来的。托尼奥叫道：

"走吧，走吧！我不想有人来看我。"

我轻轻地抓住他的手腕，他随便我弄，对我说：

"我想死，我不喜欢复杂，我的妻子，走吧，求您了……"

他指了指像一面旗帜一样抖动的绿裙子。

"我为你担心，其他的都不重要。我只想到你的身体，别激动，放心，我们这就走。我是来照顾你的，因为你病得很重。这是我第一次来你这里，却被下逐客令。可你烧得很厉害，不知道自己在做什么……"

"我从来没有这样对你叫喊、赶你走！"

我们两人都哭着，维拉看着我们，抽泣着。

"您是个恶魔！"她叫道，"您要知道我费了多大的劲才扎了这一大束花。一直送到您这里。是我建议您夫人来的。"

我把她推到外面，我想，维拉明白了，光凭长得漂亮是无法走进并停留在一个男人的生活中的。

这次意外遭遇后的第二天，丈夫打电话给我，抱怨说几晚没睡着觉了，但"树叶居"的鲜花和水果给他带去了整个春天，他的烧退了些，他恳求我到他床边喝一杯茶，不要带维拉。

我们的会面很短暂。我不想多待，害怕再碰上前天的遭遇。他的女佣人把我从头到脚打量了一番。茶很差劲，但我还是喝了，为了不失礼。我丈夫把茶壶打翻在我的衣服上，要我到浴室把裙子擦一擦，但我拒绝走进昨天藏过穿鲜绿裙子女人的房间！

星期天，他带着狗来看我，我晚上无论刮风下雨都要去工作，便问他我们是否一起走。

"如果您允许，我想待在'树叶居'。我想一个人待着。我需要宁静，想想我们俩的事情。把您的管家也叫走，我不需要别人帮忙……"

我回来的时候，他睡在我的床上，跟以前一样。我很惊讶，但没有表现出来。我跟他讲我的广播节目。保险起见，我打算睡在维拉的房间里。

第二天，我丈夫说他躺在床上动不了，起不了身，要找个男人，比如花匠，来帮他站起来。维拉在我耳边轻轻地说，如果佣人知道他在我的房间过夜，我就不能再想离婚了。

因为离婚这个念头开始在我的脑海里翻腾。托尼奥也知道这点，他承认他就是故意要找个证人，好阻止可能发生的离婚，因为他的的确确在我的房子里睡过！

这一小插曲过后，托尼奥让我的园丁帮他从花园里找一张黄色的长椅摆在窗前。我笑了，因为房间里有几张舒适的扶手椅，但他一定要一张花园里的长椅。于是儒尔和他的妻子搬了一张进来。托尼奥对他们说，这个房间是他的，一定不让别人坐这张椅子，说那是"圣埃克苏佩里的椅子"。

白天，他在鸡窝边转转，在菜园散散步，和儒尔谈谈西红柿。晚上，他走了，带了鸡蛋、水果和鲜花。

那时候，我有时要在广播里采访一些名人。我的系列节目是从采访我的朋友莱昂－保尔·法尔格开始的。接着我要采访……圣埃克苏佩里！

他答复巴黎电台说，他做一次节目的报酬是3000法郎，还说他的西班牙语说得不怎么样，但能说几句。

我被告知我的特邀嘉宾到了。我在播音室的红灯点亮前1分钟让我丈夫进来。他认出我，大声地叫道：

"你在这里做什么？"

"安静，先生，再过1分钟，全世界将听到我们的声音。这是用两种语言写的问题，我精心准备的。慢慢地念，我提问，您回答。"

"可您让我回答什么？"

"安静。您是怎样学习西班牙语的？"

"在布宜诺斯艾利斯，和我的飞行员一起。"

他不停地讲话，一股脑念了纸上写的提问和回答。之后，我拿走麦克风，用西班牙语说："刚才你们听到的是著名飞行员作家，我的朋友，安托万·德·圣埃克苏佩里。他穿着浅灰色的服装，对自己说西班牙语感触颇多。他为自己浓重的口音抱歉，但那是法国人和西班牙人各自的发音习惯，一个不能改变的习惯。西班牙人总是把小舌音 r 发成大舌音，而法国人永远都发不出 j 的音。圣埃克苏佩里先生还要再用西班牙语跟我们道别！"

他痴痴地看着我，发着呆。

"晚安……"

"现在，下一个……"

秘书把托尼奥推了出去，阿涅斯·卡普里走进来开始唱歌。

托尼奥晚上到我办公室来找我：

"我找圣埃克苏佩里夫人。"他对一个女秘书说。

"我们这里没有这样一位夫人。"

"有的，她说西班牙语……"

"哦不，先生，主持西班牙语节目的是龚苏

萝·卡利洛夫人。"

"谢谢，是同一个人。她在哪儿？"

"她很快就要出来了。今天是她生日，我们要到她乡下的家里去。您可能知道，她丈夫是个大飞行员，但她一个人住在乡下。在加尔西，一幢叫'树叶居'的房子。今晚我们大家都去。"

"但她现在在哪儿？"

"她来了。卡利洛夫人，卡利洛夫人，有人找您。"

"谢谢。"

她转身对托尼奥说：

"跟我们一块儿坐卡车去吧！我们有二十几个人。我们要到'树叶居'去喝乔迁酒。"

他去了，但没有人知道这位先生是我丈夫……

聚会的时候，大家跟他说了一件我遇到的美好的故事。我从巴黎到"树叶居"路上发生的采玫瑰花的故事。

"卡利洛夫人每天晚上工作完了都要走这条路，"一个同桌吃饭的人讲给他听，"她之前也认识那些种玫瑰花的人。一个霜冻的晚上，卡利洛夫人看到她种植玫瑰花的朋友都愁眉苦脸，因为霜冻眼看就要毁了玫瑰。当天夜里，她让人取了几十条绣了皇冠的亚麻毯子，据说这些毯子都是她丈夫的遗产。她丈夫是个贵族，我想是伯爵，反正是出身大户人家。您能想象吗，雪白的毯子盖在地上？深夜，她燃起了玫瑰花种植者心中的希望。他们重新开始工作，她也参加进去，和他们一起，搭了一个雪白的大帐篷，以挽救玫瑰。第二天，我们大家都去帮忙。先生，我们每人都带一块包装布、旧报纸什么的，'帐篷'下简直是个大集市。我们趴着走，点了小火，先生，那是真正的奇迹，玫瑰的收成保住了。应该说老天也帮了忙。寒流减弱了，玫瑰活了下来。当然那些毯子都成了破布，但'树叶居'的夫人，我是说卡利洛夫人对玫瑰种植者的关爱，相信我，先生，比一千条绣了皇冠的毯子都美丽。他们也来'树叶居'帮忙弄弄果园、菜园，修剪灯芯草。您知道，先生，都是义务劳动，出于友谊，出于对土地的热爱，这比其他任何东西都珍贵。'树叶居'处处鲜花盛开。如果您感兴趣的话，我可以告诉您精确的数据。果园里收获了800公斤的梨，全在市场上卖了……

"她爱玫瑰，卡利洛夫人，希望挽救它们，她自己就是一株玫瑰。"

21. "我答应您回来……"

　　我每天都坐 45 公里的车去巴黎,途经樊森讷森林,这对我成了一种幸福的习惯。一路都是广袤可口的甜菜和蔬菜地,晚上,这些菜蔬被分送到巴黎集市的商贩手中,但中间差价越来越大,对那些老实的菜农来说,这是件难以接受的事情。我理解也分担他们的担忧。大家谈论起军事总动员。法国很快就要参战了。我们巴黎人要不惜一切代价保卫和平。我们不想听说战争,谁也不想,但战争就在距离我们几百公里的地方……我们唯一的办法就是假装不知道沸沸扬扬的流言,依然生活在和平里,生活在 1940 年春最后的阳光灿烂的日子里。

　　托尼奥总是来"树叶居"吃午饭。午饭是我唯一在家里吃的一顿饭,和我的狗以及好朋友们:园丁和儒尔夫妇。儒尔给我们斟酒,他知道如何小心地斟红酒或香槟酒,一滴都不洒在"树叶居"旧桌子的台布上。我丈夫已经穿上制服,飞行员都参了军,尽管没有飞机，但他们已经准备好立即投入这场像闹剧又像屠宰场的战争中去，因为他们没有任何装备，而要面对的却是一个武装到牙齿的民族……

几个月很快过去。我们避免谈到战争，只说开花的山楂，要装到罐子里去的果酱，或者要将亭子重新漆一漆。

一天，我对托尼奥说，我要把积蓄全部拿出来买谷子，喂养母鸡和其他家畜：

"还要把网球场改造成养鸡场，好扩大养殖，水池则可以用来养鸭。"

我天天下午都用汽车载回我四处购买的大袋大袋的饲料，因为农民们也和我一样行动起来，把他们的东西藏起来。

后来，法国卷进了战争，败得迅如闪电。我在萨尔瓦多的母亲拍电报命令我尽快离开欧洲，像个乖女儿一样回家。

我把电报拿给丈夫看。他第一次像个孩子一样哭着求我留在法国，不管发生什么。我不该抛弃他，如果我离开，他会觉得没了任何保护，会在第一次执行任务的时候就被打下来。他会活不下去的。

我答应会照他说的做，但当时已经不可能每天开车去巴黎电台了，便决定住在首都，以便能继续工作。托尼奥劝我放弃电台的工作，留在"树叶居"，喂养我的兔子，做些果酱。我接受了，因为托尼奥的飞机场离乡下的房子不远，他每星期会回来休息一两天，待在我身边。尽管生活动荡，我们还是在乡下房子的绿叶红花中度过了一些幸福时光。

德国人轰炸了加尔西的小火车站，离我们的屋子只有 1 公里。一辆火车的几节车厢被炸掉，我的厨娘怕得要死，家里的仆人也参了军，只有儒尔夫妇留下来陪我。

一个星期一，我想是 6 月 10 日，我丈夫很激动地回到家里。

"得在 5 分钟后出发。"他对我说。

"去哪儿？"

"无论去哪儿。这不重要，拿一个小行李箱，就放点过夜用的东西。你会很快回家的，我想。但我不想你一个人留在这里。德国人很快就会进巴黎。你已经听见……"

"是的，我听见了，尤其在夜里。有一天，我们看见几架飞机就在我们的丁香树上空交战。"

"快点，你坐标致小汽车走。能带多少汽油就带多少汽油，能走多远走多远，我想最明智的决定就是去波城。"

"去波城？但在那里我什么人也不认识。"

"没关系，你很快会认识其他人的。法国国库的黄金都用装甲车运到波城去了，你跟着其中的一辆，别跟丢了，因为德国人永远都不会轰炸法国的黄金。他们得到消息，知道金子要被运到一个安全的地方，这样签订协议后就能知道在哪里找到它们。好好地看管这些金子也是他们的利益所在。"

我于是开车走了，浑身颤抖，又冷又怕。

"求你别哭了，"他重复道，"你以后有的是时间哭的。如果你想得到我的消息，你就到自由区去。如果你留在巴黎，你什么消息也收不到，包括我的死讯。"

我不知道自己是如何鼓起勇气、本能地听从了他的意见的。我像梦游一样，去了波城。

我闭着眼离开他，以便更好地记住他的脸、他的味道、他的身体。我们朝相反的方向行驶。格雷哥，我们最心爱的小狗跟在我的汽车后面跑了几公里，又渴又累，最后放弃了，很快也在我的视野里消失了。

　　我到了巴黎，不先到我常去的咖啡馆的露天座最后待一会儿不能继续上路。在双叟咖啡馆，和往常一样，所有的桌子都有人坐了，大家都谈论着离开巴黎。撤退，从巴黎撤退，这就是命令。

　　一股闷气从我心底升了上来。为什么要逃？为什么要把自己的房子让给敌人？为什么不面对他们？哪怕只正视他们一眼？啊！我觉得这个命令不怎么明智。但就我的情况，那就不同了。如果我想接到有关心爱的人的消息，我只能去波城，我不能不知道他在这场混战中的情况，不能不知道他的部队驻扎在什么地方。

　　我在 1 分钟里就失去了房子、丈夫，和这个收容我、让我热爱、让我尊敬的家园。我的嘴里好像只有灰烬的味道，甚至酒精也无法平息我感受到的失败的耻辱。这是我第一次逃跑，一种奇特的感觉。我们逃避敌人，四处乱跑，备感处境危险。4000 万接到遣散命令的法国人惊恐万状，被迫离开他们的房子、他们心爱的村庄，像筋疲力尽的野兽团团转，也许他们的活力、他们的抵抗离他们而去了。这种恐慌也深深地影响了我。

　　我于是到了波城。为了收到一封我爱的人的信。

我宁愿随处停下，当着一个德国人的面笑，他会让我靠在一棵树上，然后开枪打死我。我在这群可怜的法国人身上感到的只有恐惧，他们从前是战胜者，今天却像一群失去牧羊人的绵羊，在大街上听天由命，没有星星为他们引路。

我不能想象，德国人混乱中朝无边无际的人流扔炸弹。人群在法国的乡村和道路上四散，每个人都以为自己要去什么地方，但只要多想一想，就会随便在哪儿停下来，因为几百万的人不可能一起到别的地方去吃、去住。可他们继续互相拥挤着，好像被带到屠宰场的牲口。到处都是在飞机的炸弹、机关枪的扫荡下呻吟的人群。只有押送黄金的装甲车幸免于难……托尼奥说得对……

我成功地插在两辆装甲车中间。夜里，我们接到命令，要躺在汽车下面，熄灭已经漆成蓝色或灰色的车灯，让人在一米外都看不见……

我们习惯了在黑暗中看东西。逃跑持续了5天，当我能够去邮局的时候，我要求给我丈夫发封电报。我被询问了很久，出示了证件，填了好几张表格，重复并写了好几次我丈夫的名字，还有他在法国军队中的军衔后，我终于被允许给他发一份电报，但丝毫不能保证他能收到。但我抓住了这个小小的机会，我需要在一张表格上写上他的名字，与其说是用墨水，不如说是用我的泪水。之后，我在一个村子里歇脚，想给他写封信。

我终于到了波城。我落脚的地方安排好了。有人在等我。第二天，我去了邮局。我做的事就像在完成一项宗教义务：我每天都到邮局去等托尼奥的消息。既然上天让我长长的一路从"树叶居"到波城，上天也应该给我一个消息。上百人在邮局等着，和我一样，希望能收到一封信件。在这妻离子散的人群里，大家相互认识了。但谈论自己的逃跑、失败并不光彩，泪水汪汪，抱有一丝希望，到柜台前问有没有信，它将重新把你和心爱的亲人联系起来。

我模糊地记得，托尼奥在我们分开之前说的几句话，仿佛是溺水者的喊声："法兰西银行的经理波司先生是我的一个朋友，记住这个名字，波司，发音和波城差不多。如果您把钱弄丢了，就到银行的营业柜台找他，让他帮忙。他认识我们，肯定会帮您的。"我跑到波司先生的银行，对着窗口喊："波司先生，波司先生，波司先生！"一个职员问我想干什么。

"我只想见见波司先生，我是圣埃克苏佩里伯爵夫人。"

"他在开会，夫人。他让我帮您，他接到过您丈夫的信。您想要什么？您想干什么？"

"一个房间，因为我找不到房间。我不能老是待在留宿我的人家里，我已经试过了所有的旅店。"

他让一个职员陪我去复折屋顶，在顶楼。政府征用了一些私人的房间，谈不上舒适，冷冰冰，没有自来水。我很高兴在当地一个女人家里找到了一张床，她让我和一个士兵、一个老妇人同住一个房间。

住在顶楼很辛苦，但更难受的还是等待到北非作战的托尼奥的消息。我不知道要向哪个圣人祈祷才能得到他的消息。我从焦虑变成忍耐，靠耐心来忍受这一考验。

一天，和别的日子一样，在邮局，我在几百个从早上7点就来柜台前等信的人群中等候。认识我的职员有时跟我做个手势，示意我什么都没有。但这一天，我听到他的声音："一封给圣埃克苏佩里夫人的信。"我快乐得就好像看到一颗流星停在半空中。在那些孤独、倦怠地每天等着信件的脸中间，太阳只照亮了我一个人。

一个老妇人抓住我的手臂，还没轮到我，我就去拿信。周围的眼睛都盯在我的衣服、脚和脸上。他们的愿望强烈得让我晕倒在邮局的大理石地面上。人们很快跑过来扶起我，但事实上，每个人都想好歹看一眼我紧紧按在胸前、似乎怕别人抢走的信上的字。

那个领我到柜台的老妇人帮我下了台阶，陪我到附近的一个咖啡馆。她正了正眼镜，建议我保持平静，想好了再把信拆开。

"我将跟您一起去教堂感谢上天。现在，看您的信吧，我的孩子。"她补充了一句，很让人感动。

我认出了托尼奥的笔迹，但我一点也不能看清楚字。我不会认字了，我看不见了，眼前跳动着各种颜色的光芒，泪水怎么也止不住。老妇人拿过信，告诉我说，他顺利地到了非洲，这封信是唯一飞法国的邮航寄来的；说这是最后一架来往法国和非洲的军机。"我答应告诉您关于我的消息。"他说，并允诺说他会回来，从此再也不离开我。

晚上，我们在教堂坐到很晚，这是唯一能让人休憩的地方，因为城里的人口比往常多了10倍。老妇人离开我之后，我心想，为什么没有问她的名字和地址。太迟了，她已经消失在人流中。

我一个人笑着，念叨着托尼奥的名字，抚摸着信，好像抚摸我的孩子。我决定挑个好餐厅正儿八经地吃上一顿。我充满了勇气。自从离开我借住的那户人家，我就没有机会坐到餐桌前，因为餐厅尽管翻三次台，也不会让一个人单独占一张桌子。但我决定了，今晚，要坐在一张铺了白色台布的桌前品尝让我乖乖等丈夫的饭菜。

他会回到我身边的……他会回到我身边的……他跟我说他再也不离开我了。上帝眷顾着我。我的爱没有白费，我感到了上天的恩惠，想公开表达我对上帝的感激。我很难克制自己的快乐，在波城主街的人行道上摇摇晃晃地走着。蓝色的光线——很微弱，因为实行灯光管制——告诉我那是一家餐厅。

饭店里攒动着一大群饥饿的人头。我进了酒吧。厨房的油烟、光线和味道还有那些人都让我恶心，但我已经饿了几天，每天只吃从农民那里买的干面包和奶酪，甚至连一杯清凉的水都没喝上……

穿着灰色衣服、系着五颜六色领带的一个中年人狡黠地问我是不是一个人。我回答他：

"坐在吧台的那位，您能给我要一杯波尔图葡萄酒吗？双份。钱我来付。"

他笑了，要了一杯双份波尔图，对我说：

"我请您，小姐。我就一个人，两个人比较容易要到桌子。我是波城人，认识饭店的老板，他会给我们一张第二轮的桌子。过来坐在我靠吧台的圆凳上。"

他比朋友还要亲密地揽住我的腰，把我扶到圆凳上。我开始品我的波尔图，想着保护我丈夫的非洲天空，忘了刚才那么亲昵地碰过我光手臂的灰色衣服先生。他坚持要我再喝一杯波尔图。我接受了，我们继续喝。我听他跟我说他卖旧领带发了财，和平时期，他店里的领带一条也卖不出去，现在生意却好得很……

我很幸福，所以没有对他的亲密行为感到震惊。离开巴黎到现在，这是我能好好坐下来吃晚餐的第一个餐厅。应该重新开始生活。我看了看四周的人头。或许在这些客人中会出现一张熟悉的脸庞？人头在我眼前经过，但没有一个是我认识的。我的肩膀软下来。我趴在吧台上，每隔一刻钟就再要一杯波尔图。我胸前压着的那封信是我的护身符，所以我什么都不怕。

一双有力、健壮的手臂抓住了我，我听到一声惊叫：

"龚苏萝，龚苏萝，是你吗？过来和我们一起。"

"龚苏萝，你什么时候到这里的？"另一个声音问。

我很快就坐在一块我梦想的白色台布面前，被托尼奥的三个老战友包围着，三个在战争中冒过生命危险的士兵。一个上尉，两个指挥官，三人都负了伤，两个在腿上，一个在手臂上。他们都缠了绷带，挂着拐杖，因此要到了最好的服务和最好的饭菜。我意识到自己没作解释就抛弃了那个穿灰色衣服的老先生。三个男人都不知道巴黎大撤退后他们的妻子怎么样了。什么音信都没有，他们必须待在医院里治疗他们的伤口。他们一开始在比亚里茨①，后来德国人占领了城市，他们就坐上一辆老卡车逃往波城，开车的是一个被他们叫作"比亚里茨圣女"的女护士。

感谢上苍为我送来了真正的朋友。谈到溃败，

①法国西南部的城市。——译注

我们都哭了，吃到最后的时候，三个人一起对我说：

"你来和我们一起住。我们在一个小旅店有房间。我们有五个人，加上你就是六个。女人睡床上，男人睡地上。"

我跟着他们，就像动物终于找到了一个庇护所。我们要经过一个院子，因为房间在顶楼，没有毯子，没有自来水：是佣人的房间。

从激动中恢复过来后，我建议他们说：

"我带你们到我波城附近乡下的房子。"

"什么，你在波城附近有房子？一幢真正的房子？在乡下，这太美了，你开玩笑吧？"

"不，一点也不。我今天接到了丈夫给我的第一个消息。我穿过大街小巷，一直走到我放汽车的谷仓去藏好我的财富，我的信。想不到我居然还有10公升汽油。我的汽车很小，10升汽油就能跑上几百公里。我于是朝乡下开去，在一个山顶，住着我认识的一家希腊人。他们的女佣人建议：'您为什么不在乡下住呢？'我在乡下没有房子。她想她父母可以把农场的'拿波里城堡'租给我，那是一座古老的大房子，周围有水井和无花果树，井水可以饮用。我去了她父亲家，每月1000法郎，我租下了这所房子，好让托尼奥回来后有个休息的地方。我明天就把你们大家都带到那里去。"

"不要明天，马上就去！我们在地上睡够了。"朋友们叫道。

他们像一支步兵小分队，卷起铺盖，上了我的汽车。作为受伤军人，他们有权领到一点汽油。我们涌进了"拿波里"，每人都迅速选了一个房间，在这个大农场，大家庭的生活组织起来了。时不时从那些离开非洲军队、到英国继续战斗的士兵那里传来一些新的消息。

我到邮局等待的时间减少了，因为军人有优先权，但我再也没有托尼奥的新消息。

在咖啡馆里，我们从一个飞行员那里得知，他已经回到了法国。我想从那天开始，我就像聋了一样。为什么他没有通知我？这不可能。我曾经收到过一封信，给我的信，他的最后的情书。忠诚的信。他在信中向我发誓他要活着回来，再也不离开我……

我和我的军人朋友们度过了平静的3个月。他们中的一个理解我的忧愁，眼中也噙满了泪水。那个好心的上尉不知道给我造成了痛苦，因为他引发了一场地震，让我的泪水流个不止。指挥官问他关于我丈夫退役的事，他什么都说了，还补充说，他好像听我丈夫说过要到瓦尔河的阿盖和家人团聚。

我绝望了，几乎站不起身，又是发烧又是焦虑，腿抖得像躺在田野里等死的野兽，只有死亡才能让我摆脱这种等待的热望。

几天后，我收到我丈夫的一封电报，跟我约好在波城的中心大酒店见面。当我收到这封电报的时候，所有朋友都窥探着我的每一个举动。我的约会也是他们的约会，他们都坐在农场的厨房里，求我和托尼奥一起尽快回来。

在拿波里农场，连一面镜子都没有，我不能照镜子。他们就做我的镜子，给我可怜的打扮提一点建议，我的东西全在巴黎溃退时丢失了。女人们有的借我一条手绢，有的借我一把梳子、一个胸针，甚至一条珍珠项链。

当我到中心大酒店的时候，人们让我按我丈夫的意思到70号房间去。一个仆人等着我，并送我到门口。我轻轻地敲了敲门。一个沙哑的声音喊道："进来。"仆人吓了一跳，踮着脚尖跑了，重复说：

"进去，进去！"

我怎么都无法将门把拧到正确的方向。托尼奥的声音又响了起来：

"我躺在床上，把门把往右拧，进来吧！"

他的确躺着。

"我关了灯，几乎要睡着了。如果你愿意，可以点亮门左边的灯。"

"不用，"我回答，"我不需要光亮。"

自从"树叶居"一别，我再也没见过他。他躺在床上，脸色苍白，埋在枕头里，眼睛半开。

我想吻他，想把他抱在怀里，想告诉他我所有的等待，所有的爱……他闭上眼睛，喃喃地说：

"我多想睡上一觉。"

于是我慢慢地脱了衣服。他突然坐了起来，制止我，用沙哑的声音说：

"不要，没有必要。凌晨 1 点了，我 3 点起床。去坐火车。我要回阿盖，所以，亲爱的……"

"所以我几乎没有时间到拿波里去取我的行李？"我天真地问他。

"不，之后我还要去维希。下次回来，我们可以有更多的时间见面。最明智的办法，就是现在回到你的朋友那儿去。"

我弱弱地跟他解释说，这个时候没有出租车，而且在田里要走半个小时，路上是黑漆漆的一片。

"听我说，"他用严肃的口气对我说，"我真的建议您回去。"

我的心一紧，所有的热情都蓦然化成了灰烬。我什么都没有了。我闭上眼睛，不知道要不要喊叫，要不要哭泣。我的手提包里还放着他最后的情书，他在信中说他再也不离开我……我拿出信，又看了一遍，把它摆在他的枕头上。他看着它，没有任何表示，任我离开房间，在漆黑的夜里回拿波里堡……

我的朋友们依然围坐在壁炉边，我回来了，像挨了打的女人，脸上没有泪水，也没有希望，如同一个头部抽搐的人，不停地摇头说不不不不，我心中有什么被摧毁了，破碎了。

我又见到了托尼奥。真的见到他了？这不可能。"不，不。"我的头左右摇得跟拨浪鼓似的。我走到火边，甚至不看朋友们的脸。看到我浑身发抖，他们都担心极了。

不久，我低声地说：

"不，不。"

“什么？什么不？告诉我们，龚苏萝，发生了什么？你丈夫呢？你见到他了？”

“没有，有，没有，没有。”

“你疯了吗？”指挥官坚持说，“你让我们害怕了，给我们解释，说说。”

“我没什么可解释的。我不知道，我只见了他几分钟。他跟我说他想睡了，我该回去睡觉，说他将来有一天会再来看我。我甚至都没有伸手给他，他也没有伸手给我。”

说完这句话，我终于在指挥官的怀里哭了出来。

“好了，好了，当作你压根没见到他。喝了这杯威士忌。”

这瓶酒是我跟瓜达里讷侯爵讨来给托尼奥的。指挥官找到了它，尽管我之前写了“给托尼奥”的标签，并把它藏了起来。

他找到后便把它倒给大家喝。但这样很好。我控制不了自己的情绪，开始大笑起来。女人们无法安慰我，也狂笑起来。大家拨旺火，夜深了，带着荣誉勋章的上尉还在唱：“复活节或三一节的时候，他会再回来！”

我坐在椅子上没动，比利牛斯山脉的阳光照在我身上的时候，我还坐在壁炉前试着去理解人类心灵的痛楚。指挥官守着我，时不时在火中加一块木头，拨一拨灰，有时默默地摸摸我的头发。早上，他让我喝了一杯咖啡。我喉咙干干的，我喜欢牛奶咖啡的味道。我看着他男子汉的脸，觉得他又英俊又善良。他把热气腾腾的白搪瓷杯子递给我，慢慢地扶我站起来，对我说：

"如果你爱我，就吻我，我们结婚，我永远都不离开你。"

中午，我在河边醒来。指挥官俯在我的脸上，用一根小树枝挠着我的额头。

"你睡得像个孩子，看！我在你睡着的时候钓到的。"

在我脚边的一个小水池里跳着许多小龙虾。

"来，我们把它们煮了。捡几块石头，点上火，我们可以美餐一顿。"

他朝房子走去，把我背在背上，突然被我的虚弱、我的疯狂感动了，被让我心碎的疯狂爱情震动了。他想拯救我。我问他，我是怎么到田野去的，我什么都不记得了。他告诉我是他抱我来的，我睡着了。之前他帮我洗了脸，让我喝了点凉水，给我唱歌，直到我静静地入眠。在等我醒来的时候，他光着脚，抓了不少小龙虾。

醒过神后，我在草地上找野花，扎成小小的一束。我找到一株有四片叶子的三叶草，我们各自拿了一片叶子，我想起他当时给我的忠告："永远不要往后看，记住，在最美妙的神话中，往后看的人都会变成石头或盐。"

他吹着一支进行曲，带我去了更绿的地方，向森林走去。

后来有一天，我收到了丈夫的一封信，请我到波城午餐。我把信给指挥官看了。

"你真的要去？"他问我。

我长长地叹了口气。

"我想你的痛苦还没结束，"他叹了口气说，"走吧，我开车送你到村里，等着接你回来。"

我丈夫和我像过去那样面对面坐着，好像什么都没有发生过，交换着老夫老妻常说的话：家里怎么样？火车上人多不多？天真热。天空阴晴不定的，好像要下雨。你饿了吗？建议你吃点米饭。现在很难吃得到……

他注意到我脖子的挂链上有四片叶子的三叶草。他对挂链的兴趣比对我整个人还要大，灵巧的手一下子就打开挂链上的盒子，惊讶地问：

"是个甜蜜的纪念？"他问我，笑得有点忧郁。

"不只是纪念。"我严肃地回答。

"我能知道吗？"

"是的，我正要告诉你，我订婚了。"

"和三叶草？"他讽刺道。

"和给我三叶草的那位先生。"

"什么时候？"他继续问，少了一点讽刺。

"就在那晚，你让我回去睡觉之后。"

"但我跟你说过了，龚苏萝……我的妻子……我会回来看你的。我现在来了。"

"太迟了，太迟了。已经和我们的一个朋友订婚了。对我们来说，这样可能更好，因为你更愿意离我远远的，而不是待在我身边。"

"是您这么说的。"

"我什么都不说，也不想争辩，我想有个伴。不想一个人独自待着。原谅我，很晚了，有人等我。"

"我来了，因为我在阿尔及利亚收到一封信，您在信中许诺说，只要我从战场上回来，您就去卢尔德。

现在我平安回来了，在您身边，您该履行您的许诺了。我知道您是认真的，我们有的是时间，相信我。我们离卢尔德只有 1 小时的车程，您今晚肯定能回来。"

"是的，我记起来了。那是我和难民一起从巴黎逃亡出来的某一天，是我很绝望的时候写的。我在弥漫着敌人气味、充满不幸的天空下跪下来，喊道：'主啊，主啊，让我丈夫平安回到这片土地。我答应你，他一回来我就拉着他的手，带他到卢尔德谦卑地感谢你……'"

于是我和托尼奥一起到了卢尔德，牵着他的手，以履行我天主教的承诺。

他很认真，我们相互用卢尔德纯净的泉水洗了礼。我丈夫开始笑了起来，宣布说：

"好了，现在您不亏欠上天了，但我想请您和我吃最后一顿晚餐。我想我们彼此都有很多事情要说。"

"不，托尼奥，我没什么要说给您听的。"

他还在笑，拉着我的手，一直到大使旅馆，保证在那里会给我们上优质的波尔图。店主是个上尉。

好像有人在等我们似的，我们一到，就被带进一个包间。托尼奥说进包间是为了能更好地吃饭饮酒。很幸运能躲在一个包间里享受，法国已经开始物资匮乏了……

他愉快地跟我讲卢尔德的奇迹，于是我听到了关于奇迹这个词和奇迹效应的长篇大论。波尔图很醇，我感到生活得到了抚慰。我很高兴又看到他的善良、聪明、温柔，像我刚认识他的时候那样。我们两个人谁都没有错。那个晚上，我们好像又回到了初次认识的时光。我很开心，真心感谢他这次神奇的旅行，它向我证明，我并没有看错他高贵的心灵，和个性中的诚实。

酒后是丰盛的晚餐。一切都是香喷喷的，老板也过来和我们一起。电灯亮起来的时候，我才意识到时间的流逝，发现自己不在波城，而指挥官还在等我。丈夫在我额头的皱纹里读出了我突然的不安。

"要给他打电话吗？不劳您驾，我去打。告诉我号码，我会跟他解释我们来这儿做什么。"

他很快朝电话的方向走去，消失了。我等了几乎有1个小时。老板给我倒黄香李酒，一杯接一杯，非常美味……

托尼奥终于再度出现，用遗憾的口吻向我宣布：

"指挥官让我告诉您，他不再等您了，他生气了。听我说，"他笑着补充了一句，"龚苏萝，您愿意和我订婚吗？"

听到指挥官冷酷的回答后，利口酒便在我嘴里变得苦涩了。因为一次小小的卢尔德之行，他居然就此打发我见鬼去了。

"别生气，男人都一个样，"托尼奥依然笑着对我说，"宽容些，跟我订婚吧，就用同一张三叶草。"

他取下我脖子上的挂链，我一个字也说不出来。不久，我就和他到了大使旅馆的一个豪华套房里，不仅重新订了婚，而且再次嫁给了我丈夫……

早上，托尼奥让我喝他手中端着的冒热气的牛奶咖啡，在我耳边呢喃道：

"我的龚苏萝，求您原谅我给你造成的所有痛苦，还有我将给你带来的痛苦……昨天我根本没有给指挥官打过电话！"

我手中的牛奶咖啡杯摔到地上。

我们在旅馆又过了一夜。我丈夫是一只真正的飞鸟。翌日，他就对我说：

"亲爱的妻子，我要离开您了，很可能会很久。我被派到法国以外执行任务，您又要一个人等待了……"

22. "做飞行员的妻子……"

我当时隐居在迪奥勒菲①的村庄。那是一个隐居的理想所在，树木让我们沉浸在和平和希望之中。果实开始成熟，我们呼吸着收获的味道。想到被我抛弃的加尔西的果园，我不禁哭了。现在，它该结满梨子和红苹果了。谁会吃我的水果？我感觉心中忽然涨满了对自然的爱，问自己何时才能回到苹果树温柔的树荫底下。

我越来越感到孤独。我徒劳地对自己说，上帝已经给予我们全部的大地，我们要明智。我努力让自己相信，相信，直到死。我觉得必须进行抵抗：它不知不觉地在我身上渐渐渗透。

晚上，我出去散步，走在丰饶的土地上。我想象托尼奥会突然出现在我身边，但我在路上什么都碰不到，只有空虚。我们隔了千山万水，只有在梦中我

---

① 法国南部城市名。——译注

才能飞越距离。

在马赛溃退中我曾遇到一个建筑师朋友贝尔纳·采弗斯，他提议，我们要让石头砌的古老村庄重新复活，邀请艺术家来这里住，用这种方式来抵抗失败，用文明来洗刷耻辱。就这样，我出发去了奥贝德。

奥贝德，沃克吕兹省①的一个小镇，有中世纪的房子，弃置或颓毁了，还有图卢兹的公爵莱蒙六世修建的城堡。我们在那里组织了一个小小的艺术家团体，从事艺术活动。我决定叫自己"多洛雷斯"。

友爱的、修道院式的或者说社会主义古老的乌托邦式的团体在我的身上生根。已经去过那里的朋友们说服我："很美妙，我向你保证，他们在花园劳作，建造房子，捕猎野猪，挖井。他们在生活，正是！想想吧，他们完全是自由的。"

我于是在严冬的北风呼啸中来到了这个美丽、疯狂的村庄……

贝尔纳·采弗斯，年轻的建筑师，罗马奖的得主，前来欢迎我：

---

① 位于法国东南部。——译注

"我们应该携起手来，多洛雷斯，团结起来。我们会变得强大……你将看到，奥贝德什么都不是，但它又是一切……它是我们的心脏和力量。今天，我们的文明坍塌了，但它为我们留下了学习的榜样，让我们喜欢上了形状和图案。当世界坍塌，你瞧，只剩下废墟，唯一重要的，就是那些你想成为的工人和艺术家，我是说那些懂得重建的人……"

傍晚的光线照亮了墙垛和墙壁上方尖拱形的窗户。这些巨石垒成的房子显得很不真实，挺立在阳光下，远处是黛青色的吕贝龙山。

这就是奥贝德。

我穿着木屐，想把它们带到你所在的纽约，托尼奥，拿给你看。

我在奥贝德学会了生活。我曾以为自己会生活，以为在我父亲的咖啡种植园里已经知道了一切，但我还有东西要学。当我看到飞翔在城堡上空的苍鹰，它们时而从门里飞进来，又从窗户里飞出去，我总是问自己许多许多关于你的问题，问自己你现在在哪里。但我知道你现在很安全，在美国。我每天等着你的消息，我特别喜欢你的电报，热切、焦灼、深情。

我感谢您，我的天使，您不知道这些电报对我意味着什么。您叫我龚苏萝，我亲爱的。您说远离我的圣诞节是那么令人绝望，光想念我您就老了100岁，您觉得自己比以前任何时候都爱我。"相信我的爱。"您说。

我还想着我们最后的聚会：当我对您说我要搬到奥贝德住的时候，您交待贝尔纳说："我把妻子交给您了，我把她托付给您，好好照顾她，因为如果她发生什么事，您要负责的。"于是贝尔纳对您说："听着，如果您真的在乎您妻子，那就放弃您的美国之行，和我们待在一起，我们在这里组织抵抗运动，在不会说话的石头中间。"但我们没能留住您。我一个人留在奥贝德。我很骄傲能待在这里：我们这个团体会唤醒这些古老的石头。

我把时间用在给您写信上，不管信能不能到达。我收到的只是些电报。所有这些消息都让我感觉到我们又重新生活在一起，让我懂得了是什么把我们维系了起来以及一切把我们分开的东西。尤其是漂亮的E.，而她以前还是我的朋友。有一天，我让您读她的手稿，"看看这份手稿"，因为我被她感动了。那时她对我很好，和所有想引诱男人的女人一开始对待他妻子的态度一样，我甚至把自己飞行员的头盔给她，好让她在我们的小飞机上飞行，好让您教她驾驶飞机……我并不嫉妒她，从来没想过您会和她一起背叛我。我相信友谊，装作没听见闲言碎语。一天，您对我说："听着，我的妻子，我要单独出去，我要到一些有点疯疯癫癫的人家里吃晚餐，因为《新法兰西杂志》的那群人中间有些人很奇怪，而且他们还很喜欢您。您还记得有一次，一个客人把您拖到图书室，要给您看他出版的第一批精装本和让您震惊的《伊伦娜的私处》吗？由于这些原因，我才不带您去。"

是的，我还记得那些先生甚至把手伸进我低胸的裙子里：因为我穿着晚礼服，很容易被别人摸上几把。我小声地叫起来，您听见了，过来帮我解围，尽管当时一位美丽的女友坐在地上，弹着吉他，唱着动听的歌曲。她散着头发，头靠在你的腿上，优雅地、微微地摇晃着。一切都像一幅迷人的春宫图。我太年轻，不习惯笼罩在巴黎"上流社会"艺术界的这份自由。您建议我说："回家吧，我的小女孩。我知道您被这些举止吓坏了，但这很自然。我需要一点自由，龚苏萝，待在家里，您喜欢画画，我甚至可以在夜里给您装一盏灯，让您有和白天完全一样的光线。"

是的，我不合潮流，但我记得每次您很晚回来时——如果不说是黎明的话——我的苦楚和担心。啊！托尼奥，多么忧虑啊！我不知道什么对您更好，是迷失在漫天星辰中间，还是迷失于巴黎美丽的金发美人中间……

我留了下来，对所有那些奉承您的人来说，小龚苏萝，西班牙女人，是个爱发脾气的女人，可这不是真的，但您总是找这样的理由："原谅我，我得回去了，因为我妻子会给我脸色看。"其实您回来是为了写作，因为您在巴黎自由的时间是那么少。当别人在我们家看到您的时候，您总是和别人在一起，一个男人，一个女人。早上4点的时候，您跟我说："我要和莱昂-保尔·拉法格出去走走。"你们一直步行到凡尔赛，你们几小时几小时地散步，一直到黎明，您打电话给我说："开车来接我，我们没有钱坐出租车。"

您看看我那时的生活……但我不抱怨，亲爱的，因为您没有浪费时间，只要您有1个小时，您随处都可以工作，甚至是在洗手间，如果您必须解决飞行方面的问题……上帝啊，做飞行员的妻子，是份职业，做作家的妻子，是份圣职！

我们经历过一些艰难的岁月，风暴在我心里。为了让我平静下来，您把天使般的大手放在我的额头，对我说话，用奇妙的、爱情的、神圣的、温柔的字眼，于是一切又重新开始。

"别嫉妒，"那时您反复对我这样说，"我真正的职业，您知道，就是作家，当您的情敌好心送我一些小礼物，什么象牙骰子或刻了我名字的行李箱的时候，我觉得心中充满柔情；为了感谢她，我给她写三四页文字，画一点小图画，就这些。不要担心，我知道这些年您忍受了什么，我感谢您，我的妻子，我和您是通过神圣的婚姻结合的，永远别听别人的闲话。"

现在，我要忙碌了。目前我们有 10 个人，做面包，自己纺线，用从旧毯子里扯出来的旧羊毛缝制毛线衣。

在这里，因为食品配给，我们没什么东西可吃。但奇迹突然来到我的小脑瓜里，好像是一种启示。我记得托尼奥在波城跟我谈起过德国人向农民购买"还长在地里"的收成。这意味着他们买下了还发青的葡萄，一旦成熟，他们就要收获。因为他们批量印刷 10000 法郎的纸币，拿出整包整包这样的钱对他们来说根本就不算什么。农民满意了，而他们，他们肯定会饿死法国人……首饰和手表卖给农民后，一个鸡蛋都要卖300法郎，我们别想再吃东西了，只有农民忘在地里的芦笋根，还有几乎野生的甜瓜，我们再也活不下去了。弗洛朗·马尔卡里蒂、他的妻子艾里亚娜、贝尔纳·皮布龙和他也是建筑师的迷人妻子、阿尔贝·波约维奇，他哥哥在纽约负责《时尚》杂志，但他一点也不想去美国，而想留下来继续抵抗，大家商量以后决定："回巴黎，因为这里已经待不下去了。"

"再等24小时。"我对他们说。

第二天，我对他们宣布：

"我要去阿维尼翁。德国人在那里将他们在农民地里买的粮食囤积在火车上：我们去偷。车厢里全是脏兮兮的猪，等着宰杀的羊，还有黄油。"

于是我爬上石头、石墙，来到了火车跟前，爬了上去，尽管台阶很高。我找到一只猪，把它一直拖到铁轨上。一个士兵看见了我，但没有开枪，为什么？望风的朋友和我赶着猪回家，我们花了四五个小时才回到奥贝德；厨师是个摩洛哥人，可怜的人，他不吃猪肉，但决定帮我们准备吃的：

"我帮你们做，我知道别人是怎么做的，你们今晚好好地吃一顿……"

我们的美餐真的好极了。有葡萄酒，陈年的红酒，是我们在废弃房子的地窖里偷的。当然，我去扒过好几次火车，后来都是男人去。从来没有死过人。

一天，来了一辆车。我们很害怕是来收拾我们的。我们有望远镜，在城墙上看到开车的是个女人，叫泰蕾丝·波内，她来……找我。

"我知道你在这里，"她对我说，"为什么不去纽约和你健壮的丈夫团聚？他在那里玩牌，和城里所有的金发女人散步，美国的百万富婆。你在这儿干什么？等着饿死？"

我介绍了我的朋友们：

"我们是一个团体，人人为我，我为人人。我等我丈夫寄钱给我，买一张票，好让我能和他团聚。"

另外一天，我去马赛看我婆婆，她用严肃的口吻对我说：

"托尼奥病了，您做妻子的职责就是待在他身边。"

我的确收到过一封电报：我丈夫非常痛苦，但不能动手术，因为自从危地马拉事故后，他体内所有的器官都搅和在一起；如果他活着，那全是凭了上天和他自己的意志。我回答他母亲说：

"我没有证件。"

"作为萨尔瓦多人，领事会很容易给您颁发证件的。"

"不，我要等，等托尼奥要我去。"

最后我还是接到了电报："到 X 先生那里拿旅行用的钱，所有的证件都办妥了，我们的朋友波佐·迪波哥已经接到指令，他会告诉您。"

我看到天突然晴朗了。我向我的好朋友们宣布了这个好消息：托尼奥终于要我了。我在奥贝德已经待了有 11 个月。他们都抬头望天，感叹道：

"你知道，如果你走，我们都不打算再留在这里了。"

我很高兴去和你团聚，但还是觉得心被撕裂了，因为我在奥贝德和朋友们建立了亲密的友谊，学会了思考问题的不同方式，想到要离开贝尔纳尤其让我伤心。他是个大好人，一个不满 30 岁的年轻人，从早唱到晚逗我们开心，看顾我们的集体是否运行顺利，节奏是否正确。我们的工作间也完美无缺，大家都做了些漂亮的东西。

　　离开奥贝德的那天，我觉得比任何时候都危险。一封传递错误的纽约电报足以让我想到，一切都比我那些固定而永恒的漂亮石头更危险。我再次上路了，无法对自己解释这种奔波流浪的生活。

　　我一心想着要排遣内心的不安。一上飞机，我就想着和托尼奥的会面。我们分开已经有一年多了，尽管舒适的德国飞机先把我送到葡萄牙，我总是想着一个事故就能让我失去这次会面的机会，这次我期待已久的会面。别人告诉我，到了葡萄牙，如果我运气好的话，我能坐上一艘高速货轮去纽约。如果让我选择，我宁愿留在奥贝德的石头中间等待，等待我们的会面。我觉得自己那么虚弱：缺少食物，害怕会面。我缺少高贵的气质，嘴上露出孩子般的笑容，我觉得自己不是一个成熟女人，希望能打扮得像参加什么仪式一样。我心里很苦，我对自己说："但愿他看见我的时候，我能变成水晶小人儿……"我的脑袋里满是稀奇古怪的想法。我热切地望着天空，在飞机半透明的舷窗上打量着自己，看到自己可怜的头发很短，因为我在奥贝德不得不把它剪短。我想到纽约流行的发型，赶不上潮流让我有点不自在。我的头发在一晚上也长不出来！我瘦弱，非常瘦弱：穿着衣服也只有

45公斤。一个女人一直盯着我，她是间谍吗……

起飞后才过1个小时，广播宣布要中断飞行。我们中途停靠巴塞罗那，明天或许能带上几个去葡萄牙的乘客。巴塞罗那机场饭店的饭菜很单调，但肉和汤香喷喷的，面包摆在柜台上，乘客们蜂拥过去填饱他们空空的肚皮。我刚点了一份汤和一碟米饭，服务生就问我用哪种货币结账。我绝望极了，因为我没有比塞塔。服务生明白了我的问题，把我鼻子底下冒着热气的汤端了回去。

"间谍"看到我的无奈，给了我100比塞塔。这笔钱够我离开机场到城里找家旅馆。门房的第一个问题就是：

"您用哪种货币付账？"

我从行李箱里取出药盒，在盒子的棉花下面我藏了3张5000法郎的纸币。18个月来，我没有吃过一顿像样的饭菜，也没吃过热乎乎的面包、没睡过有床单的床。旅馆简直就是天堂。我真想在那里待上几天，服务人员都是笑眯眯的，一点也看不到传说中巴塞罗那的悲惨……大家在餐厅跳舞，穿晚礼服的漂亮女人们和旅店大厅里能遇见的人都是这种悠闲的笑容。我点了一瓶葡萄酒、一份烤鸡和一堆甜点，忍不住想起我们在奥贝德的大蒜汤。想到撇下贝尔纳和我的朋友们，我心里很难受，他们不能分享到我的烤鸡。当我一个人喝葡萄酒的时候，回忆攫住了我。我仿佛又看到他们每个人的一举一动，听着华尔兹的老舞曲，我不禁哭了，仿佛自己离开了老家，而现在却要继续向前，一直向前，直到变成地球某个地方的一位老妇人……在我的豪华房间里，我觉得自己很奇怪。我不想独自一人。我睡不着，高烧不停地上升，上升……就在我觉得自己要大喊救命的时候，门被轻轻推开了……我飞机上的同伴，那个"间谍"，叫着我的小名，轻轻地说：

"我让人把我和您安排在同一个楼层。往浴缸放水，我们可以小声谈谈。"我们靠着浴缸坐在地上，像两个小偷，我们几乎相互贴着耳朵讲话。

"啊，您能来看我真是好极了……"

"我也是，我腻味透了。我不能和任何人交谈。"

"那我岂不是会让您丢了工作？"

"不会，"她对我说，苦笑了一下……"丢的是脑袋。间谍我做够了……这甚至都不危险，但无聊……"

知道坐在我对面的是个专门靠揭发别人为生的

人，我感到很害怕。而她对此只觉得无聊……她从一个小手提箱里取出一瓶利口酒和两个酒杯。

"是的，您不屑和一个间谍一起喝酒，不是吗？我看出来了，但间谍能挣到钱。如果您愿意，我建议您留在西班牙。您西班牙语、法语、英语都讲得很好，可以拿到很高的工资，挣一大笔钱，战后就金盆洗手。而且，我知道战争不会持续太久。这样我们可以一起工作……"

我只喝了一口她的酒，味道很奇怪。更奇怪的是，我听不清她说话了。接着我明白她的酒里有很厉害的迷药，她想打开我的行李箱……我很懂得把钱藏在行李的各个地方，或许她以为我还藏了什么别的计划。我想到电影里看过的一些间谍场面，吓坏了。迷药会在我身上产生什么后果？我努力让自己迅速做出决定。她已经习惯了迷药，迷药对她不起作用。她想不惜任何代价搜我的行李，细致地搜。反正我也没有什么东西，还是随便她搜的好。我对她说，我要到旅馆的药房买点美容品，如果我在那儿耽搁几分钟，她是否有耐心等我。我还说，我答应过刚才坐在我旁边吃饭的一个棕发先生，要到大厅和他聊天，但我不会多逗留。她笑了，我听到她说：

"你快去快回，因为我的动作很快……"

在我出去之前，她递给我一杯冷水，对我说：

"一口气喝了。"

我回来的时候，房间里什么人也没有，只有一张西班牙语写的纸条："我爱你，因为你不傻。谢谢。别担心你的葡萄牙之行，你可以明天出发。签名：莉莉安。"

飞机在里斯本着陆，那一天刮风。我对自己的身子没有感觉，疲劳和激动的四肢不听使唤。下了舷梯，我揉了揉脚踝。我在葡萄牙的日子一直都跛着脚……

出发的前一天晚上，我终于打通了托尼奥的电话，但我们不能谈话，因为禁止用英语以外的语言交谈，而托尼奥不会说英语。我只听到"龚苏萝"，我回答说："托尼奥"。话务员让通话持续了几分钟，但我们都沉默着，像两个昏了头的情人……

出发的时候，听到有人说：船上着火了，我们明天一早才能走。好几个乘客和妻子、孩子拿着行李回家去了。但我没有看到烟，我待在船边，等着事情的结果。我得到了回报，我们离开了港口。

在整个航行中，我们都没有电灯。禁止使用电灯，禁止拍照。每天看到灰色的海水，大海冬天的颜色，一些木头、残骸，几天前的夜晚或就是当天晚上被摧毁的轮船的残留物。我们就睡在甲板上，要被钟声闹醒两三次，要学救生的种种措施。当无线电台说有德国鱼雷在茫茫大海上威胁我们的时候，我们习惯了乖乖地在救生艇上找到各自的位置。在乘客中传得最荒唐的流言，就是我们这艘船不会被击沉，因为船上有派往美国的间谍。还有些人更可笑，他们也更会胡思乱想，甚至认为整艘船都挤满了间谍……还说船上的监狱里关的全是乘客，说并不是因为晕船在甲板上睡的人才变少的……我知道，事实上，船长对那些违反规定私自点灯，甚至是点一根火柴的人很严厉……但他给我们一种奇怪的安全感，我们并不害怕。

到百慕大的时候，我旁边一个怀孕的女乘客在黑漆漆的甲板上生产了。医生完成了他的使命：生产并不顺利，生的是双胞胎，当母亲的居然有勇气给他们取名百慕大。这对双胞胎成了那一天的重大事件。到达港口的时候，我们被禁止上岸。我们在船上待了好几天，因为这是战争爆发以来从里斯本出发的最后一艘轮船。命令很严厉，乘客行李中的所有书籍和信件都要受到检查……每个人都要交出护照。船上有个法国大学者：让·皮兰①。他所有算式和计算纸都被收走了。他绝望地看着手稿在那些轻率的手中被撕成碎片。诗歌也让他们担心，还有那些地图或小图画边上某个让他们产生某种联想的句子。我们都害怕被遣回百慕大，我们已经在法国受了那么多苦，现在还要感觉自己是个罪人。就这样，在不安中又过了三天，学者和作家的手稿也全被搜遍了。

我们继续上路。

每个小时，我都在向托尼奥靠近……

---

① 让·皮兰（1870~1942）：法国物理学家，1926年获诺贝尔物理学奖。——译注

23. 在自由女神像脚下

日子越来越冷，越来越灰暗。当我们看到纽约的时候，冬天已经来临。我们确实是在北方，海水的密度好像更大了，几乎是钢铁的颜色，轮船慢慢地向被城市的灯火照亮的天边驶去。我们没有感觉，没有思想。乘客们相互没有什么可说的了，所有的维系到此结束，我们急于抵达：最后的几分钟总是最可怕的。

在检查护照的军官们的桌边，有人喊我的名字，而我们还在海湾浑浊的海水里。总是一些令人不愉快的时刻，别人问您是不是您本人，检查您的签名⋯⋯

轮船不再动了。没有人说话。我赞叹组织我们下船时的井然有序——到达后主宰我们的美国式的秩序。我们这些绵羊，迷失在大西洋彼岸的暴风雨中，幸运地，被送上安全的大地。

我结识了一个乘客，S.，40多岁的男人，皮肤黝黑，像个葡萄牙人。他健康而开朗，身体匀称。他也是来找他的心上人的。他没有一天不给我看他妻子和她的小猫的照片。他微笑着，有点拘谨地对我说：

"是的，我对这个小动物很有感情，我们叫它玛利亚，我不知道为什么给它取了这个名字，厨娘这么叫它。我得向您承认，我为自己对小猫的宠爱感到羞愧，因为现在欧洲成千上万的儿童正遭受饥饿。我是一个组织的成员，我们负责救人，尤其是犹太人。我接到命令要拯救那些聪明的人……怎样才能知道谁是不是聪明？当他吓得脸色发白，只会不连贯地哀求：'救救我，救救我，给我证件，否则我会被送到集中营去'时怎样才能猜到他到底聪不聪明？有时候我问自己，这些人活着到底为什么，他们甚至都忘记了这一点，他们只是为了活着而活着，希望能多活几个小时，能在这个世界上呼吸。"

他一边跟我说话，一边用望远镜找他妻子。突然，他找到她了。

"啊！我看到她了，她还像以前那样抱着玛利亚。但愿玛利亚不要抓伤她！"

他开心地笑了。

我把自己托付给他。

"我担心我丈夫不在码头上，这样别人会不让我上岸。"

"我会照顾您的，"他回答我，"如果他们明天或后天把您关起来，我会来接您。我会证明您是谁，会找到您丈夫。别担心您到达纽约后的事，要有信心，美国是个好国家。"

在最后关头，他也像我一样担心起来，不知道用什么方法在船上给他妻子发了一个电报，让她通知我丈夫在我抵达的时候到码头上来。我想我们会得到一个答复，但在这艘船上等待令人不安，近处只有海鸥，在码头油腻的水上漂荡。

下午 4 点的时候，我们终于被许可上岸，但只能待在规定的区域里。我们像家禽一样被关在那里，有人找的都被接走了，要么是妻子，要么是父亲，要么是朋友。

轮到我了。来接我的是一个我不认识的男人。我远远看见一个又矮又胖的男人，戴着大大的墨镜，还没等看清他面部的轮廓就听到他大笑的声音。我看到他拿着委托他来接我的证件。

当他走近我的时候，我认出他是托尼奥的一个朋友——弗罗里，我们至少有 12 年没见面了。弗罗里英姿飒爽地站在那里，带着非洲沙漠的沧桑。我记忆中的他还是当初邮航公司刚刚成立时的模样，但现在的他活脱是他本人的一幅漫画，没有见面的这12个年头让他苍老了。他后来住在巴西，酗酒……他笑得越来越大声：

"龚苏萝，你认不出我了？"

我无法回答他。这么说，是他替托尼奥来接我了。为什么？生活又要将我推进怎样的新的命运？他和我握手，我们开始在接船的人流中前进。他继续在我耳边说话，伴着几声咳嗽和笑声。

"你丈夫不许你跟记者讲话。你听见了吗？他不许你说话，不许你接受任何采访。听好了，记者们会带着相机来，我会跟他们说你既不会英语也不会法语。你就当自己又聋又哑，否则，我不知道托尼奥会把你打发到哪里去。我们在打仗。原谅我，你的沉默让我很紧张，但我说的是正经事。如果你说话，托尼奥不会原谅你的。"

一个美国人，在宪兵的陪同下，带着记者僵硬的职业笑容走上前来：

"您好，圣埃克苏佩里夫人。"

"我不是圣埃克苏佩里夫人，先生，我是她的女佣。"

准备拍摄的摄像机马上在记者的一声叫喊中停了下来：

"等等，搞错了，这是圣埃克苏佩里夫人的仆人。圣埃克苏佩里夫人还在船上！"

我静静地从这群等着我的"女主人"的记者中间走过……

当我的脚接触到结实的大地的时候，我慢慢地整理自己的思绪，这才明白弗罗里导演的是哪出戏。他来船舷上接我是为了确保我抵达时没有一张照片被拍摄下来。否则，人们会说圣埃克苏佩里夫妇没有互相拥抱了！由此可见，托尼奥不想让人看到他和我在一起……为什么？或许他不想让他的一个女友看到他的合法妻子在她丈夫的怀里！

我苦涩得浑身僵硬，开始憎恨生活。可以说，我马上就能看到逃避我们真正重逢的丈夫的脸了！但我不能就此指责他，我受到很大的震动。我在战争中受了那么多苦，几乎长达两年的分别，最后，终于可以站在活生生的丈夫面前……我深深地呼吸着码头上又苦又咸的气味，心中只想保留某种善良、和平和爱情。我爱他。是的，我依然爱他。

采访和拍照的故事并没有冲淡我对他的感情，

只是我的心每走一步都更加虚弱。我开始耳鸣，腿软绵绵的，好像是棉花做的。

很快，我眼前一黑，只听见喊叫声。我把眼睛闭上几秒钟，紧紧地挽住弗罗里的手臂，他让我靠在墙上，安慰我说：

"别晕倒，你到目前为止挺住了打击。再努力一下，就要见到你丈夫了，他就在那里，在前面那根柱子后面。睁开眼睛，求你了。"

我深深地呼吸了一下，伸展了一下手臂。能再见到丈夫的想法给了我力量。为了再见到我爱的人，即使有人让我再坐上轮船，在动荡的大海上再待上两个月，我依然会睁着眼睛，一直走到生命的最后。

我观察着那根柱子，它变得越来越高。我和托尼奥的距离只有100米。我看见他树一样高大的身躯，站在柱子正前方。我看到他的身影了，他的肩膀有点弯，好像扛着柱子。他看着我走来，一动不动。

这个男人是我丈夫。我在3米远的地方看清了他，他脸色苍白，穿着一件灰色的华达呢制服，沉默着。他没有戴帽子，也没有戴手套，站着不动。我终于碰触到他了。他脸上没什么表情，仿佛我们有一千年没见面、没拥抱、没用目光打量过对方了。我就在他身边，他的手臂硬邦邦的，我的声音也奇怪地逃逸了。他突然张开臂膀，紧紧地抱住我，叫道：

"走，我们马上走。"

但要和大家一样等出租车。我们几乎等了整整一个小时，我开始欣赏纽约人在等车时的那份礼貌，他们都很淳朴、耐心，很有教养，没有人动粗、抢先插队。这让我感到安慰，也安抚了我的神经。

托尼奥问我的第一个问题是：

"你见到了谁？为什么你要接受采访？"

我很疲倦，回答他说：

"我没有和任何人说话。"

"但我看见了，你和一个人说了话。"

"是的，我告诉一个记者我是圣埃克苏佩里夫人的女佣。就这样，别再审问我了。我在上岸的时候已经忍受了无数关于我的证件的提问。我5点钟起的床，我很紧张，什么也吃不下。"

在出租车上，我们互相没有说一句话，被重逢弄懵了。我期待的神奇的谈话并没有发生。两个刚刚重新开始共同生活的人彼此间依然不理解、不牵挂，守着各自的沉默。出租车驶进了喧闹的市区。

我不知道丈夫要带我去哪儿。我把自己完全交给了他，也交给了命运。我的心既不能欢笑也不能哭泣。

"我带你去阿尔诺咖啡馆。"托尼奥对我说。

"为什么去咖啡馆？"

"因为有人在那里等我们。朋友们为你准备了鸡尾酒会，我的出版商、他妻子和另外几个人。"

"但我至少要梳洗一下，弄弄头发。"我腼腆地说。

"纽约各区距离很远，而且，在阿尔诺咖啡馆，你也能找到卫生间洗手。"

我明白我只能服从。几分钟后，汽车停在阿尔诺咖啡馆，南中心公园 240 号。门卫殷勤地让我下车，打开几扇重重的店门，我看见了一群笑得很开心的人，他们都好奇地要结识大作家的妻子……

阿尔诺咖啡馆是家法式咖啡馆。侍应生殷勤地给我们上了法国的开胃酒、苦艾酒、尚贝里草莓酒还有马蒂尼和全套美国鸡尾酒，黑人调酒师精心调制好这些东西给口渴的顾客喝，好像巫师在配各种毒药。

我可怜的装束和那些穿着低胸装的女人形成了鲜明的反差，她们一股脑问我关于旅行和法国的许多问题，在丈夫和朋友的陪同下从容自若。慢慢地，我被周围人的热情和信任温柔地包围了，那种喧闹的友谊。菜很丰盛，桌上有大量的黄油、面包和肉，这种场面和味道我已经很久没见识到了。我丈夫就在我的面前，像以往一样，我高兴地看着这些女人的发型、首饰和裙子。我很难想象奥贝德，回想我的石头村庄。我还活着？我在做梦？或者只是我一连串的不幸终于结束了？我丈夫永远用他的纸牌逗客人们开心。

"很晚了，"一位夫人终于说，"我要早起，该回家了。"

我丈夫突然像弹簧一样跳了起来：

"您也是，龚苏萝。您该很疲倦了，我们走吧！"

在账单上一个简单的签名就足以结算这顿丰盛的晚餐。我们又乘了一辆出租车，我听见丈夫对司机说：

"巴比松大酒店。"

我跟着酒店经理，看了一个让我觉得奢华之至的三居室套间。我不仅很惊讶置身于一个有暖气、有浴室的套间，而且更惊讶于房间里缺乏生气。托尼奥对我说：

"再见。我住另一个套间，这儿对我们俩来说太小了。明天我会关照您的。希望您能好好休息。"

　　他握了我的手，祝我晚安。一切都发生得很快。我望着他，像个傻瓜，一点也不理解。他又重复了一遍：

　　"睡个好觉。明天见！"

　　于是留下我一个人站在房间里，在奇怪的家具中间，在这个异国的城市里。

24. "我从来没有停止过爱您"

我很难回答铺天盖地而来的问题，那简直是个噩梦。离开奥贝德的朋友，我再次孤身一人，待在床边，待在旅馆一间冷冰冰的房间里。我无法相信。我坐在地上，像小时候当我刚刚摔坏一个漂亮娃娃，当我不会一个新游戏的时候那样。我从 20 层的窗户里飞出去，面对摩天大厦美丽的灯光，直接来到上帝的身旁，在那里，天使们会好心地陪伴我，比我丈夫要好得多！我甚至不知道他的电话号码。哪里才能找到朋友的安慰？我的身体垮了，只有脑袋在回忆自从我嫁给托尼奥之后的生活。

我在这个冰冷的套房里来来回回地走，看着瓷器、雕刻，世界上所有的旅馆都千篇一律。我看着灯火通明的建筑，哪个窗户的灯光是我丈夫的？我轻轻地哭了，这时，房间的门开了，旅馆经理给我送来一封电报，道歉说他自己开门进来，因为我没有应门。是贝尔纳·采弗斯发的："奥贝德的骑士们都想念您，惦记着您的旅行。真真切切感到少了您。信稍后到。您忠心的朋友，阿尔贝、贝尔纳等。"

啊！我多么需要这个消息啊！在世界的某个地方，有朋友们心系于我。我开始给贝尔纳写长信，在信中我终于可以说出自己潮水般涌来的感受。长夜在浅浅的睡眠中度过。为什么上天要用这么奇怪的方式对待我？天亮时，我还穿着来时的衣服，躺在长沙发上。

在巴比松大酒店，法式早餐是从小门里送进来的……有几杯牛奶咖啡、面包、黄油和果酱。我喝着热气腾腾的牛奶咖啡，像个木偶，努力想弄清楚自己的处境。托尼奥在哪儿？他是怎样的人？

我把掉在地上的面包屑捡起来，把散落在蓝色地毯上的面包屑捡起来。这是一种很好的消遣，这种简单的动作让我重新感受到生活本身。

我要给我忠实的骑士们回一封电报。他们是我的财富，一份肯定的爱。我在这个冰冷的套房并不孤单，我可以想念他们、爱他们，因为他们接受我的爱。房间里的电话响了，铃声让我回到了现实。

"喂，喂，圣埃克苏佩里夫人吗？我是您在船上的朋友，那个葡萄牙人。我刚从您丈夫那里得知，您一个人在巴比松大酒店。我能帮您做些什么？"

"如果您有时间，就过来看我。"

一刻钟后，S. 就坐在了豪华套房的客厅里。我们谈了一些事情和人。他请我允许他和他妻子和我一起晚餐。说到我丈夫名字的时候，大家沉默了，尽管我很想把自己托付给这个如此友善的朋友。走的时候，他吻了我的手，我却猛地把手抽回来，因为眼泪蒙住了我的眼睛。他知趣地告辞了，知道他不能为我做任何事情。我对他的了解，就只有他办公室的电话号码。这样，我们以后可以谈谈话。对我，这已经够多的了。

电话铃又一次响了，是我丈夫。他告诉我其实我们俩住得不远，如果我想走几步路，我可以去他那里看他。我被他的邀请打动了，于是答应了。他只给了我一点点时间参观房间，然后就建议我去吃午饭，到他公寓底下的阿尔诺咖啡馆吃，我们昨晚就是在那里吃的饭。从那天开始，我就把这个咖啡馆当作我的食堂。

我丈夫表现出和我一样的不安和疲劳。我对他产生了怜悯，他也意识到让我住在远离他的地方太残忍。我不想先谈这个问题，相反，我对他说，我想回奥贝德，我在纽约没什么可做的，已经觉得很无聊，街道对我是陌生的，我没有朋友。他答应我第二天，星期天，就带我到乡下我们的一个女友米歇尔家去，说她肯定会很高兴给我在城里做导游。

的确，第二天，我们去了她家。在那儿，我看到开花的树，一些年轻人正在喝酒，真正的家的气氛。我的喉咙一阵发紧，晚上，我又回到了我孤独的套房。

在一封来自中美洲的信里，母亲问我为什么在纽约和丈夫不住在一个地方。我把信给托尼奥看了，于是他在他住的南中心公园 240 号帮我安排了一个和他差不多的房间。

就这样，我在纽约住了下来。时不时地，我丈夫过来和我一起吃一顿饭，不是在通常的时间，因为他凌晨两三点的时候才来和我一起吃饭。

我于是找到了一个明智的方法：工作。工作是唯一可以让人保持平衡，从令人困惑的事情中找到出路的办法。我决定在离家两幢房子远的一个工作室重新开始雕塑：大学生艺术团。

一周后，我已经认识几个真正投身这门艺术的年轻人。他们中的几个陪我去看电影，和我一起吃饭，甚至很高兴和我一起读我们能在纽约找到的法国报纸。这些朋友对我来说是一种慰藉，但我还是觉得自己无法雕塑出一些纯粹的形状。教授很宠我，我是一个难民，这从我消瘦的身躯、对他的关怀表现出来的感激中可以看出来。

我丈夫来学校看过我一次。我很高兴看到他俯在我最近完成的一尊雕塑上左看右看。它有点不对头，像个杂技演员。他建议我不要灰心，肯定地对我预言说，只要我每天都用手指摸摸它，它很快就会变得美丽而精准。我惊讶地看着他。他的建议给了我一个主意……如果我每天都去看他，用我充满爱的目光接触他，如果我每天都去跟他倾诉我对把我们结合在一起的神圣的婚姻的忠诚和信念，或许他最终会听到我的心声，再次成为我当初的丈夫……

然而，当时我正沉沦在某种沮丧之中，我常去教堂，每天都做小小的祈祷，有时我都会笑话自己，以为自己疯了，我向神甫们倾诉……

我有一个漂亮的公寓，表面上什么都不缺；有时，我重读贝尔纳从奥贝德给我写的信，回忆起我们在石头小村庄里的匮乏、恐惧和寒冷，日夜听北风的呼啸和关于敌人的流言。感谢上天现在让我平安地待在一个明亮、白色的房间里。但我隔壁丈夫家过往的客人，我隔着墙听到的一些动静，一些女人的声音，一些笑声，一些沉寂让我嫉妒得发抖，让我在被冷落的妻子的寂寞里窒息。我觉得自己像是被打入冷宫的王后，尽管没有被剥夺王后的头衔。于是，这些白色台布，这份奢华，摩天大厦的灯光都让我无法忍受。我只想要一样东西：一个可以枕着入眠的肩膀。

我在那个时期重读了《葡萄牙修女的信》和其他几部作品，这些书让我对托尼奥的爱更加热烈。我意识到，和他住得那么近，都可以看见他窗口的灯光，对我而言并没有好处。

我很平静地要求他帮我另找一处离他远一些的房子，跟他解释说，我不能对发生在他家的一切无动于衷，看着美丽的女人从他的公寓进进出出对我是种酷刑。他默默地拉过我的手，吻了吻我的头发，说：

"您是我妻子，我亲爱的妻子，因为我每个小时都看您。您应该学会理解我，像母亲理解他的孩子一样。我也需要别人这样爱我。我在飞行中做的都是大事，您也知道我摔坏了手臂、肩膀、腰，有时我觉得头也裂成两瓣。我第一次学习飞行就从飞机上掉了下来，脑袋里一定有什么东西摔坏了。从那一天开始，我就受着头痛之苦，它让我沉默或者狂怒。您在这里不说不动，什么也不要求我的时候我会好受很多。而且，我可能什么也不能再给您了，但您或许还能够给予我、培养我、为我播种、让我生根，补偿我所失去的东西，让我能够创作，继续我伟大的诗篇，创作这本我想注入全部身心的书。您是第一个信任我的人，我为您写了《夜航》，您还记得我在南美洲小村落中途站给您写的那封信吗？您读懂了那封信。您对我说：'这不仅仅是一份表白，一封情书，而是向唯一能拯救您的人发出的喊叫。您在空中感到孤独时的呼救；您受到星星威胁时的呼救，在您疲劳的时候，这些星星和大地上人间的灯火混在一起；您再次回到人群当中以重新开始生活时的呼救；您无法忘却您也是血肉之躯、也会消亡时的呼救……'您就是我所要寻觅的人。您是我的避风港，您也是一位非常漂亮的女子，已经开始为我的夜航担心了，担心这种威胁……所以，如果您多爱我一点，保护我身上人的本性，因为您认为它是弥足珍贵的。一天晚上您曾说过：'您是一个信使。什么都无法阻挡您，甚至是我……'就在那天，我决定娶您，和您生活一辈子，只要我还活在这个地球上。您已经开始创造一个世界，我笔直地朝这个您深信不疑的方向走去。在我们分开的最苦涩的日子里，我常常在布宜诺斯艾利斯塔哥尔的屋顶的大房间里踱步，充满信任；您曾把我一个人关在房间书桌前，我得写作，就像一个受罚的孩子，写一页《夜航》。我生您气的时候，唇边还有您从一个小酒桶里倒出来的波尔图的味道，小酒桶的金龙头在您逼我工作的阁楼小屋里是那么别致！龚苏萝，您的温存，您的忠诚，您的牺牲，我什么都没有忘记。我知道我带给您的流浪的生活有多让人担心、多么痛苦、多么艰难。我知道您的那些'女友'对我们婚姻的批评是不公正的，她们总是从自己女性的角度去判断。您理解我，后来您爱我，但您备受我们的日常生活所折磨。您的烦躁来自于您我的倦怠。担心替代了爱情，我离开您是为了保护我们俩。这样，我们的朋友就没有理由再让您对我的幸福或不幸福负责了。要知道，我从来没有停止过爱您。但我看到您的额头有了皱纹，已经听到您颤抖的声音，这会让我们再度分开的。"

"不，托尼奥，我并不痛苦。我早就知道该如何消化嫉妒的毒液了。我们之间已经没有争论、没有叫喊。我想看清您。我大老远过来找您，但许多日子过去，您都没有和我一起吃过一顿饭。不和您住一套公寓，总在您的门背后，我真的不知道我对您有什么用处。就连狗主人也不会不让它看他一眼吧……"

"别说了，"他叫道，"您刺痛我了。今天我就在我屋里给您找一个房间，这样，我们每天都能见面，可以继续每天谈论我俩的事情了。"

于是，我又搬到一个新的套房，跟冬天的暖房很像。丈夫让人给我送鲜花、绿色植物、一台可以安静地写作的打字机和一台口述录音机。

"这样，一个人的时候，您就能讲您美丽的小故事给这台机器听。如果我想听到您的声音的时候，我放一盘您的磁带就可以听了。因为您是一个伟大的诗人，龚苏萝，如果您愿意，您可以成为一个比您丈夫更优秀的作家……"

乔迁很开心，丈夫带了几个朋友来，我们度过了一个愉快的夜晚。此次搬家让他改变了许多。从那天以后，他每个晚上睡觉前都来看我，向我证明他每天都回他的笼子……有时，他打电话来给我读他刚写完的几页东西，跟我讲未来，仿佛我们应该在一起相守到地老天荒似的。

25. 谈论离婚

我们俩，吃饭的时间有些混乱。托尼奥邀请我午餐或晚餐，自己却从来不准时。我的脾气显然不温和，常常从我做好的饭菜前逃走，生气地跑到楼下的阿尔诺咖啡馆一个人吃饭。

在那里，我又看见他被男男女女包围着，他，全纽约最忧郁的法国人，试图逗客人们开心。看到我一个人坐在桌前，好像是对他无声的指责，他很不高兴，装作不认识我，如果偶然有人认识我，我可以看到他眼中对我流露出来的几乎是仇恨的目光，哪怕别人只是跟我握个手而已。

不管白天发生了什么，都不会影响我们晚上的会面：他过来或者打电话来，用他温柔的声音祝我晚安，深情款款地和我谈论将来。

幸福总是在将来。

开春的第一天，我冒险去了他的公寓。搬家后，我从来没被邀请去他家。总是他爬上把我们分开的三层楼层。崭新的阳光照着绿色的树木，鲜花推着我毫不拘束地奔向他。门从来不锁。我走进去，正好碰上十几个刚吃完午饭的客人。我很快让他们恢复了自然，说我是来给他们上咖啡的。我能自如地重新担起女主人的职责，让托尼奥觉得有趣，但他脸上流露出来的快乐并没有持续很久。

在他的客人中，有一个我们的音乐家朋友，第二天有一场演出。他向我丈夫坚持要我出席。我假装忘记了这份邀请，但托尼奥第一次坚持要带我到公共场所。我们坐在乐队席，很显眼。在纽约的法国人都在，我们的音乐家朋友是他们的同胞。我很高兴听到优美的音乐，但我感到我丈夫很紧张，由于邻座们的笑声和含沙射影，他们第一次看见他妻子陪伴着他。幕间休息的时候，他一句话也没说就逃走了。我一个人坐在那里，更加显眼，甚至忙于指挥乐队的音乐家朋友都注意到了。我没有带钱包，因为我原以为托尼奥会送我回家。我感到自己迷失在纽约的街道和自己的心里。我在人行道上走了整整半个小时，拖着曳地长裙，眼中满是泪水，在路人的注视下，直到遇上我的音乐家朋友，他下了汽车正要和几个朋友去一家大饭店吃晚饭。他挽住我的手，我跟他们去了。从那天以后，我在这座让我感到如此陌生的城市里又多了一个朋友。我开始重新思考生活，思考男人的心。慢慢地，我的朋友让我明白，如果夫妻的一方犯了错，另一方就应该温柔地去弥补，不惜代价。他把我带到乡下，带我看美国美丽的森林。回来时，我对自己更加自信了。

我丈夫对我失踪 3 天有点担心，我一点也没向他透露，甚至没说一句话。再次见面是平和的，但颇具讽刺意味。通常是他周末出去，我不知道他去了哪里；这次，是我。什么也没有改变，表面上……我想了很多，那个晚上，我问他能不能给我 1 个小时，让我们谈一些严肃的事情。他想把谈话推到第二天。我接受了，借口说这样我就能去听当晚在音乐大厅演唱的一个优秀歌手唱歌了。他马上改变了主意，说要来我这儿。

他第一次准时赴约。我像往常一样给他倒了一大杯牛奶，但他跟我要了一杯威士忌。我们喝了好几杯威士忌后，我对他说，我已经明白接下来该做什么了：离婚。

几天以后，我们见了一个律师，由他来处理我们的问题。律师要求我马上搬家。丈夫让我用英语回答，因为我是他的翻译，说这不行，说他愿意在钱的问题上让步，但不愿意我住在别处。

争执开始了，律师用他蹩脚的法语对他说，他对待我的方式就像是在对待一个情妇，而他，我的律师，时刻准备捍卫我。

我丈夫站了起来，在我的唇上吻了一下。这是我在纽约住了6个月以来他第一次吻我的唇。我生气了，因为他这样做并不严肃。

"我才不管什么法律呢，"他总结道，"我爱您。"

他非常生气地甩门而去。

一切又重新开始。我记得：阿尔梅里亚……海岸边开花的橘子树……我们年轻的爱情……

26. 小王子之屋

夏天了，亚热带的燥热。我腼腆地建议托尼奥：

"您瞧，我们该离开纽约，我们到乡下去住吧！您受不了这里的气候的。"

"我做梦都想到乡下凉快凉快，不用走动，不必工作，不必日夜写作。"

"给我一点钱，我到事务所去打听打听。"

"不，我送您到火车站，您坐上北上的火车，坐轮胎火车，最快的那种。"

在纽约的中央车站，我上了一辆不知道要到哪里去的轮胎火车。我看着沿途车站的名字，其中有：北港。那里，我心想，应该是北方，应该比较凉快，我应该能吹到凉爽的海风。

我买了一张去终点站的车票，我记得您付了不少美元，让我能到世界的尽头；而事实上，我只坐了三刻钟的轮胎火车……

下车的时候，我开始找出租车好带我进城。没有出租车。但我有龚苏萝式的小聪明：在纽约的时候，如果大家都在四处找出租车，我是唯一能找到车的人。停下来等红灯的出租车，总有几辆载了军人、病人或残疾人的出租车；于是我盯住一个司机，努力让自己的脸变得可爱，溜到门边，打开我的手提包，拿出一张 5 美元的纸币，对司机说："我要去很远的地方。"他回答说："我在载客，您看见的，我有客人。"我坚持："没问题，先送他，然后再送我。"我在北港使的也是这一招。"您把我开到那所白色的大房子那儿去。"我在火车上的时候，确实看到一栋三层的白色楼房，殖民地时期的风格，很有些浪漫的味道。

汽车停在白色大房子的栅栏门口，里面是个漂亮的花园。栅栏门开着，我像回自己家一样走了进去。一个拿着洒水壶的先生微笑地看着我，我问他：

"先生，我可能有些冒失，但我是外国人。我在纽约的丈夫是个作家，他叫安托万·德·圣埃克苏佩里，或许您听说过他？"

"哦，是的，"他回答我说，"我读过他的书，《风、沙和星》①，是本畅销书，您想进我家坐坐？"

---

① 《人类的大地》英译本的书名。——译注

他让我进了客厅，我们后来称它"贝凡屋"，而且我也不知道为什么这样叫它。

我解释说：

"我正在附近找出租房。我丈夫受不了纽约的炎热。您知道，他在危地马拉出了那次严重的事故之后，甚至有几年不能跳伞，因为他肘部的伤口一直都没有完全愈合。他有关节炎，43岁就已经觉得自己老了……别人都觉得他开战斗机年龄太大了，因为他也是飞行员。"

"我知道，这一切我都知道，我读过《夜航》，我妻子甚至迷上了《夜航》里我们都钟爱的盖尔兰。"

听到这些话是很暖心的，我已经开始看天花板、装潢、房间、走廊……好像这房子已经属于我了。

"您住在这里？您妻子过来和您一起度假？"

"可惜，我妻子是残疾人，不能离开她的疗养院，我没有孩子；我时常来这里，因为我们在这里种了一些玫瑰、大丽花，而且您瞧，去海边游泳是那么方便。看那沙滩。"

"还有宜人的微风。您知道，在纽约，我们感到自己像是被放在火上烤似的。"

"哦！我真喜欢您的口音。您说话就像萨尔瓦多·达利。"

"是的，我知道。他是我们的一个朋友，您什么时候希望认识他，我可以把他介绍给您。"

"听着，夫人，您可以告诉您丈夫，您已经找到房子了。但要明确地告诉他，我不租房子给他，我把房子送给他住，他爱住多久就住多久。这是钥匙，这把是大门钥匙，这是栅栏门钥匙。您想参观一下吗？"

我马上给托尼奥打电话。

"从这里到那房子要花多少时间？"

"坐你让我坐的轮胎火车，我花了三刻钟，如果坐汽车，时间还会更短。"

先生问我：

"您要咖啡、茶、巧克力？"

"我要巧克力，很久没喝了。我丈夫三刻钟后到。"

我开始跟他讲述我在奥贝德的生活。我滔滔不绝，因为我讲的是石头会讲话的村庄，这样的谈话可以继续几个小时……

托尼奥终于和他的女秘书、小狗阿尼巴勒和录音机一起到了。我们把房子从上到下看了个遍，房东要赶火车，让我们留在他家，并补充了一句：

"如果你们某个周末邀请我来，我会很高兴。"

"随时欢迎您来，先生，您甚至可以住在这里，挑一个房间，这儿的房间这么多……"

这栋房子成了小王子之屋。托尼奥继续写作。我给《小王子》做模特，所有来看我们的朋友也一样。他把他们气得发疯，因为画完后，他们看到他所画的并不是他们，而是一位长胡子的老先生，或是鲜花，或是一些小动物……

这是幸福的家。有一天，托尼奥对我说：

"您还记得在布宜诺斯艾利斯的房间吗？我开始写《夜航》的房间，您帮我弄一个和它一模一样的房间。"

"好的，托尼奥，我会帮您找一个带金水龙头的酒桶，给您装满几暖瓶的热茶，准备一些薄荷糖，很多的彩色铅笔、彩色的纸张和一张大桌子。"

托尼奥周末常去华盛顿。我不知道他去看谁，这让我神经质，让我担忧……他给我打过几个电话。星期一回来后一言不发，很疲倦的样子。我从来不问他在那里干了什么，后来才知道。那天，我们两个人一起在阿尔诺咖啡馆吃饭，一个将军朝我们走过来。

"将军，我向您介绍我妻子，龚苏萝，她是西班牙人，但她会说英语。"

"我，我会说法语。"将军口音很重地回答了一句。

然后又说：

"您丈夫跟您说了他伟大的工作了吗？他每个周末都给我们帮大忙，为登陆法国做准备。他比谁都了解大海，清楚该怎样接近地中海甚至是大西洋的海岸。"

北港的和平！再度找回的温馨！

27. 最后的幸福时光

　　托尼奥不知道或者说不想谈自己。他看待世界和感受世界的方式从童年时就形成了；他从来不知道谈自己，不说自己的事，每天都在试着长大，从过去的经验中积累让他成功的机会，而他这样做并不只是为他自己，也为了别人。他说话从来都不玩文字游戏、不说空话，而总是说有意义的东西，从来不把自己身体和心灵的痛苦与生活中的其他东西混为一谈。他让一切完全上升为理性，总是将自己奉献给听他说话的人。我记得他说过的一句话："应该爱人们，但不要告诉他们。"这解释了他的性格：他爱人类，但绝不浪费时间跟他们解释他能给予他们的关心和爱护。

　　爱对他来说是一件很自然的事情。那些和他住在一起的人很难忍受他，因为他可以完全待在自己的精神世界里。可他也会完全回到现实，但还是有一点心不在焉。他的体力和精神力量是那么集中、那么协调，几乎永不枯竭。当我因为他过度钻研在我看来非常枯燥无味的数学而责备他时，他总是露出灿烂的笑容，用同一句话回答我："等我死了，我就不再让自己受累了！"

我爱他的笨拙、他诗人的气质、他巨大的身躯里敏感的心灵。他可以轻而易举地移动笨重的物体，就像他用很薄的纸剪了飞机，从我们的露台扔向天空，扔到邻居家里……

他忘记自己树一样的身高，他的头常常不可避免地撞在门上。他上出租车每次都要撞头，他笑着打趣说，这是为更严重的坠机做的练习……他常常对我说："我以为自己是一个年轻英俊的男子，有金色的鬈发，但当我去摸自己的头时，我才意识到，我的头已经秃了……"

他的衣服总是熨不好，因为他不脱衣服就躺下来或者睡觉，我从来就没能熨平过他裤子的褶子。他睡觉的时候从来不解领带结，而总是灵巧地拉住一头用力一扯，结松了，脖子上的圈变大，这样就能把头钻出来！他常常在房间里弄丢袜子，还要他朋友们帮他一起找：袜子可能放在壁炉上，在书桌的抽屉里，在他的稿子或者报纸下面！

他要同样的裤子和上衣，很高兴能找到一条一模一样、干净、崭新的裤子，他会一边吻我一边说："哪天我要去裁缝那里定做一些漂亮衣服，比如说藏青色的套装，这跟我金色的鬈发很般配。"他笑了。他的衬衫总是蓝灰色的，晚上，如果有重要的晚会，他会向我让步，挑一件白色的衬衫穿上。我从来没见他穿过背带裤，他很不喜欢背带裤和松紧袜带，宁可忍受会掉下来的袜子。发现有电动剃须刀时，他得意得像个孩子，在房子里到处炫耀。他每天刮几次胡子，剃须刀的噪音对他而言是亲切的，陪着他的思考。

在"贝凡屋"，他真的很幸福。我们把那个地方命名为"小王子之家"。他会在我帮他整理出来的阁楼上待很长时间。一天，安德烈·莫卢瓦的妻子问我：

"每天 5 点钟来的那个年轻女人是谁？您丈夫把自己和她关在阁楼上，只有到吃晚饭的时候才看得见他。"

"她来教他英语。"我回答。

我终于说服他上英语课。

"好，如果您发个启事，找一个英语说得很好的漂亮姑娘，我可以抽出我十分之一的时间。"

"我会好好写一份启事，把它交给哈瓦事务所刊登。"

我们接待了 20 多个女人，门口的车排成了队。我们举行口试。

"听着，给我挑最漂亮的姑娘，您的品位比我高。"

"但我不知道您是要一个棕发的还是金发的……"

"最漂亮的……"

于是我帮他找了一个最迷人的金发女郎，她的怀里抱着一只小猫。

"或许猫会让您觉得不舒服？"我问。

"哦，一点也不。客气地打发别的姑娘走，但把汽油费付给她们，我不知道每人 5 美元够不够。"

"1 美元。"

"别小气，您知道，我们不久都会死，一了百了。"

当我把此事说给莫卢瓦夫人听时，她问我：

"这有多长时间了？"

"自从我们租了这所房子，已经有好几个月了。"

"您从来没上去看他们在干什么？"

"您知道，我并不冒失。换了那是您丈夫，我肯定您一定跟我一样处理。"

"啊，我才不会，我会上去看！"

不一会儿，我听到像石头雨般的声音从楼梯上传下来，是国际象棋的棋子。

您手里拿着盒子出现了，衬衫敞着，有点生气。

但我也气，而且忧郁。年轻姑娘学会了下国际象棋，而您，甚至不想教我彩虹的颜色！

我对年轻女子说，她没有履行合同。

"是我的错，"托尼奥插话说，"何况我不必再教她下棋了，她下得很好，而我从来没学过英语。"

"小姐，您要多少钱才肯走人？"

"求您留下我，我愿免费来！"她答道，眼中噙着泪。

你在报纸上和马利坦①的通信让你觉得很痛苦。你觉得自己不被理解。这是一系列的误解，而你无法澄清。我不知道怎么让你开心，便建议你去中央公园转一圈，去看老虎、狮子、黑猩猩，尽管你对猴子不是很有好感，但当你看到我伸手喂它们吃花生时，我还是让你露出了一个微笑。

1943 年以来，每个星期，你都闷闷不乐，你拿

---

① 马利坦（1882~1973）：法国哲学家。——译注

起大剪刀，剪了许多架小飞机。一天，一个警察甚至跑到家里对你说，这弄脏了纽约的街道！

你笑了，向他解释说：

"我还有许多很好的笑话呢！一天，打完电话，我忘了挂。我睡着了，呼噜声那么响，大家都以为话务中心大楼出了什么事故，以为是火灾，甚至还搬了一个消防梯子！"

另一个插曲发生在格雷塔·加尔波租给我们的房子里。我们的邻居是古根海姆夫人，几个矿场的产权拥有者。她的女儿佩吉非常崇拜托尼奥，常来家里看我。小狗阿尼巴勒是条性格暴戾的叭喇狗，但它很喜欢美丽的金发佩吉，把她的手含在嘴里却从不咬她！

一天，我们招待朋友，加潘、玛尔莱娜·迪特里、加尔波，因为冰柜放不了所有的香槟，佩吉有了一个主意，把酒埋在花园的雪里。

"很好，姑娘，"托尼奥说，"就交给您去办。"

等到要上香槟酒的时候，面对那些甚至在饭桌上都戴着白色手套的夫人，佩吉说：

"我不记得把酒埋哪了，谁能陪我一起去找？"

加潘同意陪她一起去找埋在雪里的酒，两个人在花园里冻得要命。我们听见他们的笑声，尤其是佩吉年轻的笑声!

于是大家都出去找酒:多么欢乐的生活!

就这样,我们开始了在加尔波的生活。我很高兴,但我看见你一点都不幸福。我很清楚,在你还没有能加入第三十三飞行大队第二中队之前,你是不会幸福的。你要去战斗,去接受战争的洗礼。

佩吉当时让她从纳粹手中搭救出来的马克思·恩斯特[1]住在家里。恩斯特后来娶了佩吉,他有时来我们家,不谈幸福或者不幸福,他和你一样,也很忧郁。

我记得有一天,因为你不喜欢在家里一下子接待很多客人,你对恩斯特说:

"如果您一个人,明晚到我家来。"

恩斯特对佩吉说了下面这番话,之后来了我们家:

"我要去圣埃克斯家,他等着我。他只邀请了男宾,那里只有他妻子一个女人;他为出发去战场而准备,他有点担心把她一个人留在纽约。"

---

[1] 马克思·恩斯特(1891~1976):德国画家,后加入法国国籍,早年从事达达主义和超现实主义的艺术创作。他同时也是版画家、雕刻家、作家。——译注

　　我从来没有抱怨过这份早已预感到的孤独，这份即将来临的忧郁。你要出发，我知道。"我必须经历枪林弹雨，让自己感到受到了洗礼，让我在这场奇怪战争中感觉到自己的清白。"这是你说过的话。

　　托尼奥让叭喇狗习惯他的离开，弄了一堆肥皂泡，让小狗在加尔波的房子白色的墙上一一压破。

　　"当我回来的时候，"他说，"当我回到您和您的狗身边时，如果它不认得我了，我不会打它，我会帮它弄一堆肥皂泡，它就会明白是它的主人回来了。"

28. "我去打仗了……"

啊！托尼奥，我的挚爱，做战士的妻子真是可怕。托尼奥，我的爱，我的树，我的丈夫，这已成定局：您要走了。您知道，托尼奥，您也是我的儿子……我知道您走之前见过一个女人，您对她说："泰蕾丝，我不吻您。因为我的唇上留着我妻子的吻，在战争结束之前，我妻子的唇将是我得到的最后的吻。"你把我拥在怀里，和我道别。在你飞往阿尔及尔之前，你的声音留在我的耳边。我听到它就像听见自己的心跳。我将永远听到它。

"别哭，去发现我们不认识的东西是美妙的。我要去为我的祖国而战。别看我的眼睛，因为我为能完成自己的使命而高兴得流泪，就像您因为忧伤而流泪一样。我几乎要感谢上天，因为我走的时候要离开的是一个宝藏，我的家、我的书、我的狗。你要帮我看着它们。

"每天你都给我写两三句话，你看好了，这就像是在电话里交谈，我们不会被分开，因为你永远是我的妻子，我们会为那些同床异梦的日子而哭泣。

"小姑娘，别哭，不然我也要哭了。我看起来很坚强，因为我长得高大，但我很快就要晕倒了，要是那样，我的指挥官或者将军站在门口看见了，他们不会为他们的战士感到自豪的！

"不如帮我整理一下领带。把你的手帕给我，我好在上面写《小王子》的续集。小王子在故事的最后会把手帕送还公主。你将永远都不再是有刺的玫瑰，而是梦中的公主，永远等着小王子。我将这本书题献给你。只有把它献给你，我才感到安慰。我肯定，在我离开的期间，我们的朋友都会关照你。有我在的时候，他们偏爱我，这并不让我感到得意。那些只喜欢我名声的人让我觉得悲哀。那些对你不好的人，我会把他们忘掉。我的妻子，等我回来的时候，我们将和我们的真心朋友一起，只和他们一起。"

啊！我多想在你身边多躺一会儿，什么话也不说，我的脑海中突然蹦出许多童年的回忆，在这个时候……要走了……几点了？

"托尼奥，你撕碎了我的心。你让我好好对待那些留下来的东西。自从你得到出发的许可后，你的朋友没有哪个不想留住你甚至开玩笑要挽留住你，跟你解释说那些高速飞机要求一些很年轻的飞行员。我原谅他们的怯懦，因为他们真心爱你，他们把你当作他们中的一员，但是参战，这正是你想要的，这对你来说是必需的。"

"小榆树，我的爱，别生大家的气。你说的都是真的。"

"是的，我知道，最好还是跟你讲讲你的行李我是怎样整理的。"

"哦！不要交待……你给我太多的手帕、夹子、药丸，这些衬裤给我都太小了。"

"你会瘦的。"

"不不，我更喜欢发胖，"他笑着反对道，"但如果我成了疯子，把这些药丸、维他命都混在一起，它们可能会成为我没有面包吃的那天的大餐。我会让自己像《小王子》里面的蟒蛇一样吃撑肚皮！别嫉妒这群外来的鸽子，在这里，它们用法语跟我咕咕地叫着，会把我和我们的朋友一起带到你的门口。我不能抛弃它们。别虐待它们。无根的爱是嘈杂的、黏人的。我走了，好了，当我到了远方，会有新的面孔、新的朋友甚至有新的鸽子，你知道。但这不一样，我的家在你心里，我永远都在家里。"

"我甚至不能微笑地欢迎这些鸽子。这不是一个节日，因为你离开了，而且我有些发烧。"

"啊！小榆树，很晚了，我该去坐我的船了。它明天会经过屋子前，或许今晚。照顾好你自己。给我写信，即使你的信傻傻的。我说傻是因为你常常对某人判断错误。别忘了我对你说的话：你对男人的判断比你对女人的判断要准确得多，几乎是透彻的。你对男人的看法从来不会错，但对女人，总是出错！"

他终于走了。我在床上继续躺了几个小时，像瘫痪了一样。绝望。无法入睡。

我等着您的潜水艇，但什么声音都没有听见，但每一分钟都感觉到您正穿过海水，因为您并不在海水里，而是在我身上，在我内心深处。您知道，托尼奥，您说得对，我也是您的母亲。

啊，我们曾经的小小争吵现在对我来说是那么无聊！怎么才能跟您描述，当我知道您被关在一艘脆弱的船上时的感受，尽管我知道它有别的船只护卫。因为我知道您会到达正确的港湾，我的爱，我记得当我热泪满面的时候您在我耳边呢喃过的秘密："用您的爱给我做一件大衣，龚苏萝，我的小榆树，我不会中弹。"这件大衣，我会帮您做的，亲爱的。但愿它能包裹您，直到永远。

我没有去看您坐着从休斯敦驶向大海的轮船，您跟我说过，我反正看不见您，因为电灯在铅灰色的天空会有许多反光。但您答应我要在心里紧紧地拥抱我，我会一生都记得您的爱抚，如果您不回来，河流会跟我讲述您的吻的力量，跟我说起您。

说起我们。

7

La Niña del Masorilla

Ricardo Viñes, le pianiste aux mains d'ailes de colombe, me disait ~~à~~ à l'oreille, chaque matin, sur le pont :
— Consuelo, vous n'êtes pas une femme.

Je riais. Je l'embrassais sur les joues en écartant ses longues moustaches qui parfois me faisaient éternuer, tandis qu'il psalmodiait les rites de la courtoisie espagnole, pour me souhaiter le bonjour, pour me ~~demander mes~~ mes rêves ~~je~~, pour me préparer à bien vivre cette ~~journée~~ de voyage vers Buenos Aires. Et tous les jours je me demandais ce que Ricardo voulait bien dire, avec sa petite phrase matinale.

~~un jour je~~ — Suis-je donc un ange, suis-je une bête ? Ne suis-je pas ? lui dis-je enfin avec violence. Il devint grave. ~~en~~ Sa face à la grecs se tourna vers la mer ~~pendant~~ quelques instants. Il prit mes mains entre les siennes :
— Enfant, vous savez écouter, ah, ce n'est pas mal... Depuis que nous sommes sur ce bateau, je me demande ce que vous êtes. Je sais ~~pas~~ j'aime ce qui est en vous, mais je sais que ~~vous n'êtes~~ pas ~~Paul~~ ~~une~~ femme. J'ai médité des nuits entières

龚苏萝回忆录手稿的第 1 页

Lake George. fin juin
le jour de ton
anniversaire
Tonnio, mon amour.

je me suis reveillé a
6 heures du matin. j'ai couru en pyjama
au lac, pour tremper mes pattes, l'eau
est douce. Un soleil amaranta arrivé
par derriere ma voisine montagne.
Et je songe a Toi mon aimé. Et je
suis heureuse de te penser, de te
revoir. Malgré la peur que j'ai de
te savoir le plus vieux pilote du
monde, mon cheri, si tout les hommes
Te resemblait!

je dois courir, jusque
un village a une petite eglise
catholique ou on dit la messe
a 7.30 tous les jours, et c'est la
seule messe ici Tres peu de cathol.
ques et tres peu de pretes cathotiq.
Je vais aller m'asseoir dans les
banquettes abandonnees de l'eglise
Aujourdhui jour de ton anniversaire

1944 年 6 月 29 日，龚苏萝写给圣埃克苏佩里的信。同一天，圣埃克苏佩里给她写了一封很认真的情书，在信的页边，他明确地说他刚过了 44 岁生日。

326

c'est tout c'est que je peu te
donner — Alors, je coure, mon
mari, je dois m'habiller. J'ai
une demi heure de marche a
pied, jusque a l'eglise.

A bientôt. si je ne
vous vois plus dans cet planette
sachè que vous me trouverés
prés du Bon Dieu vous
attendent, paus de leon !

Vous et dans moi
comme la repetation est
sur la terre. je vous aime
vous mon tresor, vous mon
monde.   Votre femme.

Consuelo.

29 juin 1944.

托尼奥，我的爱，

我早上6点醒来，穿着睡衣跑到湖边，把脚浸在水里。水很温和。觅红色的阳光从我旁边的山上照过来。我想到了你，我的爱人。想你、梦你，我很幸福。尽管我有些担心，因为知道你是世界上年龄最大的飞行员，要是所有的男人都像你那该多好！

我要跑到村里的一座小天主教堂里，每天弥撒都是7点半开始。它是这里唯一能听弥撒的地方，天主教教徒很少，天主教的神甫也很少。我就坐在教堂空荡荡的软垫长凳上。今天是你的生日，这就是我能给你的一切——我得奔跑，我的丈夫，我要穿上新衣服，我得步行半个小时才能到教堂。

不久再见，如果我在这个星球上再也见不到您了，要知道您在上帝的身边一定能找到我，等着您，无怨无悔！

您在我身上就像植物生长在地上，我爱您，您是我的宝藏，我的世界。

您的妻子

龚苏萝

1944年6月29日

"玫瑰"的故事

黄荭

　　一直很喜欢法国飞行员作家圣埃克苏佩里，因为他的文字有一份既崇高又稚气的美，像高山上的空气，很干净、很纯粹。2000年圣诞节的时候，我收到了这份礼物：法文版的《玫瑰的回忆》。书看得很快，我很投入，仿佛"玫瑰的故事"打湿了自己曾经的岁月，心房里涨满了许多莫名的哀伤。忽然有一种念头，觉得这本书就是我的，我一定就是它的中文译者。曾经也翻译过不少东西，但很奇怪，第一次有这样一种感受：希望这些文字能从我的心里、我的手上流淌出来，像音乐，像一首不押韵诗。之后，我立刻和出版社的师兄冯涛联系，给他介绍这本书，给他寄书评。出版社审查通过后，便是联系买版权；买了版权后，师兄就给我挂了电话，说："是你的书了，你现在就可以译……"

　　我知道它会是我的，它果真是我的。近20万字的初稿，2个月就全部译完了，仿佛文字在身后扬着鞭子赶我，而我一路跑着，顾不上看两边的风景。生活变得简单，除开吃饭和睡眠，几乎就只剩下两件事：给学生上课，还有翻译。龚苏萝和圣埃克苏佩里的故事就这样占据了我的头脑，不管我愿不愿意，书中的一些文字就在嘴边，仿佛一不小心就要溜出来。这就是征服，被这本书完全征服。不由自主地想哭，想在别人的故事里忘了自己，天地间似乎就只剩下那朵单薄的玫瑰，那么美丽，那么孱弱。

作为圣埃克苏佩里的妻子，龚苏萝身上维系了太多的传奇和令人费解的谜。1927年，这个来自中美洲萨尔瓦多、像"小火山"一样倔强的女子应阿根廷官方邀请，越洋来参加第一个丈夫戈麦兹·卡利洛的葬礼。在朋友的介绍下，龚苏萝结识了当时正在布宜诺斯艾利斯负责南美洲邮航的圣埃克苏佩里。像大男孩一样的飞行员对这位优雅、美丽、执拗的"岛上小鸟"一见倾心；龚苏萝也被圣埃克苏佩里在飞行间隙写的文字深深打动。

于是交汇时互放的光芒把两颗像星星一样的心灵维系在一起，天上的童话吸引着他们，龚苏萝有孩子般的单纯和执着，圣埃克苏佩里有孩子般的天真和任性。两个人的世界一开始就是潮湿的，圣埃克苏佩里哭着说："您不吻我，是因为我长得丑"；龚苏萝怀里揣着天上的大鸟写给她的情书，哭着在教堂向上帝寻求感情的答案；在市政厅结婚登记处，圣埃克苏佩里又哭了，"我不能在远离家人的地方结婚"……感情一直是咸的，因为有太多的泪水。1931年，两人终于走上了结婚的礼堂，但幸福似乎总是和他们失之毫厘，仿佛两人从来就没有为这个婚礼真正准备好一样。

回到巴黎，圣埃克苏佩里成名了，《夜航》荣膺费米娜奖，接踵而至的是荣誉、鲜花和不胜其烦的应酬，但光荣只属于丈夫一人。妻子被冷落、被排挤，她躲在自己的角落织补破碎的心灵，灰姑娘嫁给了王子，但没有像童话中写的那样成为公主、回到城堡过上幸福的生活。在女崇拜者温柔的包围中，有的是做妻子的龚苏萝寂寞的失眠和苦涩的泪水。不是彼此不爱，只是相爱的方式不对；不是彼此对对方不好，只是有太多外界的喧嚣介入到二人的世界。在天空中飞来飞去，圣埃克苏佩里一直就没有真正长大。他不会设计生活，没有丝毫的经济头脑；他出尔反尔，今天让妻子找了公寓、交了定金，明天就可以毁约；事前不和妻子打一声招呼，自己一个人飞到地角天边。不知道为妻子设身处地，于是无知的错误里有一份残忍，但龚苏萝承受了，绝望中总是希望着、等待着，等待夜航的结束，等待情感的黎明。

圣埃克苏佩里是一个非常以自我为中心的人，他要的东西就一定要得到，他不想失去的东西就绝不放手。他自己拈花惹草，却多次阻止龚苏萝嫁给别人。1944年，圣埃克苏佩里的飞机在二战一次侦察任务中坠入大海，和小王子一样，永远地消失在地平线上。留下那朵他生命中最爱的玫瑰，如他在《小王子》中所说："我太年轻了，不知道如何去爱她。"

生活在传奇里，他们的故事有很多超出常人想象的点滴。为什么爱得这么深，这么痛，这么彻底，又这么伤心？从拉丁美洲到法国，从法国到西班牙，从西班牙到非洲，穿越时空的爱恋，聚散总有这样那样的理由，只有爱没有理由。托尼奥说"来，龚苏萝，我需要你"，于是她来了，不远千里，像一个宽容的母亲永远无法放弃自己的孩子；托尼奥说"走，这里没有你的位置"，于是她蜷在心灵黑暗的角落哭泣。丈夫死后，在流落美国的孤独中，龚苏萝用她松散、倾斜的字体，写下她和那位作家兼飞行员的生活。后来，她将手写稿用打字机打印在薄薄的纸上，笨拙地将它们用黑色的硬纸板装订起来。她记录的只是她和爱人的生活，不想评价是非对错，那是她作为"玫瑰"的回忆。

文稿在她死后留下的行李箱里一搁就是25年，她一直深爱着丈夫，以属于她的方式，怀念过去的幸福和辛酸，用沧桑过后的宁静和笑容。龚苏萝就是那朵有四根刺的玫瑰，她以为自己很坚强，能照顾自己，可以用她的刺从容应对人生，但刺刺痛更多的是她自己稚嫩的心灵，因为骄傲。如今，一切都平息了，在回忆里，她收敛了刺，用质朴的笔触写下她和圣埃克斯的故事。别人的评说，就让它随风而去吧！

就这样，《玫瑰的回忆》在圣埃克苏佩里百年诞辰的时候得以重见天日。它是一份从另一个角度见证圣埃克苏佩里的人生记忆，给我们开启了许多不为人知的飞行员作家夫妻生活的内情，让我们接触到一个更加真实的圣埃克苏佩里：不仅有他天才迷人的一面，它让读者看到翅膀合上后，天上巨人懦弱、不成熟甚至冷酷的一面，"人"的一面。

终于校完了翻译的初稿，仿佛走出了传说中的魔沼；雾终于散了，平淡的日子又浮出水面。套在冬天灰色的大毛衣里，思想很慢很慢，像一条冬眠的鱼。或许只有在埋头翻译的时候，心才能做到没有一点旁骛，仿佛自己也有那么一份不远不近的等待，等待灰姑娘最后找到她的王子，等待玫瑰花终于开在"他"的心上。

2001 年 8 月于陶园

15 年过去，这本书又回到了我手里。

在《小王子》和它的衍生品铺天盖地向我们袭来的时节：无数个译本、音乐剧、画展、立体书、3D 电影、碟子、杯子、抱枕、挂历、钢笔、橡皮、笔记本、主题公园……那朵玫瑰花显得格外安静，安静得有点落寞。

从某种意义上说，2015 年也是我的"《小王子》年"，作家出版社推出了我翻译的《小王子》典藏版、"小书虫读经典"版，乐乐趣和陕西人民教育出版社推出《小王子》立体书，选的也是我的译文。而我在 3 月份为江苏交广网"春风沉醉读书会"第一期做了关于小王子的讲座之后，又给南大高研院、南艺美术馆、人民大学苏州校区、南开大学、广东外语外贸大学做了几场大同小异的讲座，为"江苏广播"的"开卷八分钟"和"文艺新天地"录制了两档节目，参加了北京国际图书展的"永远的小王子——名家谈经典阅读论坛"暨《小王子》立体书、典藏版、"小书虫读经典"多形态首发式活动并接受了"大佳网"的采访，在天津第三届全国绘本馆年会和广州方所都做了读书分享和签售活动。

　　同样的话，重复多了，再精彩也变得聒噪无趣。我依旧喜欢这个简单朴素、带着淡淡忧愁味道的故事。但在人多的地方，小王子给我的感动反而变得有些稀薄，有些做作。我无限怀念从前，一个人在静夜里，把这个故事说给自己听，被作者、也被自己感动到哭。

　　重读《玫瑰的回忆》让我再度变得安静。用了一周的时间校稿，又一次沦陷在玫瑰的情绪和故事里，不能自拔。这本书对我之所以很重要，不仅仅是因为它是初出茅庐的我自己做选题选的第一本书，我要对它负责，也因为它在某种程度上对我进行了爱的教育，我要对我爱的人负责。

　　这一年，我也最终找到了我的王子，婚礼的请东是我自己设计的，用的是我自己画的《小王子》的一帧插图：小王子拿着玻璃罩子要为玫瑰花遮风挡雨。那个玻璃罩子画得有些可笑，透视法用得不对，但我希望，我们相爱的方式是对的。"忘了玻璃罩子吧。"我是那朵有四根刺就叫嚣着让老虎尽管来的玫瑰，但不要让那些刺，刺到我的手，刺到你的骄傲。但哪天不小心被刺到，请原谅那些刺，它们一定不是故意的。

于是我明白，玫瑰的故事，也是我的故事，是每一份让人变得成熟的爱情都或多或少会经历的故事。

爱了，就不要回头，因为在神话故事里，所有回头的人都会在那一刹那化成盐化成石头。

把爱情进行到底，以玫瑰之名！

2016 年 1 月于和园

Lake George, fin juin
le jour de ton
...   anniversaire

je me suis réveillé à
..., j'ai couru en pyjama
... mes pattes, l'eau
soleil ... ...
... voisine montagne.
... mon aime. Et je
de te penser, de te
la peur que j'ai de
... vieux pilote ...
chéri, si tout les hommes
!
je dois courir, jusque
une petite église
où on dit la messe
les jours, et c'est la
... Très peu de catholi..
peu de prêtres catholiq..
... ... dans les
abandonnée de l'église.
... de ton anniversaire

La Nin...

Ric...
... mains d'ailes ...
... à l'oreille, ...
— Comme ...
Je n'ai ...
en écartant ses lon...
me faisaient éterne...
les rites de la courtoi...
souhaiter le bonjou...
mes rêves j'... ... ...
cette ... de ...
et tous les jours je ...
Ricardo voulais b...
matinale :
... ...
aise bête ? Ne suis-je ...
violence.
Je devra...
se tourna vers la mer ...
mains ... les sienne...
— Enfan...
n'... pas mal... Depu...
bateau, je ne deman...
j'aime ce qui est au ...
pas ... ... femme...